The Complete Sherlock Holmes

The Case-Book of Sherlock Holmes

by Arthur Conan Doyle

福爾摩斯探案全集 8

新探案【收錄原著插畫】

柯南．道爾／著
楊濟冰／譯

好讀出版

目次
CONTENTS

第一篇　王冠寶石案／005
第二篇　雷神橋之謎／031
第三篇　爬行人／066
第四篇　蘇塞克斯的吸血鬼／093
第五篇　三個同姓人／118
第六篇　不尋常的委託人／141
第七篇　皮膚變白的士兵／176
第八篇　三角牆山莊／201
第九篇　獅鬃毛／227
第十篇　退休的顏料商／252
第十一篇　戴面紗的房客／274
第十二篇　肖斯科姆古堡／290

序言

我擔心福爾摩斯也會變得像某些流行的男高音一樣，在不得不退出藝術舞臺的時候，還要頻頻地向已經非常熟悉的觀眾舉行告別演出。不管是眞實的還是虛構的，一切都必須結束了。有人覺得最好是能夠有那麼一個專門爲虛構的人物而設的奇異陰間——一個奇妙的、根本不可能存在的地方。在那裡，菲爾丁的俊男仍然可以向理查森的美女求愛，司各特的英雄們仍然可以耀武揚威，狄更斯筆下歡樂的倫敦佬們仍然在插科打諢，薩克萊所描寫的市儈們依舊胡作非爲。或許就在這樣一個瓦爾哈拉殿堂的某一偏僻的角落裡，福爾摩斯和他的華生醫生暫時可以找到一席之地，而把他們原先佔據的舞臺讓給某個更精明的偵探和某個更缺心眼的同伴。

福爾摩斯的事業已經有不少年頭了，這樣說可能有些誇大其辭，但是如果一些年老的紳士們跑來對我說，他們兒童時代的讀物就是福爾摩斯探案的話，是不會從我這裡得到恭維的，因爲誰也不願意讓別人不懷好意地算自己的年紀。冷酷的事實是，福爾摩斯是在一八八七年和一八八九年出版的《血字的研究》和《四簽名》裡嶄露頭角的，此後還有發表在《海濱雜誌》上的《波希米亞醜聞》系列短篇故事。作品剛問世就有很大的需求量，於是後來的三十九年間斷斷續續所寫的故事，迄今已超過五十六個，分別被收集到《冒險史》、《回憶錄》、《歸來記》和《最後致意》中。其中近幾年出版的最後這十二篇，現在收編為《新探案》。福爾摩斯是在維多利亞時代中後期開始他的探案生涯的，中間曾經歷短暫的愛德華統治時期。即使在那個狂熱的年代，他也不曾中斷自己的事業。因此要是說當初閱讀這些小說的青年現在又看到他們的後代在同一本雜誌上閱讀同一個偵探的故事，也是事實。這也是反映大不列顛民眾忠誠和耐心的一個典型例子了。

在寫完《回憶錄》之後，我下定決心結束福爾摩斯的生命，因為我感到不應該讓我的文學生涯完全納入一條單軌——這位面頰蒼白、稜角分明、四肢懶散的人物，佔據了我大部分的想像力——於是我就這麼結束了他。幸虧沒有驗屍官來驗屍，所以，在很長時間以後，我還能輕鬆地回應讀者的要求，把我當初的魯莽行為一推了事。我沒有對我寫的這些東西後悔過，因為實際上我發現寫這些輕鬆故事並沒有妨礙我鑽研歷史、詩歌、歷史小說、心理學以及戲劇等等多樣的文學形式，並在這些鑽研之中認識到了我的不足。如果福爾摩斯根本就沒存在過的話，我也未必會有更大的成就，只不過他的存在可能稍稍妨礙了別人看到我其他嚴肅的文學作品而已。

所以，讀者們，還是讓福爾摩斯與諸位告別吧！感謝所有人對我的一貫支持，在此希望我贈與諸位的消遣良法可以作為報答，因為小說的虛構世界是避世消愁的唯一方式。

亞瑟·柯南·道爾謹啓

第一篇　王冠寶石案

華生很高興重新回到貝克街二樓這間凌亂不堪的房間——有許多非凡的歷險都是從這裡開始的。他環顧室內，牆上貼著科學圖表，地上堆著被強酸侵蝕的化學品陳列架，角落裡斜放著小提琴盒子，煤斗裡依舊有菸斗和菸草。最後，他的目光落到畢利神采煥發，微微含笑的臉上。這個少年年紀雖輕，卻聰明伶俐，有他在身邊，有助於這位著名的偵探消除形單影隻的孤獨感。

「一切都是老樣子，畢利。你也沒變。我看他也是老樣子吧？」

畢利略顯憂慮地瞅了瞅那緊閉的臥室門。

「我想他大概是上床睡著了。」畢利說。

那是一個明媚夏日的傍晚七點鐘。但是華生對他朋友那不規律的作息早已習以爲常，不會感到現在睡覺有什麼奇怪的。

「我猜目前正在辦一件案子，是嗎？」

「是的，先生。他近來精神十分緊張。我對他的健康狀況很憂心——眼看著他蒼白消瘦下去，什麼也吃不下去。房東太太總是問他：『福爾摩斯先生，你何時需要吃飯？』而他總是說：

『後天七點半。』他專心辦案的時候是怎麼過日子的你最清楚。」

「是的，畢利，我知道。」

「目前他正在跟蹤一個人。昨天他化裝成一個找工作的工人，今天他又裝扮成一個老太太。差點兒把我也騙了，可我現在應該算是瞭解他的習慣了。」畢利一邊哈哈大笑著一邊用手指了指斜立在沙發邊的一把皺巴巴的女用陽傘。「這是老太婆的道具之一。」

「這到底是爲什麼呢？」

畢利放低了聲音，就像要談論國家秘密似的。「跟你說倒沒關係，先生，但不能再告訴別人。就是辦那個王冠寶石的案子。」

「什麼！——就是那樁十萬英鎊的密室行竊案嗎？」

「是的，先生。他們必須要找回寶石。嘿，那天首相和內政大臣親自來了，恰好就坐在那個沙發上。福爾摩斯先生對他們的態度挺好的，答應一定盡全力去辦，很快就讓他們放心了。當時還有個坎特米爾勳爵——」

「噢。」

「就是他，先生。你明白那是怎麼一回事。他是一具活僵屍，如果我能冒昧地這樣說的話。我可以跟首相說上話，也不討厭內政大臣——他是一個彬彬有禮的好好先生。但是我可受不了這位勳爵大人的貴族氣派。福爾摩斯先生也一樣。先生，你瞧，他根本不相信福爾摩斯先生，極力反對聘請他辦案。他甚至巴不得他辦案失敗。」
「福爾摩斯知道這個嗎？」
「福爾摩斯先生自然是無所不知了。」
「好，我們希望他辦案成功，讓坎特米爾動爵見鬼去吧。怪了，畢利，窗子前邊的那個簾子是幹什麼的？」
「福爾摩斯先生三天前掛上的，那背後有一個很有趣的東西。」
畢利走過去把遮在弓形凸肚窗凹處的窗簾布一拉。
華生醫生忍不住驚訝地叫了一聲。那是他老朋友的蠟像，穿著睡袍，裝扮得栩栩如生，臉朝向窗子，微微下垂，仿佛在讀一本書，身體深深地坐在一個帶有扶手的椅子裡。畢利把頭摘下來舉在空中。
「我們把頭擺向各種不同角度，這樣就更像眞人。要不是窗簾放了下來，我是不敢碰它的。當窗簾打開時，你在馬路上就可以看見它。」
「以前有一次我和福爾摩斯也使用過蠟人。」

「那時候我還沒來呢，」畢利說。他隨手拉開簾子看著窗外。「有人在那邊較遠的地方監視著我們。我現在就能看見那邊窗口有一個傢伙。你自己過來瞧瞧。」

華生剛邁了一步，臥室的門就被打開了，露出福爾摩斯的瘦高身材，他拉長的臉上面色蒼白，但步伐和體態仍像往常一樣矯健。他一個箭步衝到窗戶，立刻把窗簾拉上了。

「不要再動了，畢利，」他說道。「剛才你有生命危險，我的孩子，而我此時還不能沒有你。華生，很高興又在老地方見到你。你來的正是時候，現在是關鍵時刻。」

「我估計也是這樣。」

「畢利，你可以離開了。華生，這孩子是個問題，能有什麼說得過去的理由說服我讓他去冒險呢？」

「什麼危險，福爾摩斯？」

「突然死亡的危險。我估計今晚會有事。」

「什麼事？」

「被暗殺，華生。」

「不，不，你在開玩笑，福爾摩斯！」

「用我有限的幽默也開不出這種玩笑。但眼前還是先消遣一下吧，對不對？允許我喝酒嗎？煤氣爐和雪茄都在老地方。讓我再看看你坐在那個坐慣了的扶手椅上的樣子。我希望你不會討厭我的菸斗和我的糟糕菸草吧？這些天抽菸成了我的一日三餐。」
「爲什麼不吃飯呢？」
「因爲飢餓可以改善人的能力。哦，我親愛的華生，你作爲一個醫生當然會承認，消化過程需要大量的供血，這樣就大大地減少了給我腦部的供血。我靠的就是這個腦袋，華生，身體的其他部分僅僅是附件而已，所以，我首先應該考慮腦的需要。」
「不過，這個危險……到底是怎麼回事，福爾摩斯？」
「對了，趁著還沒出事的時候，你最好把兇手的姓名地址記在腦子裡。你可以把它交給蘇格蘭警場，再加上我的愛和臨終祝福。名字是西維亞斯——雷格瑞托．西維亞斯伯爵。寫下來，夥計，寫下來！莫爾賽花園街一三六號，N．W.。記下了嗎？」
華生那誠實的臉在焦慮地顫動著。他知道福爾摩斯面臨著多大的危險，也明白他剛才說的話不僅沒有誇大其辭，簡直可以說是有意輕描淡寫。華生一向是個行動家，這時他當機立斷。
「算我一個，福爾摩斯。我這一兩天沒什麼事做。」
「我說華生，怎麼你的道德水準不但沒有提高，反而多了說謊的惡習。你明明是一個工作繁忙的醫生，每個小時都有人來看病的。」
「那都不打緊。但是我不明白你爲什麼不叫人逮捕這個傢伙呢？」
「我可以這麼做，這也正是使他擔心的緣故。」

「那你為什麼不下手呢？」

「因為我還不知道寶石藏在什麼地方。」

「對了！畢利跟我說過——那個丟失的王冠寶石。」

「對，正是那顆碩大泛黃的藍寶石。我已經撒下網了，也逮住魚了，可就是沒拿到寶石，把他們抓來又有什麼用呢？當然剷除他們能讓我們的這個世界更加美好、安寧，但那不是我努力的目標。我要的是寶石。」

「那個西維亞斯伯爵是你的魚之一嗎？」

「是的，而且他是個鯊魚，是咬人的。另一個是薩姆．莫頓，一個拳擊手。薩姆倒不是一個壞人，但是伯爵利用了他。薩姆不是鯊魚，他是大個的、長著牛頭的傻蛋。不過他也同樣在我的網裡翻騰呢。」

「這個西維亞斯伯爵在什麼地方呢？」

「今天整個上午我都在他身邊。你以前也看過我裝扮成老太婆，華生，但以前沒有這麼逼真過。有一次他還眞替我拾起了陽傘。『對不起，夫人，』他說。他有一半義大利血統，在他高興的時候有一點南方人的禮貌風度，但情緒不好的時候簡直就是魔鬼的化身。人生眞是無奇不有，華生。」

「人生也可能隨時發生悲劇。」

「是的，也許可能。後來我一直跟著他到了米諾里斯的老斯特勞本茲車間。斯特勞本茲是做汽槍的，做得相當精巧，我推測現在就有一把槍在對面的窗戶。你看見蠟人沒有？當然，畢利給你看過了。這個蠟人的漂亮腦袋隨時可能被子彈打穿。啊，畢利，這是什麼？」

男孩手裡拿著一個托盤再次出現，盤子上面有一張名片。福爾摩斯瞅了它一眼就抬起了眉梢，臉上露出了愉快的笑容。

「他來了。我倒眞沒料到，華生，抓住這網繩拉網吧！這傢伙是個有膽量的人。你大概聽說過他作爲一個錦標射手的名聲吧。如果他能把我也收在他成功的運動記錄裡面，那將是一個勝利的結尾。這說明他已經感覺到我的腳趾碰到他的腳後跟了。」

「叫警察！」

「我想我會叫的，但不是現在。華生，你能不能仔細看看窗外，街上有沒有一個人在閒晃？」

華生謹愼地從窗簾邊上探望。

「沒錯，在門口有一個大老粗。」

「那就是薩姆·莫頓——忠心而愚蠢的薩姆。畢利，來訪的那位先生在什麼地方？」

「在會客室。」

「等我一按鈴，你就帶他上來。」

「是，先生。」

「如果我不在房間裡，你一樣也讓他進屋。」

「是，先生。」

華生等畢利出去一關上門，就立刻對他的同伴誠摯地說：

「聽我說，福爾摩斯，這可不行。這個人是個亡命之徒，是個什麼都不顧的人，他可能是來謀殺你的。」

「我並不感到奇怪。」

「我要堅持跟你在一起。」

「你會礙事。」

「礙他的事？」

「不，我的夥伴，是礙我的事。」

「噢，我還是不能離開你。」

「你離開沒關係的，華生。你會走的，因爲你從來沒有讓我失望過。我相信你會這樣做到底的。這個人雖說是爲了他的目的而來，但是也可能反倒幫我達到目的。」說著他掏出日記本，匆匆寫了幾行字。「請你雇輛出租馬車，把這個送到蘇格蘭警場交給偵查處的尤格爾。你和員警一起回來，就可以逮捕這傢伙了。」

「我很樂意這麼做。」

「在你到來之前或許我剛好有時間找出寶石的下落。」說著他按了一下鈴。「我想我們最好從臥室門走出去。這個旁門非常有用，我想看看我的鯊魚，但他看不見我，你知道我有自己的一套。」

於是，一分鐘後，畢利把西維亞斯伯爵引到空房間裡。這位有名的狩獵家、運動員兼花花公子是一個身材魁梧、黑黝黝的傢伙，留著威武的黑鬍鬚，鬍鬚遮掩著兇殘的薄嘴唇，上面有著長長的、呈曲線形的鷹勾鼻。他穿著考究，但是色彩燦爛的領結以及閃閃發光的別針和那金光閃閃的戒指給人一種華而不實的感覺。當他身後的門關上的時候，他用兇惡而驚詫的目光到處掃視一遍，就像懷疑每走一步都會掉進陷阱似的。當他突然發現映射在窗前扶手椅子上方冷漠的人頭和睡衣領子時，著實嚇了一跳。他剛開始的表情只是詫異，接著恐怖的光芒在其昏暗、危險的眼睛裡閃了出來。他再次環顧四周，確保沒有其他的證人，於是半舉粗手杖、踮起腳尖悄悄地朝著那個沒有發出任何聲響的蠟人靠近。當他正準備蜷

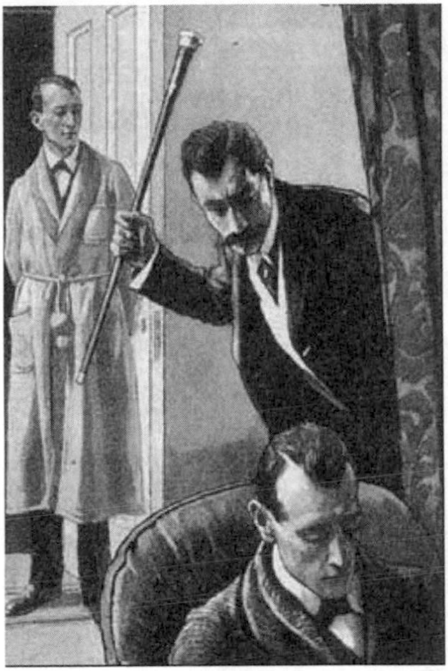

身躍起一擊時，突然從臥室門口傳來了冷靜而諷刺的一聲：「別打壞它，伯爵！別打壞它了！」

兇手嚇得跌跌蹌蹌地縮了回去，痙攣的臉上充滿驚恐之色。瞬間他又半舉起那根加鉛的手杖，就像要把行兇的目標由蠟人轉移到眞人似的，但是福爾摩斯那鎭靜的灰眼睛和嘲弄的微笑使他的手又放回到了他的身邊。

「這個玩意兒不錯，」福爾摩斯說著朝蠟人踱過去。「是法國塑像家塔韋尼爾做的。他做蠟像的水平和你的朋友斯特勞本茲做汽槍的水平不相上下。」

「汽槍！先生，你是什麼意思？」

「請把帽子手杖放在桌子上。謝謝！請坐。你願意把左輪手槍也拿出來嗎？哦，好吧，你想帶著槍坐也隨你的便。你的到訪正是時候，因爲我非常想跟你聊幾分鐘。」

伯爵把他粗壯可怕的眉毛一皺。

「我也想和你談幾句話，福爾摩斯，這就是我來這兒的原因。我也不否認剛才想揍你。」

福爾摩斯擺動了一下靠著桌邊的腿。

「我看出你的腦袋裡有這種想法了，」他說，「但是，爲什麼關切到我本人呢？」

「因爲你不做你的正事，跟我搗亂。因爲你派出你的爪牙跟蹤我。」

「什麼？我的爪牙？我向你保證沒有！」

「別裝蒜！我也叫人跟著他們。我們兩方面都可以玩這個遊戲，福爾摩斯。」

「這是小事，沒什麼，西維亞斯伯爵，不過請你叫我名字的時候加個稱呼。你應該知道，我的日常工作中，只有流氓才像熟人那樣直呼我的名字，我想你也會同意我的看法，除非我很惹人討厭。」

「好吧，那麼就叫你福爾摩斯先生吧。」

「好極了！但是我向你保證，你說我派手下跟蹤你的話是不對的。」

伯爵輕蔑地笑了。

「別人也會像你一樣做監視工作。昨天有一個愛運動的老頭子，今天又是一個老太婆。他們整天都盯著我。」

「說實在的，先生，你可眞誇獎我了。昨天道森老男爵還打賭說，我這個人，從事法律，是表演界的一大損失。怎麼你今天也來稱讚我小小的化粧術了？」

「那難道——是你本人？」

福爾摩斯聳了聳肩。「你看牆角那把陽傘，就是你在開始懷疑我之前，在米諾里斯很有禮貌地替我拾起來的。」

「要是我曉得是你，你可能就別打算——」

「再也回不到寒舍了。我很明白這一點。你我都很後悔不該忽視了機會。你當時不知道是我，因此我們才能在此相見。」

伯爵那邪惡眼睛上方的眉毛聚合得更攏了。「你這麼說只會將事態變得更加嚴重——那不是你的探子而是你本人演的戲，你這個愛管閒事的人！你承認你跟蹤我。爲什麼要這麼做？」

「得了，伯爵，你也曾在阿爾及利亞打過獅子的。」

「那又怎麼樣？」

「爲什麼打獵？」

「爲什麼？爲了運動——爲了刺激——爲了冒險。」

「而且，毫無疑問地也會爲國家除掉一害吧？」

「沒錯。」

「這也正是我的理由！」

伯爵一下跳起來，手不由自主地朝臀部的後褲袋摸去。

「坐下，先生，坐下！還有一個更現實的理由，我想要那顆發黃光的寶石。」

伯爵往椅背上一靠，邪惡地一笑。

「原來如此！」他說道。

「你明知道我是爲了這個才跟蹤你的。你今晚來的目的就是摸清我到底掌握你多少情況，消滅我有多大必要。好吧，我告訴你，從你的角度來說那是絕對必要的，因爲我知道一切，只除了一點，而這點是你即將告訴我的。」

「好哇！請問，你要知道的這點是什麼呢？」

「王冠鑽石在什麼地方。」

伯爵用銳利的眼光警覺地看了他一眼。「哦，你是想知道那個，是嗎？但我怎麼能告訴你它在什麼地方呢？」

「你能的，而且你也一定會這樣做。」

「哼！」

「你騙不了我，西維亞斯伯爵。」福爾摩斯兩眼凝視著他，越盯越亮，直到最後成了兩個有威力的鋼點一般。「你絕對是一塊玻璃板。我能看透你的腦袋。」

「那你當然能看出寶石在哪裡了。」

福爾摩斯興奮地一拍手，然後伸出一個指頭嘲笑道：「這麼說你的確知道了，你也承認了。」

「我什麼也沒承認。」

「我說，伯爵，你要是放明白些，我們可以打打交道。否則，你要小心點。」

伯爵把他的眼光轉移到天花板。「你不用詐我！」他說道。

福爾摩斯像一個象棋大師一樣地仔細打量著他，考慮著怎麼弈出關鍵的一著。然後他拉開抽屜取出一本厚厚的日記本。

「你知道這裡面記了些什麼嗎？」

「不知道，先生。」

「是你！」

「我？」

「是的，先生，正是你！你的全部經歷——每一件罪惡的冒險勾當以及罪惡的一生。」

「該死，福爾摩斯！」伯爵兩眼冒火地喊道，「我的忍耐是有限度的！」

「全都在這兒，伯爵。比如哈樂德老太太的死亡真相，她把布萊莫產業留給了你，而你卻很快就賭光了。」

「你在說夢話！」

「以及米尼·瓦倫黛小姐一生的故事。」

「哼！那裡你撈不到什麼的！」

「還有很多呢，伯爵。這裡是一八九二年二月十三日在利維艾拉豪華列車上搶劫的記錄。這個是同一年在里昂銀行的偽造支票案。」

「這個你說錯了。」

「這麼說別的都對了！嘿，伯爵，你是一個會打牌的人。當對手掌握了全部王牌的時候，扔牌投降是最省時間的了。」

「你說這些和你剛才講的寶石有什麼關係？」

「慢慢來，伯爵。冷靜一下！讓我用我一貫簡單的方式把話說明白。我除了掌握著這些針對你的情況外，我還清楚地掌握你和你那個打手在王冠寶石案中的情況。」

「眞的嗎？」

「我掌握著送你到白金漢宮的馬車夫和那個帶你離開的馬車夫。我還掌握到在出事地點附近看見過你的那個門衛。我有艾奇．桑德斯的情況，他拒絕爲你切割寶石。艾奇已經自首了，那麼遊戲也應該結束了。」

此時伯爵的額頭上青筋暴起，緊張地搓著兩隻毛茸茸的黑色大手。他試著要說話，但就是吐不出字來。

「這就是我的牌，」福爾摩斯說，「現在我都放在桌上了。但獨缺一張，是那張方塊K（鑽石王）。我不知道寶石在哪裡。」

「你不會知道的。」

「不，伯爵，放明白點，考慮一下當前情況。你將會被關押二十年，薩姆．莫頓也一樣。那你要寶石有什麼用呢？毫無用處。而如果你老實地把寶石交出來——那我就私了這個案件，不給你重罪。我們的目的並不是想抓住你或薩姆，我們要的是寶石。交出寶石，那麼，我考慮放你自由，只要你往後能規規矩矩。如果你再出亂子——那就沒有下一次的機會了。這次我的任務是拿到寶石，而不是抓住你。」

「如果我拒絕呢？」

「那樣的話，唉！很遺憾，那要抓住的就是你而不是寶石了。」

這時畢利聽到鈴聲走了出來。

「伯爵，我覺得不如把你的朋友薩姆也找來一起討論討論。不管怎麼說，爲了他的利益他會發言的。畢利，前門外有一個大個子凶巴巴的先生，請他上樓來。」

「如果他不來呢，先生？」

「不要用暴力，不要跟他動粗，只要你告訴他西維亞斯伯爵找他，他自然會來的。」

「你現在想做什麼？」畢利一走，伯爵就問道。

「我的朋友華生剛才跟我在一起。我對他說，我網裡有一條鯊魚和一個笨蛋；現在我要收網了，它們都會一起浮起來的。」

伯爵已經從椅子上站起來，一隻手伸到背後。福爾摩斯握住睡衣口袋裡一個半鼓起來的東西。

「你會死得很慘，福爾摩斯。」

「我也時常這麼想。這有多大關係嗎？說實話，伯爵，你自己的退場倒是躺著比站著的可能性大一些。但是預料未來是病態的，爲什麼不讓自己去享受無拘無束的今天呢？」

突然從這位犯罪高手兇狠的黑眼睛裡閃出一股野獸般兇殘的光芒。當他變得緊張和戒備時，福爾摩斯的身影顯得更高大了。「我的朋友，別動槍，那是沒有用的，」福爾摩斯鎮靜自若地說。「你自己非常清楚，就算我給你時間去拿槍，你也不敢用槍。手槍是噪音很大、骯髒的玩意兒，伯爵。最好還是別用槍。噢，我想我聽見你那可敬的搭檔的腳步聲了。你好，莫頓先生。在街上很無聊，不是嗎？」

這位曾獲獎的拳擊運動員是一個體格十分健壯的小夥子，長著一張愚蠢、任性的扁平臉。他笨拙地站在門口，帶著迷惑不解的表情四下張望。福爾摩斯這種溫文爾雅的態度對他來說是新鮮的事，雖然他模糊地意識到這是一種敵意，卻不知道該怎麼對付。於是向他那位更狡黠的夥伴求助。

「現在唱的是哪齣戲，伯爵？這個傢伙想幹什麼？出什麼事了？」他的嗓子低沉而沙啞。

伯爵聳了聳肩，倒是福爾摩斯答了話。

「莫頓先生，要是要我簡單說的話，就是漏了馬腳啦。」

拳擊運動員還是跟他的同夥講話。

「這小子是在說笑話呢，還是有別的花招？我可沒有心思開玩笑。」

「我看也是，」福爾摩斯說道，「我看我可以保證，你今天傍晚會越來越笑不出來。嗨，西維亞斯伯爵，我是一個大忙人，不能浪費時間。我要去那間臥室。我不在的時候，請你們務必不要拘束。你可以把事情跟你的朋友解釋一下，不必顧忌我的面子。我去拉一首霍夫曼的小提琴曲《威尼斯的船歌》，五分鐘以後再回來聽你的最後答覆。我想你聽明白了我剛才所說的選擇吧？我們是得到你，還是得到寶石？」

說完，福爾摩斯就順手從牆角拿走了小提琴。不一會兒，就從那閉著房門的臥室裡傳來了悲怨連綿的曲調。

「到底是怎麼回事？」莫頓沒等他朋友來得及跟他說話，就著急地問道，「難道他知道寶石的底細啦？」

「他掌握的實在他媽的太多了。我不敢保證他是不是對寶石的事情瞭若指掌。」

「我的老天爺！」這位拳擊運動員灰黃色的臉更蒼白了。

「艾奇把我們給賣了。」

「他把我們賣了？眞的嗎？我非宰了他不可，我豁出去，上絞刑台了！」

「那對我們也沒有多大的幫助。我們得立刻決定要怎麼辦。」

「等等，」拳擊運動員猜疑地朝臥室望了望。「這小子是個精明鬼，我們得要提防他，他是不是在偷聽？」

「他正在演奏音樂怎麼能偷聽呢？」

「倒也是。但也許有人藏在簾子後面偷聽呢。這房間的掛簾實在是太多了。」說著他向四周看望。這時他第一次發現了那個蠟像，吃驚得伸出手來指著它，驚異得連話都說不出來了。

「噓，那是蠟像！」伯爵說。

「假的，是嗎？好傢伙，嚇壞我啦。誰也看不出是假的，跟他一模一樣，還穿著睡衣哪。但是，伯爵，你看這些簾子！」

「哦！別扯什麼簾子不簾子了！我們正在耽誤時間，沒多少時間了。他馬上就可能爲寶石的事把我們抓起來。」

「他媽的這小子！」

「但是只要我們告訴他贓物藏在什麼地方，他就放開手不管我們了。」

「什麼？要我們放棄寶石！交出十萬鎊？」

「兩樣挑一樣。」

莫頓用手抓抓自己參差不齊的短髮。

「他是一個人在這兒，我們把他幹掉吧。要是這傢伙閉上眼，我們就沒什麼好害怕的了。」

伯爵搖了搖頭。

「他有槍，有防備。要是我們開槍打死他，在這種地方也很難逃走。再說，很可能員警已經知道他掌握的證據。喂！什麼聲音？」

一聲模糊不清的聲響好像是從窗口傳來的。兩個人立即轉過身來，但什麼也沒有，一切都很寂靜。除了那個怪像坐在那裡之外，房間的確是空的。

「是街上的響聲，」莫頓說，「喂，老闆，你是有計謀有腦子的人，你當然能想出辦法來。要是動武行不通，那我聽你的。」

「比他更強的人我也愚弄過，」伯爵答道，「寶石在這兒，就在我的暗袋裡——我不能冒險把它亂放。今晚就能將它送出英國，星期天以前就可以在阿姆斯特丹把它切成四分了。他對范·塞達爾這個人毫無所知。」

「我以爲范·塞達爾下個禮拜才走呢。」

「本來是的，但現在他必須立即動身趕下一班船。你我必須有一個人帶著寶石溜到萊姆街去告訴他。」

「但是假底座還沒準備好呢。」

「那他也必須帶走它。冒險去辦，一刻也不能延誤。」他再一次像一個運動員本能地感到危險時那樣，停頓了一下，並兇狠地看了看窗口。沒錯，剛才那模糊的聲響的確是從街上傳來的。

「至於福爾摩斯，」他接著說道，「我們可以很容易地哄騙他。知道嗎，這個該死的笨蛋只要能拿到寶石就不逮捕我們。那好吧，我們承諾給他寶石。誘騙他，給他錯誤的線索，等他發現上當我們已經越過國界到荷蘭了。」

「這個主意聽起來不錯！」薩姆．莫頓咧嘴笑道。

「你去告訴荷蘭人趕緊行動。我來對付這個幼稚的傻瓜，假裝招供——我就說寶石在利物浦。這種哀鳴一般的音樂眞煩人！讓我精神緊張！等他發現寶石不在利物浦的時候，寶石已經變成四塊，我們也在藍色的大海上啦。過來，躲開門上的鑰匙孔。我給你寶石。」

「我非常驚訝你竟然眞敢把它帶在身上。」

「還有更保險的地方嗎？既然我們能把它帶出白金漢宮，別人也能把它從我的住所拿走。」

「讓我仔細看看。」

西維亞斯伯爵漠然地瞅了一眼他的同伴，不理會那伸過來的髒手。

「怎麼著？你以爲我會搶走它嗎？喂，先生，你那一套我受夠了！」

「行了，行了，別動火，薩姆。我們現在可千萬不能爭吵。如果你想把這個寶貝看得更加清楚，到這邊窗戶來。把它迎著光線，給你！」

「多謝！」

福爾摩斯從蠟像的椅子上一躍而起，一把奪過了那顆珍貴的寶石。他現在一隻手拿著寶石，另一手用手槍指著伯爵的腦袋。這兩個惡棍完全不知所措，驚訝地往後踉蹌了幾步。他們還未回過神來，福爾摩斯已經按響了電鈴。

「不要動武，先生們，我勸你們不要動武，考慮考慮這滿屋子的傢俱！你們應該非常清楚，反抗對你們是無濟於事，員警就在樓下等著。」

伯爵的困惑慌張蓋過了他的憤怒和恐懼。

「你是從什麼地方——？」他氣喘吁吁地說著。

「你的驚訝很自然，是可以理解的。你沒注意到，我的臥室還有一個門直通這簾子後邊。我還懷疑在我搬走蠟像的時候你們一定聽見了聲響，但幸運在我這邊。這樣我就有機會來傾聽你們生動的談話，要是你們意識到我在場，那談話就沒這麼自然了。」

伯爵做了一個順從的手勢。

「有你的，福爾摩斯。我相信你就是魔鬼撒旦。」

「也許離他不遠吧。」福爾摩斯很有禮貌地笑道。

薩姆·莫頓遲鈍的腦袋半天才回過神來。直到樓梯上響起沉重的腳步聲，他才開了口。

「無話可說！」他說道，「不過，這個拉琴聲是怎麼回事？現在還響呢！」

「啊，不錯，」福爾摩斯答道，「你想得對。讓它繼續放吧！如今這現代的留聲機眞是一個了不起的新發明。」

第二篇　雷神橋之謎

在查林十字街的考科斯有限公司的銀行保險庫裡，有一個久經搬運、陳舊不堪、已經扁了的錫質文件箱，上蓋印有我的姓名：約翰·華生，醫學博士，原隸屬印度部隊。裡面塞滿了紙張，幾乎全都是夏洛克·福爾摩斯在不同時期經辦過的案情記錄。其中有些有趣的案件卻是偵查失敗的，這些案子無法加以敘述，因爲沒有結局。沒有結局的疑難問題對於那些樂於研究案情的人也許是有意思的，但對於一般讀者則是枯燥乏味的。例如：詹姆斯·菲里默爾案，就是這一類——這位先生回過頭走進自己的家去拿雨傘，就從此在世界上消失了。還有一個案子，是小汽艇艾麗絲亞號，它在一個春天的早晨駛入薄霧之中，從此之後再也沒有回來，船上的人再也沒有消息。再有一個記錄就是依薩朵拉·博桑諾案，他是一個知名的記者，動輒與人尋釁決鬥，有一天突然瘋了，他瞪著眼前的火柴盒，裡面裝有一個奇怪沒有科學名稱的蠕蟲。除了這些懸案以外，還有一些涉及到某些家族隱私的案件，如果公開發表的話將會引起上流社會許多人的恐慌。我絕不會幹那種走漏消息的事，這是毋庸置疑的。而既然我的朋友目前已經有時間將精力放到這件事上，這類案情記錄現在也將被清理挑出銷毀。另外還有很多的案卷，有不同程度的趣味，本來我可以編輯出版的，但我考慮到，太多的讀物可能會影響我特別尊重的那個人的名譽，所以沒有去整理。這些案子，有些我曾參與辦案，能夠以目擊證人的身分發言；有的我未曾參與，或僅僅略知一、二，所以只能以第三者的身分描述。以下這個故事是我的親身經歷。

那是十月的一個早晨，狂風大作，起床時我親眼看到狂風是如何將後院裡那棵傲然挺立的法國梧桐尚未落淨的餘葉席捲而去的。我下樓去吃早餐，心想我朋友一定精神很鬱悶，因爲，正如所有的偉大藝術家那樣，他的心境易受環境影響。但今天卻出乎意料，他幾乎已快吃完早餐，心情格外輕鬆，而且具有他高興時特有的那種不正常的興奮之情。

「又有案子了吧，福爾摩斯？」我問了一句。

「華生，推論是會傳染的，」他回答道，「你也透過推論來研究我的秘密了。不錯，是有案子了。經歷了一個月的無所事事，車輪又轉動了。」

「我可以參加嗎？」

「沒有多少行動可參加，但是我們可以一起討論討論，等你先吃掉新廚師爲我們煮老了的雞蛋再說。煮雞蛋的火候和我昨天在前廳桌上看見的那本《家庭雜誌》有一定的聯繫。連煮雞蛋這種小事情要做好也不容易，需要注意計算時間什麼的，而這是與那本著名雜誌上的戀愛故事互相衝突的。」

一刻鐘後桌子撤了，我們面對面坐在那裡。他從口袋裡掏出一封信。

「你聽說過金礦大王尼爾·吉布森吧？」他問道。

「你是說那個美國參議員嗎？」

「對，他曾經是西部某州的參議員，但是更爲人知的是他是世界上最大的金礦鉅子。」

「我曾聽說過這個人。他在英國好像也住過一段時間。他的大名是眾所周知的。」

「可不是嗎，他五年前在漢普郡買了一個不小的農莊。大概你已經聽說他妻子慘死的事了吧？」

「我想起來了，這使他成爲當時的新聞人物。但是我不知道詳情。」

「我根本就沒想到這個案子會找到我頭上，要不然我早就把摘錄給做好了。」他朝著椅子上的一疊紙指了指。「實際上，儘管這個案子曾轟動一時，但案情卻相當簡單明瞭。被告動人的性格還是抵擋不住確切的證據。這是驗屍陪審團的觀點，也是檢察官起訴的觀點。現在該案已移交溫徹斯特巡迴法庭審理，我害怕辦這個案子費力不討好——我能發現事實，華生，但不能改變事實——除非找到新的、意外的證據，否則我的客戶就沒有什麼希望了。」

「你的客戶？」

「哎，我忘了告訴你了。華生，我也染上你那種倒著說的糊塗習慣了。你先看看這封信。」

他遞給我一封筆跡粗獷而又書法老練的信，寫的是：

寄自克拉里奇飯店

十月三日

福爾摩斯先生：

我不能眼睜睜地看著世界上最善良的女人走向死亡而不竭盡全力去挽救她。我不能做任何解釋，也不想去做任何解釋，但我確知鄧巴小姐無罪。你知道事實經過——誰會不知道呢？此事已成全國性新聞。但沒有一個人站出來替她說話！正是這種不公平，幾乎讓我發瘋，要知道這個女人善良得連一隻蒼蠅也不忍心拍死。我將於明天十一時來拜訪，不知你能不能在黑暗中尋找到一線光明。也許我知道什麼線索而自己未曾意識到它，但不管怎樣，我所知道的一切，我所有的一切，我的全部生命，都可以為你破案所用，只要你能救她。把你平生所有的能力，都用來辦這個案子吧。

尼爾・吉布森謹啟

「你看，就是這封信，」福爾摩斯敲出他早飯後抽完的一斗菸灰，又不急不慢地裝上一斗菸絲。「我正在等候這位寫信給我的先生。至於故事情節，你來不及一下看完這麼多的報紙，要是你對這個案子在邏輯方面感興趣的話，我可以簡要地爲你解說一下。在我看來，這個傢伙是世界上最有勢力的金融寡頭，同時也最暴躁易怒、最令人恐怖。他娶了一個妻子，也就是這次悲劇的犧牲者。關於她我只知道她已步入中年，家中有一位年輕活潑的家庭教師負責教養兩個孩子，由於現在的女主人風韻不抵當年，這就對她很不利了。這三個人是故事的主人翁，地點在一所古老的莊園宅邸，那裡曾經是英國政治史的中心。悲劇發生的經過是：女主人被人們發現在離宅子近半英里的園地上，被一顆手槍子彈打穿了腦袋，此案發生在晚上，她身穿晚禮服，戴著披肩。附近沒有發現武器，現場也沒有留下任何謀殺的線索。身邊沒找到武器，這一點値得注意，華生。謀殺好像是在夜晚進行的，屍體在十一點鐘被守林人發現，在抬回家之前被員警和醫生檢驗過。這麼說或許有點太簡短了，你能聽明白嗎？」

「情況很明白，不過爲什麼要懷疑那位女教師呢？」

「首先，有確鑿的證據。在她的衣櫥底板上面發現了一把發射過一顆子彈的手槍，口徑與屍體內的子彈相同。」這時他兩眼發直，拉長了音強調道：「在她的衣櫥底板上。」然後他又一言不發了。我看出有一條思緒已經自他腦中活躍起來了，這時打斷他的思維是不理智

的。突然，他又回過神來。「是的，華生，手槍被發現了，足以定罪了，是嗎？兩個陪審團都是這樣認爲的。另外，死者身上找到一張紙條，約她在橋頭見面，署名是那個女教師。怎麼樣？這次反映了作案的動機。吉布森參議員是一個有魅力的男子，如果他妻子死了，除了這位年輕女士，還有誰更有希望繼承她呢？根據各種材料來看，這位女教師早已得到主人的垂青。而愛情，財產，地位，一切都要取決於一個中年婦女的死亡。狠毒啊，華生，眞狠毒！」

「的確如此，福爾摩斯。」

「另外，她拿不出她當時不在犯罪現場的證據。反而，她不得不承認在出事時間前不久她到過雷神橋——也就是案發地點。因爲過路的村人看見她在那個地方。」

「這樣看來是可以定案了。」

「可是，華生，可是！這座橋是一座寬石橋，有石欄杆，它橫跨一個又深又長、岸邊有蘆葦的池塘最狹窄的部位，那叫雷神湖。屍體在橋頭躺著。這就是案件的基本情況。不過，我想是我們的客戶來了，來得比約定時間早許多。」

畢利已經開了門，但他通報的來者姓名卻是出乎意料的——馬婁·貝茨先生，這個人我們都不認識。他是一個消瘦而又緊張得神經兮兮的人，眼神驚恐，舉止急促而猶豫——以我做醫生的眼光來看，他已經處在神經崩潰的邊緣了。

「你看來太激動了，貝茨先生，」福爾摩斯說。「請坐下談。我只能跟你稍微談一會兒，因爲我十一點鐘有約會。」

「我知道，」來訪者氣喘吁吁地蹦出短短的一句，「吉布森先生快來了。他是我的老闆，我是他農莊的負責人。福爾摩斯先生，他是一個惡霸，一個陰間的惡棍。」

「你語氣過重了，貝茨先生。」

「我不得不這樣強調說，因爲時間有限，我決不能讓他發現我在這兒。他眼看就到了，可是我沒能早來，因爲他的秘書，弗格森先生，今天早上才把他約你談話的事告訴我。」

「而你是他農莊的負責人？」

「我已提交了辭呈，再過一、兩個星期我就要擺脫他的壓迫了。他殘酷無情，對誰都一樣。他對慈善事業的捐款也只是爲了掩飾自己的罪惡勾當。他的妻子是主要犧牲品，他對她很冷酷！她是怎麼死的我不知道，但我敢說就是他使得她生活悲觀絕望。她來自熱帶地區，巴西人，這個你應該清楚。」

「這點兒我還眞沒有聽說。」

「她在熱帶出生，具有熱帶性格。她是太陽之女、激情之女。她就是以這種女人特有的熱情去愛他，但當她身上的魅力退去之後——我聽說她本來非常漂亮——她就失寵了。我們大家都喜歡她，同情她，憎恨老闆對她的惡劣態度。但老闆能言善辯，十分滑頭——這就是我要告訴你的——千萬不要相信他的花言巧語，他滿腹陰謀。我走了。不！不要留我！他快來了。」

客人慌慌張張地看了一眼錶，撒腿就朝門外跑出去了。

「你看看！你看看！」福爾摩斯過了一會兒說道，「吉布森先生看來有一個很忠誠的家庭，但是警告還是有用的。現在就等他本人來了。」

十一點整，我們聽見樓梯上響起了沉重的腳步聲，這位顯赫一時的百萬富翁被請進屋來。見過之後，我才眞正理解了他農莊的負責人對他的恐怖和憎惡，而且明白了他的無數企業競爭對手對他的咒罵。如果我是一個雕塑家，想塑造一個典型的成功企業家，一個具有鋼鐵意志和鐵石心腸的人物，那我一定會選擇尼爾．吉布森先生做我的模特兒。他高大、憔悴、細瘦的身材，給人一種饑餓的貪婪之感。把亞伯拉罕．林肯之像的高貴之處與他的卑劣相替換，則有幾分像他。他的臉好像是用花崗岩雕成的一般，凹凸不平、冷酷無情，皺紋深深，傷痕累累，顯示出他身世的坎坷。他那冰冷的灰眼睛，精明地在濃眉下面閃亮，來回地打量著我們。當福爾摩斯介紹我的名字時，他微微向前欠了一下身，然後威嚴鎮定地拉過一把椅子坐在我朋友的正對面，四膝幾乎相碰。

「福爾摩斯先生，我直接說吧，」他一開口便說，「我不在乎本案的費用——如果你需要照亮眞理的話，可以把鈔票當柴去燒。這個女子是無辜的，必須還她清白，這是你的責任。你說費用是多少吧！」

「我的業務報酬的金額是固定不變的，」福爾摩斯冷冷地說，「絕不更改，除了有時免費外。」

「那麼，如果你不在乎金錢，請你考慮出名之途吧。如你偵破了這個案子，全英國和全美國的報紙都會把你捧上天，那麼你將成爲兩大洲的新聞人物。」

「謝謝，吉布森先生，但我不需要吹捧——你也許會感到奇怪，我寧願默默無聞地工作，而且只是對問題本身感興趣。談這些是在浪費時間，講講事實經過吧。」

「據我看，報紙上已經把要點都講了，我恐怕也不能提供什麼新的線索來幫助你。但是，如果你有什麼要求我說明的情況，我現在就能解答。」

「那好，只有一點。」

「什麼？」

「你和鄧巴小姐的實際關係怎樣？」

黃金大王嚇了一跳，從椅子上半站起來，不一會兒，又恢復了他鎮定自若的姿態。

「我想你問的問題應該是在你的權力範圍之內的——你只是在履行職責，是吧，福爾摩斯先生。」

「我同意你的想法。」

「我可以向你發誓，我們的關係完全是雇主與一個只有在孩子的面前才與她談話的年輕女教師的關係。」

福爾摩斯從椅子上站起來。

「我很忙，吉布森先生，」他說，「沒時間、更沒雅興聽你的無稽之談。再見吧。」客人也跟著站了起來，高大的身體居高臨下地正對著福爾摩斯。他那毛茸茸的眉毛下面閃耀著一股憤怒的火焰，灰黃色的兩頰微微泛出了紅暈。

「你這是什麼意思，福爾摩斯先生？你是拒絕接受我的案子嗎？」

「哦，至少我拒絕你這個人。我覺得已經說得夠清楚了。」

「是很清楚，但言外之意是什麼？跟我抬高價錢？害怕解決此案？還是別的？我有權要求解釋。」

「好，你或許有權，」福爾摩斯說，「我可以給你解釋。要辦這個案子已經夠複雜了，再加上錯誤的模糊事實就更加困難了。」

「你是說我說謊？」

「我已經儘量委婉地表達了我的意思，要是你堅持要用『說謊』這個詞來表達，我也只好同意了。」

我馬上跳了起來，因爲這個富翁臉上露出了一種無比兇殘的表情，並舉起了他那巨大多節的拳頭。福爾摩斯懶洋洋地微笑著去拿菸斗。

「不要吵，吉布森先生。我認爲早餐後哪怕是再小的口角也會消化不良的。我建議一起到外

面走一走，呼吸一下早晨的空氣，安靜地思考一下，這對你是有好處的。」

黃金大王費了很大力氣才抑制住了他的滿腔怒火，這令我不得不佩服他的自制力，轉眼間他盛怒的火焰已轉爲鎮定冷漠。

「好吧，你決定吧，我想你有自己的辦事原則，我不能勉強你接手這個案子。但今天早上你的所做所爲對你沒有好處，福爾摩斯先生，我擊敗過比你強大的人，跟我作對的人沒有一個有好下場的。」

「很多人對我這樣說過，而我依然健在，」福爾摩斯微笑著說，「好，再見，吉布森先生。你有很多東西需要學習。」

客人砰地走了出去。福爾摩斯卻若無其事地抽著他的菸，凝視著天花板。

「有什麼看法嗎，華生？」他終於開口問道。

「福爾摩斯，我必須坦白地講，考慮到他是一個無情掃除一切妨礙自己道路的人——他的妻子可能就是他的障礙物和不喜歡的人，就跟剛才貝茨先生直截了當地告訴我們的——那麼——」

「不錯，我也這樣看。」

「但他和女教師是什麼關係，你是怎麼看出來的？」

「詐一詐他，華生，欺騙！他那封信的語氣頗為激烈、很反常，和他那不動聲色的風度很不相稱，顯然他動了感情，並且很明顯是為了被告而不是為了死者。要想瞭解眞相，必須弄明白三個人的關係。你看到我剛才用單刀直入向他進攻，他是多麼沉著地應戰。後來我詐他，給他造成一種假象，就像是我絕對肯定地知道，但其實我只是十分懷疑。」

「他可能還會回來吧？」

「肯定會回來，一定回來，他不會這麼放棄的。聽！門鈴不是響了嗎？是，是他的腳步聲。啊，吉布森先生，剛才我還對華生說你該來了。」

黃金大王這次來的神色比走時平靜了許多。當然，在他怒氣沖沖的眼睛裡還夾雜著受了傷的驕傲，但常識和理智告訴他，要想達到目的他只有讓步。

「我又考慮過了，福爾摩斯先生，我覺得剛才誤會你的意思很愚蠢。你有理由瞭解事實眞相，不管事實如何，我很尊重你。但是我可以肯定，我與鄧巴小姐的關係跟本案無關。」

「這要由我決定，是不是？」

「是的，我想應該是。你像是個外科醫生，你要求知道一切症狀，然後才能做出診斷。」

「非常正確，應該如此。這個病人如果對醫生隱瞞病情，那說明他別有用心。」

「你說得不錯，但是你必須得承認，福爾摩斯先生，大多數人在別人毫不留情地要他回答與某個女人的關係如何時，總是會心存戒心的吧——特別是有眞正的感情。每個人在自己心靈深處都保留有一些隱私，不願意讓別人知道，而你卻突然衝了進來。但你的動機是好的，可以原諒，因爲你要拯救她。既然牆已推倒，隱藏的東西已經露出，你就探究吧。你想知道什麼？」

「事實。」

黃金大王稍愣片刻，好似在整理他的思緒。他那冷酷而佈滿深深皺紋的臉變得更加低沉了。

「我可以簡要地敘述一下，福爾摩斯先生，」他終於說道，「有些事情說起來既痛苦又難言，我只說必要的話。我是在巴西淘金的時候遇見我妻子的，瑪麗亞·品脫是一個馬諾斯官員的女兒，長得水靈靈的。那時我是一個熱烈洋溢的年輕人，但即使今天冷眼回顧，我也覺得她當時是一個少見的美人。她天性深沉豐富，具有熱情奔放、忠貞不二、熱帶的氣質，這與我所熟悉的美國婦女截然不同。長話短說吧，我愛上了她，並娶了她。直到浪漫的詩意過去了——共同經歷了這幾年——我才認識到我們沒有共同的東西，完全沒有，我的愛因此冷卻下來。要是她的愛也冷淡了，那一切就萬事大吉了。可是你知道女人的感情有多奇怪啊！無論我怎麼對待她，也絲毫影響不了她對我的感情。我之所以對她苛刻，甚至如某些人說的那樣殘酷，是因爲我知道要是能破壞她的愛或者把愛變成仇恨，那對我們都有好處。但結果是毫無辦法，她還是深愛著我，在英國森林中還如二十年前在亞馬遜河岸時一個樣。不管我用什麼辦法，她依然崇拜著我。

「後來就出現了一個格雷絲．鄧巴小姐。她看了招聘廣告前來應聘，成爲我們孩子的家庭教師。你可能在報紙上也見過她的照片。大家都公認她是一個很漂亮的女人。我不想把自己僞裝得好像比別人高尚，我承認與這樣一個女子在一個屋頂下生活、經常接觸，不可能不對她產生強烈的好感。你譴責我嗎，福爾摩斯先生？」

「我不怪你這樣想，可是假如你這樣向她表白，那麼我就要責怪你了，因爲從某種意義上說她是在你的保護之下的。」

「或許是這樣，」這位富翁說，但剛才的責備又使他的眼睛閃出了原來的怒火。「我不想假裝著有多高尚。我想我這一輩子都是一個要什麼就伸手去拿什麼的人，而我最需要的就是愛這個女人，佔有她。我就這樣告訴她了。」

「哦，你做了，是嗎？」

福爾摩斯一旦動了感情，那樣子也夠令人生畏的。

「我跟她說過，如能娶她，我一定娶她，但這不取決於我，超出了我的能力範圍。我說我不在乎錢，只要是能使她幸福快樂我什麼都肯幹。」

「你很大方。」福爾摩斯譏諷道。

「福爾摩斯先生，我是來請教探案問題，而不是請教道德問題的。我並沒有要你批評我。」

「我只不過是看在這位年輕女士的份上才接手案子的，」福爾摩斯嚴厲地說道。「我覺得她被指控的罪狀絕不比你自己所承認的事更壞——你企圖毀滅一個住在你家的無助女子——你們這種有錢人就應該受點教訓，叫你們知道並不是所有的人都會接受你們的賄賂而赦免你們的罪過。」

令我驚訝的是，黃金大王竟然規規矩矩地接受了這個訓斥。

「現在我自己也覺得是這樣。我感謝上帝，我的計謀沒有如願以償。她堅決不從，而且當下就要辭職回家。」

「爲什麼又沒走呢？」

「這個嘛，首先還有別人靠她養活，放棄了工作，她不可能忍心不管他們。在我發誓絕不再騷擾她之後，她才答應留下來。但是還有一個理由，她知道她對我的影響，並且這比世界上任何別的影響更有力。她要利用這個影響力來做好事。」

「做什麼？」

「哦，她知道一些我的事業。福爾摩斯先生，那是非常龐大——大得讓一般人覺得不可思議的事業。我可以去做也可以破壞——而一般我總是破壞。不僅毀掉個人，還毀掉團體、城市，乃至國家。做生意是一種殘酷的遊戲，勝者爲王，敗者爲寇，我是全力以赴的。我絕不叫痛，也絕不在乎別人叫痛。可她看法不同，我想她是對的。她深信一個人的額外財富不應該建立在一千個人破產饑餓的基礎上。這是她的觀點，我相信她能超越金錢看到更長久、更有意義的東西。她發現我肯聽她的話，她也相信通過影響我的行爲可以爲這個世界做點好事，於是她留下來。後來就發生了這件事。」

「你能把這件事說明一下嗎？」

黃金大王停頓片刻，低頭並雙手捧臉，陷入沉思。

「我不能否認，這對她極爲不利。女人也確實是有自己的內心活動，超過男人的判斷。起先，剛剛出事，我非常慌亂而驚訝，簡直覺得她是因爲過分激動而完全違背了本性。我腦子裡有一個解釋，現在我如實地告訴你，福爾摩斯先生，無論它是對是錯。我妻子很明顯是一個極端妒嫉的女人。有一種對精神關係的妒嫉，它比對肉體關係的妒嫉更可怕。儘管我妻子沒有理由妒嫉我和女教師的關係——這個後來我看她也知道了——她的確覺得這位英國姑娘對我的思想和行動的影響是她自己從來沒有過的。雖然這是一種積極的影響，但也於事無補。她恨這個英國姑娘恨得發瘋，她血液裡始終充滿了亞馬遜的狂熱。或許是她企圖謀殺鄧巴小姐——或者可以說是用槍威脅她叫她離開我們。可能發生扭打，槍走了火，反而打死了持槍的人。」

「那種可能我早已想過了，」福爾摩斯說。「可以說，這是唯一可以代替蓄意謀殺的解釋。」

「但她完全否認發生過這種情況。」

「可是那並不是決定性的證據，對不對？人們一般會認爲，發生這樣的事情後，這個女人可能會慌慌張張地回了家，手裡還拿著槍。她甚至可能把它和衣服扔在一起，自己還不知道，當槍被查出來時她可能矢口否認以圖了事，因爲所有的解釋都是站不住腳的。你用什麼來推翻這個假設呢？」

「鄧巴本人。」

「哦，可能吧。」

福爾摩斯看了看錶。「我深信我們今天上午可以獲得必要的許可證，並乘傍晚的火車到達溫徹斯特。很有可能等我見過這位年輕女士以後，就會在這件事情給你最大的幫助，儘管我不能保證能達到你預想的結論。」

因爲在取得官方許可的問題上有點耽擱，結果當天沒有去成溫徹斯特，而是前往尼爾·吉布森先生在漢普郡的莊園雷神湖地區了。他本人未曾親自陪同，但他給了我們考文垂警官的地址，就是最初查驗現場的地方員警。這是一個又高又瘦、膚色蒼白的人，有點神秘兮兮，給人的印象好像是他知道許多不敢說出的情況。他還有一個毛病就是突然把聲音放低，仿佛事關重大一般，而實際上都是一些普通的話。但在這些表面的毛病背後，他很快就顯示出忠厚誠實的一面，也沒有傲慢到不肯承認能力有限而需要幫助的程度。

「不管怎樣，我寧願你來，不願蘇格蘭警場來人，福爾摩斯先生，」他說，「警方一旦插手辦理此案，地方員警即使成功也會喪失榮譽，若失敗了就得大受埋怨。而我聽說你是公平的。」

「我根本不需要在此案中露面，」福爾摩斯對大爲放心的憂鬱的警官說，「即使我解決了疑難，我也不要求提我的名字。」

「哦，看來你眞有風度，眞的。還有你的朋友華生醫生也很誠實，這我知道。那麼現在，福爾摩斯先生，我們一邊往那兒走，我一邊提一個問題。我只對你一個人講。」他向四面張望著，彷彿不敢說似的。「你不覺得這案子可能對吉布森先生本人不利嗎？」

「我已經考慮過了。」

「你沒有見過鄧巴小姐，她在各方面都很完美。很可能吉布森先生嫌他妻子礙手礙腳，而這些美國人比我們英國人更容易用槍。那是他的手槍，你是知道的。」

「這一點證實了嗎？」

「是的，那是他一對手槍的其中一把。」

「一對的其中一把嗎？那另一把呢？」

「哦，這位先生有許多各式各樣的武器。我們沒有找到與這把成對的，但槍匣是成對的。」

「如果眞是一對中的一把，肯定能找到另一把。」

「我們把槍都擺在屋子裡了，你可以去看看。」

「以後再說吧。我們還是先一起去看看慘案發生的現場。」

以上對話是在考文垂警官的小陋室裡進行的，這屋已成為地方員警站了。從這裡走半英里路，或者說穿過了秋風陣陣、遍地凋落了金黃色蕨類植物的草原，我們就到了一個通往雷神湖的旁門。穿過雉雞保護區來到一塊空地上，我們就看見小山丘頂上那座曲折的、半木結構的住宅了，它一半是都鐸王朝風格，一半是喬治王朝建築。在我們旁邊有一個狹長而蘆葦叢生的水塘，中心收縮處最狹窄。馬車路沿著一個石橋穿過湖面，而湖的兩側因漲水形成一些小池塘。我們的嚮導——警官先生在橋頭處停下來，指著地面說：

「這裡是吉布森太太屍體躺著的地方。我用石頭做了標記。」

「你在屍體移動之前就到了嗎？」

「是的，我馬上就被他們叫來了。」

「誰去叫你的？」

「吉布森先生本人。在有人大呼出事的時候，他和別人一起從房子裡跑下來，他堅持在員警到之前不許移動任何東西。」

「這是明智之舉。我從報紙上得知子彈是從近處發射的。」

「是的，先生，很近。」

「離右太陽穴很近嗎？」

「槍口就在太陽穴邊，先生。」

「屍體是怎麼倒下的？」

「躺著。沒有掙扎的痕跡，一點痕跡都沒有，也沒有武器。她左手裡還握著鄧巴小姐給她的便條。」

「你是說手裡握著？」

「是的，我們很難掰開她的手指。」

「這很重要。這排除了死後有人放便條僞造證據的可能性。還有，我記得字條簡短地寫道：

我會在九點到雷神橋。

格・鄧巴

「是那樣嗎？」

「是的，先生。」

「鄧巴小姐承認是她寫的便條嗎？」

「沒錯，先生。」

「她有解釋嗎？」

「她準備到巡迴法庭上進行辯護。她現在什麼也不說。」

「這個案子確實有意思。字條的用意非常含糊不清。」

「可是，」警官說，「要是允許我發表個人觀點的話，我覺得在整個案情中字條的含意是唯一清楚的。」

福爾摩斯搖了搖頭。

「現在假設便條的確是她寫的，那這張字條也應該在一兩個小時以前被收到了。那麼，爲什麼死者還握著便條呢？她在見面時用不著去看便條吧？這不是很值得注意嗎？」

「哦，先生，聽你這麼一說，我也感覺有點古怪。」

「我需要坐下來靜靜地想一想。」說完他就坐在石欄杆上。我看出他那警覺的灰眼睛四處觀察著。突然，他一躍而起，跑到對面欄杆前，掏出放大鏡開始研究這些石雕。

「太奇怪了。」他說道。

「是的，我們也看見邊上的碎片了。我想可能是路人弄的。」

石頭是灰色的，但缺口卻是白色的，最多只有六便士硬幣那麼大。細看這表面的話，可以看出似乎是猛烈撞擊的痕跡。

「這需要重擊才能敲成這樣，」福爾摩斯沉思著說。他用手杖使勁敲了幾下石欄，卻沒有留下任何痕跡。「確實是重擊的結果，而且敲的地方也很奇怪，是在欄杆下方，而不是上方。」

「但這裡離屍體至少有十五英尺。」

「是的，是有十五英尺。雖然這與本案可能毫無關係，但還是值得注意。我想這個地方也沒什麼可看的了。你說附近沒有腳印嗎？」

「地面像鐵板一樣硬，福爾摩斯先生。根本沒有任何痕跡。」

「那我們走吧。我看咱們首先到宅子裡去看看你說的那些武器，然後到溫徹斯特去，我想見見鄧巴小姐再說。」

吉布森先生還沒有回來，我們在他家見到了上午來拜訪過我們的那位神經兮兮的貝茨先生。他一臉嫌惡地給我們看了他雇主那些令人望而生畏的各式武器，這些都是主人一生冒險積累下來的。

「凡是瞭解吉布森先生性格和作風的人都知道他樹敵不少，」他說，「他每天睡覺時床頭抽屜裡總是放著一把上膛的手槍。他很粗暴，有的時候我們大家都怕他。我敢肯定這位去世的夫人也時常被他嚇到。」

「你看過他打她嗎？」

「那我不太清楚。但我聽見他說過的一些話，跟動手一樣過分，那些言詞充滿了殘酷和侮辱，說的時候甚至還當著傭人的面。」

「這位百萬富翁在私人生活方面似乎沒那麼風光，」當我們朝車站走去的時候，福爾摩斯這樣說，「你看，華生，咱們掌握了不少新的證據，但我還是下不了結論。儘管貝茨先生明顯地表現出他對主人的不滿，但我從他那兒得到的情況卻是：發現出事的時候主人的確是在書房裡。晚餐是八點半結束的，到那時爲止一切都按部就班。當然發現出事的時間是在夜裡，但事件是在便條上寫的那個時刻前後發生的。一切證據都表明吉布森先生自下午五時從城裡歸來以後未曾到戶外去過。另外，照我的理解，鄧巴小姐承認曾約吉布森太太在橋邊見面。除此以外她什麼也不肯說，因爲她的律師勸她保留自己的辯護等待開庭。我有幾個關鍵的問題需要問她，非得見到她才能安心。我必須承認，這個案子對她是非常不利的，除了一點之外……」

「是什麼，福爾摩斯？」

「就是在她衣櫥裡發現的手槍。」

「什麼？」我吃驚地說，「可我覺得這是對她最不利的證據。」

「沒那麼簡單。我第一次知道這點的時候已經感到很奇怪了，現在熟悉案情之後我覺得這是案件唯一突破口。我們需要把整件事情聯繫在一起，凡是很容易想到的事情都有可能是欺騙性的。」

「我不大懂你的意思。」

「那好，華生，現在就設想你是一個心灰意冷、預謀要除掉一個情敵的女人。你已經計畫好了，寫了一個便條。對方來了，你拿起手槍，殺了對方。一切都幹得很俐落。難道你能夠設計這麼巧妙的計畫，卻忘記把手槍扔到身邊的葦塘裡去滅跡，反而小心翼翼地把槍帶回家放到自己的衣櫥裡嗎？難道你不知道那是首先會被搜查的地方嗎？我說，華生，瞭解你的人大概不會說你是一個有心機的人，但我敢說即使是你也不至於幹那麼蠢的事吧。」

「也許是一時感情衝動——」

「不會，不會，我不相信有那種可能。如果犯罪是事先策劃好的，滅跡也肯定是事先安排好的，所以，我認爲咱們受到了嚴重的誤導。」

「但你的論點還有很多疑問。」

「不錯，我們正要解決它。一旦你的觀點轉變過來，原來最不利的證據也就會變成引出眞相的線索。拿手槍來說吧，鄧巴小姐說她對手槍的事一無所知。照咱們的新的想法來推論，她說的是實話。因此，手槍是被放到她衣櫥裡的。是誰放的呢？是那個嫁禍於她的人。那個人不就是眞正的罪犯嗎？你瞧，咱們一下子就找到一條最有用的線索。」

那天晚上，我們被迫在溫徹斯特過夜，因爲手續還沒有辦好。次日清晨，在那位鋒芒畢露的辯護律師喬伊斯·卡明斯先生的陪同下，我們獲准到監獄裡看鄧巴小姐。百聞不如一見，難怪那位令人生畏的黃金大王也在她身上看到了比他自己更強力的東西——能夠制約和指導他的東西。當你注視她那張堅強、眉目清晰卻極其敏感的臉時，你會覺得她氣質高貴，充滿正氣，儘管有可能會一時衝動。她膚色淺黑，身材修長，體態超俗而神情端莊。然而，她那雙黑眼睛裡卻充滿了無助和哀婉，猶如籠中之鳥，網中之魚。當她得知前來看她和幫助她的是赫赫有名的福爾摩斯時，蒼白的雙頰泛起了一絲紅潤，朝我們投來的目光也有了一絲希望的光彩。

「大概尼爾·吉布森先生已經對你講過我們之間的一些情況了吧？」她激動地低聲問道。

「是的，」福爾摩斯答道，「妳不用迴避那些事情。見到妳之後，我相信吉布森先生說的關於妳對他的影響還有你們的純潔關係都是實情。不過，這些情況爲什麼沒有在法庭上說清呢？」

「本來我認爲指控是不可能成立的，只要我們耐心等一等，一切都會澄清，用不著去講那些難以啓齒的私生活的細節。可我現在才知道，不但沒有澄清反而更糟了。」

「我的小姐，」福爾摩斯急得大聲說道，「我請妳千萬不要抱什麼幻想，卡明斯先生可以明確地告訴妳，全部情況都對我們不利，我們必須盡最大的努力才能取勝。如果硬說妳不是處在極大危險中，那才是眞正地自欺欺人。請妳盡力幫我搞清眞相吧。」

「我絕不掩飾任何情況。」

「那請妳講講妳與吉布森太太的眞正關係。」

「她是恨我的，福爾摩斯先生，她用她那火爆性格的全部狂熱來恨我。她非常極端，她對丈夫愛到什麼程度，也就對我恨到什麼程度。也可能她誤解了我和他的關係。我不願說對她不公平的話，但我認爲她那強烈的愛是停留在肉體上的，因此她無法理解那種在理智上、乃至精神上把她丈夫和我聯繫在一起的關係，她也無法設想我僅僅是爲了能對他的強大力量施加積極的影響才留下來的。現在我知道我錯了，我沒有資格留下來，因爲我引起了別人的不快樂——儘管可以肯定地說，即使我離開，這種不快樂也不會消失。」

「鄧巴小姐，」福爾摩斯說，「請妳明確告訴我那天晚上事情的經過。」

「我可以把我所知道的一切告訴你，但是我不能證實事情的眞相，另外有些情況——而且是關鍵的情況——我既解釋不了也不知道該怎麼解釋。」

「只要妳能把事實說清楚，也許別人可以解釋。」

「好吧，我那天晚上去雷神橋，是由於上午我收到吉布森太太的一個便條。便條可能是她親手放在我給孩子上課房間的桌上的。她懇求我晚飯後在橋頭等她，她有重要的事跟我說，並讓我把回覆放在花園日晷上，她希望這只是我們兩個人之間的秘密。我不明白爲什麼要保密，但我還是照她說的做了，接受了約會。她還讓我銷毀那張便條，於是我就在課室的壁爐裡把它燒了。她非常害怕她丈夫，因爲他時常粗暴地對待她，我常爲這事批評他，所以我想她這樣做是爲了不讓他知道這次的會面。」

「但她卻小心地留著妳的便條？」

「是的。我奇怪的是，聽說她死的時候手裡還拿著那個便條。」

「後來呢？」

「後來我如約去了雷神橋。我到那裡時，她已經在那裡等我了。直到這一刻，我才知道這個可憐的人是多麼痛恨我。她就像發瘋了一樣——我覺得她眞是瘋子，有著精神病患者常有的那種虛幻自欺。不然的話，她怎麼會每天對我視而不見而心裡卻又對我如此仇恨呢？我不想重複她所說的話。她用最狠毒、最瘋狂的話語傾瀉了她全部的狂怒和仇恨，而我卻啞口無言。她那樣子叫人無法看下去，我用手摀著耳朵轉身就跑。我離開她時，她還站在橋頭對我狂呼漫罵。」

「就是後來發現她的地方嗎？」

「在那幾公尺之內。」

「但是，假設在妳離開不久她就死了，妳沒有聽見槍聲嗎？」
「沒有。不過，說實在的，福爾摩斯先生，我被她的叫囂弄得都快精神崩潰了，我一直逃回自己的房間，根本不可能注意到發生了什麼事情。」
「妳是說妳回到了房間。在次日早晨之前妳有離開過屋子嗎？」
「是的，出事的消息傳來之後，我和別人一起跑出去看了。」
「那時妳看見吉布森先生了嗎？」
「看見了，我看見他剛從橋頭回來。他叫人去請醫生和員警。」
「妳覺得他當時很不安嗎？」
「吉布森先生是一個很自制的人，我認爲他是不會喜怒形於色的。但是我非常瞭解他，看得出他受到了震動。」
「現在談談最要緊的一點，就是在妳房間發現的手槍。妳以前看過它嗎？」
「從沒見過，我發誓。」
「什麼時候發現它的？」
「次日早晨，當員警進行檢查時。」
「在妳的衣服裡？」
「是的，在我的衣櫥底板上，就在我衣服下面。」

「妳能猜想它放在那裡有多長時間了嗎？」
「出事那天早晨以前它還不在那兒。」
「妳怎麼知道？」
「因爲我那天早上整理過衣櫥。」
「這個證據很重要。也就是說，曾有人進入妳房間把槍放在那裡，爲了嫁禍於妳。」
「肯定是這樣。」
「什麼時間幹的呢？」
「只能是在吃飯時間，否則的話，就是當我在課室幫孩子上課的時候。」
「也就是當妳收到便條的時候？」
「是的，從那時起以及整個上午。」
「好，謝謝妳，鄧巴小姐。妳看還有什麼有助於我偵查的要點嗎？」
「我想不出來了。」
「在橋的石欄杆上有重擊的痕跡——就在屍體對面欄杆上。妳能提供什麼解釋嗎？」
「我覺得可能是巧合。」
「但很奇怪，鄧巴小姐，非常奇怪。爲什麼偏偏在出事的時間和出事的地點出現痕跡呢？而且怎麼會鑿成那樣呢？只有很猛的力量才會那樣。」

把小槍的表現了。拿出一枚子彈，移動其餘的五個，扣上保險，好！這就增加了重量，試驗結果就更好了。」

我一點也不知他葫蘆裡到底賣的是什麼藥，他也沒有跟我說清楚，只是出神地坐在那裡，後來我們在漢普郡小車站下了車。我們雇了一輛破馬車，一刻鐘之後就到達我們那位推心置腹的警官朋友家裡了。

「有線索了，福爾摩斯先生？什麼線索？」

「那全靠華生醫生的手槍表現了，」我的朋友說，「這就是手槍。警官先生，你能給我一條長十碼的繩子嗎？」

於是警官就從本村商店買了一捆結實的細繩。

「這個足夠了，」福爾摩斯說，「好，如果你們方便的話，咱們就可以開始最後一段旅程了。」

夕陽西下，連綿的漢普郡曠野被照成一幅奇妙的秋景。警官帶著批判和懷疑的目光勉強陪著我們走著，彷彿很懷疑我朋友的精神是否正常。走近犯罪現場時，我可以看出，我的朋友雖然同往日般鎮靜，但其實是非常激動的。

「是的，」他回答我的疑問說，「以前你也看見我失敗過，華生。儘管對這類事情我具有一種直覺，但直覺有時候是不可信的。剛才在溫徹斯特監獄內我第一次在腦中閃過這個想法時，我就對它堅信不疑了，但是靈活的頭腦有一個不足，那就是一個人總能想出不同的可供選擇的答案而把我們引入歧途。不過，話又說回來——好吧，咱們只能試一試了。」

他一邊走一邊把繩子的一端牢牢地綁在手槍柄上。這時我們到達了出事的現場，在警官引導下，福爾摩斯非常仔細地畫出屍體躺過的地點。然後他就跑到灌木叢裡，找到一塊相當大的石頭。把石頭拴在繩子的另一端，再將石頭由石欄上往下垂，吊在水面之上。然後他站在出事地點，手裡舉著我的手槍，槍與石頭之間的繩子被拉直了。

「現在開始！」他喊道。

話音未落，他就把手槍舉到頭部，假裝扣動板機後，手一鬆。瞬間，手槍被石頭下降的重量一下子給拉跑，啪的一聲撞在石欄上，然後越過石欄沉入水中。福爾摩斯趕緊跑過去跪在石欄旁，歡呼了一聲，找到了他期待的東西。

「還有比這更確切的證據嗎？」他喊道，「快來看呀，華生，你的手槍解決了全部的問題！」他一邊說一邊用手指著與第一

塊鑿痕形狀和大小都完全一樣的第二塊鑿痕。

「今晚我們住在旅店，」他站起身來對驚訝不已的警官說。「你可以弄一套打撈的繩鉤，然後不費吹灰之力撈起我朋友的手槍。還可以在附近撈到那位一心想報復的女士所用來掩蓋罪行並嫁禍於無辜者的手槍、繩子和石頭。請你通知吉布森先生，我明天上午要見他，以便辦理釋放鄧巴小姐的手續。」

那天夜裡，當我們在本村旅店裡抽著菸斗的時候，福爾摩斯簡單地回顧了整個事情的經過。

「華生阿，」他說道，「我看你把這個雷神橋案件記錄到你的故事裡，恐怕也增加不了我的名譽。我的反應有點遲鈍，我缺乏那種把想像力和現實綜合起來的能力，而這正是做偵探的基本要求。我承認，石欄上的鑿痕已經提供了解決問題所需的足夠線索，但我沒能更快地找到答案。

「咱們得承認，這個不幸女人的思維很深沉很精細，所以揭示她的陰謀不那麼容易。我看，在咱們辦過的案子裡還沒有比這個更能表明愛扭曲的可怕。在她眼裡，不管鄧巴小姐是她精神上還是肉體上的情敵，都是同樣不可原諒的。很明顯，她把她丈夫用來斥退她表現感情的那些粗暴的舉動和言詞都歸罪於那個清白的女士。她下的第一個決心是結束自己的生命，第二個決心是千方百計使她的對手遭遇比馬上死亡更可怕的命運。

「現在咱們可以清楚地看到她所採取的各個步驟，通過這些步驟，我們可以看出她的頭腦相當地精明。她很巧妙地從鄧巴小姐那兒弄到一個便條，使人看來好像是後者選擇了犯罪的地點。

因爲急於讓人很快發現便條，她做得太過火了，到死手裡還拿著便條。單憑這一點就應該更早引起我的懷疑。

「然後她拿了她丈夫的一把手槍——正如你所看到的，宅子裡有個武器陳列室——留給自己用，而將一把相同的手槍在當天早上放掉一顆子彈之後塞進鄧巴小姐的衣櫥。然後她來到橋頭，設計好這個極爲巧妙的辦法消滅武器。當鄧巴小姐來赴約時，她就竭盡最後的力氣把她的仇恨傾瀉而出，等鄧巴走遠之後完成了她的那個可怕的任務。現在每一個環節都一清二楚了，鎖鏈也是完整的，報紙也許會問爲什麼一開始不到湖裡打撈，但這是事後諸葛，誰都會說。再說這麼大的葦塘也無從下手，除非你明確地知道要打撈的東西和打撈的位置。得了，華生，咱們總算是幫了一個不平常的女人的忙，也幫助了一個勢力強大的男人。而且將來他們也有可能會聯合起來，那麼金融界會發現，尼爾·吉布森先生在那個傳授人間經驗的傷感課堂裡，還是學到了一些東西的。」

第三篇　爬行人

夏洛克．福爾摩斯一直主張我發表有關普瑞斯伯瑞教授那些奇特的傳聞，因爲只有這樣做才可以消除在二十多年前曾經震驚大學，並傳到倫敦的學術界的那些醜陋謠傳。然而總是會有些障礙使我未能發表它，結果那些各類案情的眞相一直埋藏在我那個裝滿我朋友歷險記的錫盒子裡。直到今天我們才被獲准發表這個在福爾摩斯退休前不久所辦的案子。而且即使在今天，也還是需要謹愼從事，不可妄言。

那是一九〇三年九月初一個禮拜天晚上，我收到一張福爾摩斯慣用的那種言簡意賅的紙條：

若有時間請立即前來——若沒時間也必須來。

夏洛克．福爾摩斯

在他晚年時，我們的關係很特別。他有很多習慣，而且都是一些狹隘而根深蒂固的習慣，而我也成了他的習慣的一部分。我好比他的小提琴、板菸絲、陳舊的黑菸斗、舊案目錄，以及其他一些勉強能容忍的習慣。每當他遇到棘手的案子，需要一個同伴對他進行精神鼓勵時，我就派上用場。當然我的作用不僅如此，我就好比他腦子的磨刀石，可以刺激他的思維。他喜歡在我面前自言自語。他的推理不只是對我說，床鋪也可以稱為他說話的物件，但一旦養成了對我講話的習慣，我的評論和想法多少還是對他有幫助的。如果說，我不時的遲鈍會使他不耐煩，可這反倒使他的想法更加生動而快速地迸發出來。這就是我在我們合作中充當微不足道的角色。

我來到貝克街，只見他抱著腿蜷縮在沙發上，叼著菸斗皺著眉頭若有所思，看來他正被一個難題困擾著。他示意我坐在我慣用的沙發上，可是他竟然半個小時都沒跟我說話。後來他好像突然清醒過來，用他一貫古怪的笑容歡迎我回到老家。

「請原諒我剛才失神了，華生，」他說，「在剛過去的二十四小時裡，有人向我講述了一些極其怪異的情況，讓我想起了一些更有普遍意義的問題。我眞的打算寫一篇關於狗在偵察工作中的用途的專論。」

「不過，福爾摩斯，別人早做過獵犬、警犬的這方面研究了。」我說。

「不是這個，華生，這方面的問題當然是誰都知道了，但還有一些更微妙的問題有待研究。你大概記得你用特別感性的方法處理的那個銅山毛櫸案吧，我曾經透過觀察兒童思維方式的方法，推論出那個道貌岸然父親的罪惡。」

「當然，我記得很清楚。」

「我那個關於狗的想法大抵相同。狗能反映一個家庭，誰見過陰沉的家庭裡有歡快的狗，或者快樂的家庭裡有憂鬱的狗呢？殘忍的人必有殘忍的狗，危險的人必有危險的狗。狗的情緒也可能反映人的情緒。」

我不禁搖了搖頭。「這個理論有點太牽強吧了！」我說道。

他重新裝滿菸斗，又坐下了，根本沒有理會我的話。

「剛才我說的那種理論跟我目前研究的這個問題很有關係。這是一團亂麻，我正在整理思緒。有一個頭緒可能是：爲什麼普瑞斯伯瑞教授的狼狗羅依會咬他呢？」

我失望地往椅背上一靠。難道就是爲了這個無聊的小問題就把我叫過來嗎？福爾摩斯瞟了我一眼。

「你還是老樣子！」他說，「你總是不知道最重大的問題往往取決於那些最瑣碎的事情。難道這件事看上去不奇怪嗎？你大概聽說過牛津大學的著名學者，沉默的老哲學家普瑞斯伯瑞吧，他一向珍愛的狼狗怎麼會一再襲擊他呢？你能解釋這個問題嗎？」

「狗生病了。」

「這是一種可能。但這狗從不咬別人，另外牠平時並不搗亂，只是在極特殊的情況下才咬主人。華生，這眞的很奇怪。一定是年輕的班尼特先生，他比約定時間來得要早一點。我本來希望在他來之前能跟你多聊一會兒。」

樓梯上傳來一陣急促的腳步聲，敲門聲也很急促，接著這位新客戶就進來了。他是一個又高又帥氣的青年，大約三十歲，穿著考究得體，舉止之間有一種學者的謙遜而沒有交際場上的那種自命不凡。他和福爾摩斯握了握手，然後驚訝地看了看我。

「福爾摩斯先生，這件事情非常敏感，」他說道，「考慮到我和教授在密切的私人和工作關係上，我不願意在第三者面前講述我的情況。」

「不用擔心，班尼特先生。華生醫生很謹慎，另外這個案子我也需要一個助手。」

「好吧，悉聽尊便。希望你能理解我剛剛的慎重。」

「當然了。華生，這就是我跟你提起的班尼特先生，是那位著名教授的助教，就住在教授家裡，而且是教授獨生女兒的未婚夫。我們當然得同意，他有義務替教授保密，對教授忠實。但揭開謎底可能是最好的表達忠誠的方式。」

「我也希望如此，福爾摩斯先生，這是我唯一的目的。請問華生醫生瞭解基本情況嗎？」

「我還沒有來得及告訴他。」

「那麼我最好先把情況講一遍，然後再說最近的情況。」

「還是由我來複述吧，」福爾摩斯說，「這樣你可以看看我掌握的情況是否屬實。華生，教授在全歐洲很有名望。他一直做科研工作，從來沒有過一絲流言蜚語。他是一個鰥夫，只有一個女兒，叫愛迪絲。據我所知，他剛強、果斷，幾乎可以說爭強好勝，直到數月之前都是如此。

「後來他的生活被打亂了。他今年六十一歲，但他和他的同行——比較解剖學教授莫菲的女兒訂了婚。我覺得，這次訂婚不是那種上了年紀的人的理智求婚，倒是像年輕人那種狂熱的行爲，因爲沒人像他那樣過分熱烈。女方愛麗絲．莫菲才貌雙全，所以教授的癡情也不足爲奇了。然而，教授的親屬卻不能認同。」

「我們認爲他這樣做太過分了。」我們的客人說。

「是的。很過分，根本不合情理。但教授非常富有，女孩的父親並不反對這件事。女孩另外還有幾個追求者，這些人除了年齡，其他方面都不能與教授相比。這個姑娘似乎並不在乎教授的怪癖，還是挺喜歡他的。唯一的障礙就是年齡。

「就在這時候，教授的正常生活突然被一個謎團籠罩。他做出了驚人之舉——他離家外出，沒有告訴任何人。兩週後，疲憊而歸。雖然他平時很坦率，這次卻沒有對任何人提及他的去向。碰巧，我們這位客戶班尼特先生，收到一個同學從布拉格寄來的信，提到他有幸在布拉格見到普瑞斯伯瑞教授但沒能跟他說話。教授的親屬這才知道了他的去向。

「這時問題出現了。教授回來以後，發生了奇怪的變化，他變得鬼鬼祟祟。四周的熟人都覺得他不再是原先他們認識的那個人了，好像有一個陰影罩住了原來的他。他的才能並未受影響，講課還是那麼精彩，但他身上總有一些陌生的東西，一種出乎意料、不祥的東西。他的女兒一向對父親忠心耿耿，曾多次試圖回到以前那種親密無間的父女關係中，試圖去掉父親的面具。而你，貝奈特先生，也做了同樣的努力——但一切都是徒勞的。現在，先生，請你親自講講那封信吧。」

「華生醫生，請你理解，教授一向對我沒有隱瞞，即使是他的兒子或兄弟，也不見得會得到更多的信任。他的一切信件都由我這個秘書經手，也由我拆看並加以分類。但自從這次他回來後一切都變了，他告訴我，可能有一些郵票下面畫有十字，來自於倫敦的信件，這些信要放在一邊等他親自拆看。後來我果然經手了幾封蓋有倫敦東區郵戳的信件，信上的筆跡看起來好像不是有文化的人寫的。如果教授寫過回信的話，那都不是我經手辦的，因為他並沒有把回信放在我們發信的郵筐內。」

「還有小盒子。」福爾摩斯說。

「哦，對，小盒子。教授旅行回來時，帶回一個木質小盒子。這是唯一表明他到歐洲大陸去旅行過的物品，那是一個雕刻奇趣的東西，應該是德國造的。他把木盒放在工具櫃內。有一天我去找插管，便拿起這個匣子來看。令我吃驚的是教授竟然大發雷霆，對我好奇的舉動用十分野蠻的話來罵我。這還是我第一次遇到這種事情，可卻深深地傷害了我。我竭力地去解釋，我只是無意間拿起匣子而已，但我察覺到那天整個晚上他都狠狠地瞅著我，對此事耿耿於懷。」班尼特先生從口袋裡掏出一個小日記本。「那天是七月二日。」他說道。

「你的確是一個絕妙的見證人，」福爾摩斯說，「你記的這些日期對我可能會有用。」

「這也是我向這位偉大的老師學習的知識之一。自從我觀察到他的行爲不正常那時起，對於他的問題我覺得我有責任去研究。因此，我這裡記下的，就恰好是在七月二日這一天，當他從書房走到大廳的時候，羅依攻擊了他。後來，在七月十一日，發生了類似事件，另外我又記下了在七月二十日發生的同一情況。自那以後我們不得不把羅依關到馬廄裡去了。羅依是很有靈性的可愛動物——我這樣說恐怕你厭倦了吧。」

班尼特的語氣中帶著責備，顯然是因爲福爾摩斯根本就沒在意他的話。福爾摩斯綳著臉，雙眼凝視著天花板，好不容易才回過神來。

「奇怪，眞是怪事！」他低聲說道，「這種事對我來說還是第一次碰到，班尼特先生。原來的情況我們都重述過了，對嗎？但是你剛才說事態又有了新的發展。」

此時，我們的來客那愉快的臉立刻陰沉下來，因爲這勾起了他的那些令人厭惡的回憶。「現在我要講的是前天夜裡發生的事，」他說道，「大約在夜裡兩點鐘我醒過來，躺在床上，這時我聽見一些模糊的響聲自走廊裡傳來。我打開我的房門往外張望。教授就睡在走廊的末端——」

「日期是——」福爾摩斯問了一聲。

很顯然，客人對這個扯不上邊的問題很不耐煩。

「我剛才說了，是在前天晚上，也就是九月四日。」

福爾摩斯點頭微笑。

「請繼續講吧。」他說。

「他睡在走廊末端，並且必須經過我的門口才能到達樓梯。那眞是可怕的一幕，福爾摩斯先生。我想我不會比一般人膽小，但那天的情景眞把我嚇壞了。樓道整個是黑漆漆的，只有中間的一個窗子透過一絲光線。我看見有個東西沿著樓道移動，黑鴉鴉的，好像在地上爬。它突然出現在光亮的地方，我一看竟然是教授。他正在地上爬著，福爾摩斯先生，他是在地上爬的！而且並不是用膝和手，而是用腳和手，腦袋向下垂在兩臂中間。但他的樣子似乎很輕鬆，而我卻被嚇壞了，直到他爬到我的門口，我才走上去問

他，要不要我扶他起來。他的回答超乎我的想像——他一躍而起，惡狠狠地罵了我一句，快速地從我面前走下樓去了。我大約等了一個鐘頭，也沒見他回來。直到天亮他才回屋。」

「華生，你怎麼看？」福爾摩斯好像是一個病理學家，向我詢問一個稀有病例。

「可能是風濕性腰痛。我見過一個嚴重的病人，就是這樣走路的，而且這個病令人心煩易怒。」

「你眞行，華生！你總是很讓人信服。不過風濕性腰痛是講不通的，因爲他當時就能一躍而起。」

「他的身體從來沒這樣好過，」班尼特說，「說實在的，這些年來他從沒有像現在這麼棒過，但情況卻已經是如此。這件事不能找員警，而我們又確實無計可施，又模糊地感到災禍即將發生。愛迪絲，就是普瑞斯伯瑞小姐，和我都感到應該解決這件事情了。」

「這個案子確實很奇特，值得再三推敲。華生，你的意見呢？」

「從醫生的角度來講，」我說道，「這應是一個由精神病學家來處理的病例。老教授的腦神經受了戀愛的刺激，他到外國去旅行，是爲了擺脫情網。他的信件和木盒子可能與其他的私人事務有關——比如放了一些貸款憑證，或者股票證券。」

「而狼狗咬他顯然是反對他的金融交易？不對，華生，這裡面還有別的東西。目前我只能是猜測——」

福爾摩斯的猜測還沒說出來，門突然打開了，一位小姐被引進屋來。班尼特叫著跳起來，伸開兩手跑過去，拉住了那位小姐的手。

「愛迪絲，我親愛的！沒出事吧？」

「我覺得非來找你不可了，傑克，我嚇壞了！我一個人待在那兒太可怕了。」

「福爾摩斯先生，這就是我剛才說的那位年輕小姐，我的未婚妻。」

「怎麼樣，華生，剛才我們不正是要得出這樣的結論嗎？」福爾摩斯笑著說，「普瑞斯伯瑞小姐，此案又有新發展，妳也想讓我們知道是嗎？」

我們的新客人是一個聰明、漂亮、傳統的英國姑娘，她對福爾摩斯笑了一下，就坐在班尼特的身邊。

「我發現班尼特先生不在旅館，我想他可能在這裡。當然他早已告訴過我他要來向你諮詢。哦，但是福爾摩斯先生，你能不能幫幫我那可憐的父親啊？」

「有希望解決，普瑞斯伯瑞小姐，但是案情還不夠明朗。或許妳說的新情況能說明一些問題。」

「這是昨晚發生的事，福爾摩斯先生。昨天一整天他都很古怪。我能肯定有的時候他對自己做過的事情根本就不記得，他簡直就像生活在夢幻裡一樣，昨天就是那樣。他不像是我現實中的父親。他看起來樣子沒變，但實際上卻不是他了。」

「告訴我昨天發生了什麼。」

「夜裡我被狂暴的犬吠聲吵醒。可憐的羅依，牠現在被鐵鏈鎖在馬廄旁邊。我現在總是鎖上我的房門才敢睡覺，傑克——班尼特先生會告訴你的，我們都覺得危險在一步步地逼近。我的臥室在樓上，恰好昨晚我的窗簾是拉開的，且窗外月光很亮。我正躺在床上兩眼盯著明亮的窗戶，傾聽狗的狂叫，卻驚訝地發現我父親在窗外看我。當時我嚇得要死。他的臉貼在玻璃上，一隻手舉起來，彷彿扶著窗框。如果窗子被他打開的話，我想我會瘋了的。那不是幻覺，福爾摩斯先生，不要以爲是幻覺。我肯定，大約有二十秒鐘，我就那樣癱在床上注視著他的臉。後來他就消失了，但我動不了，不能下床到窗戶去看個究竟。我渾身發冷，躺在床上發顫，直到天亮。吃早餐時他顯得很凶，沒有提及夜裡的事。我也沒說什麼，只是撒了個謊說要去鎮上——其實我是上這兒來了。」

福爾摩斯被普瑞斯伯瑞小姐的陳述驚呆了。

「我的小姐，妳說妳的房間是在二樓。

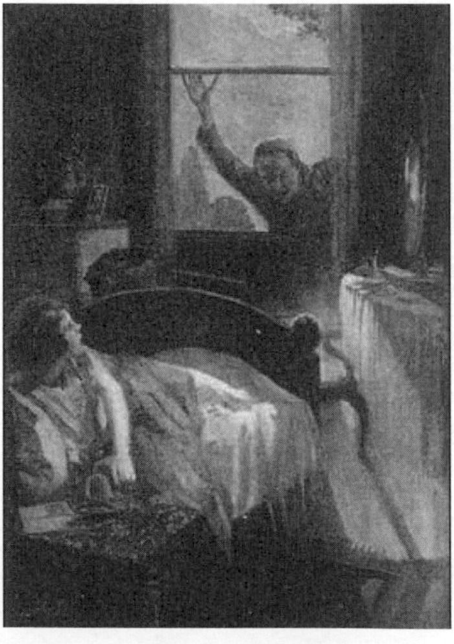

花園子裡有梯子嗎？」

「沒有，這也正是令人害怕的緣故，根本就沒有搆得著窗子的辦法，但是他卻偏偏在窗戶外出現了。」

「日期是九月五日，」福爾摩斯說。「這就更複雜了。」

這回輪到這位年輕的小姐驚訝了。

「福爾摩斯先生，這是你第二次提到日期了，」班尼特說，「難道日期對這個案子很重要嗎？」

「可能——很有可能——但是我手裡還沒有完整的資料。」

「可能是你在考慮精神失常與月球運轉是否有關？」

「不，絕對不是，這與我所想的無關。也許你能把筆記本留給我，我來核對一下日期。華生，我看現在我們的行動路線已經很明確了。這位年輕的女士已經告訴我們了——而且我對她的直覺有很大的信心——她父親在某些日期對自己幹過的事並不記得。因此，我們將在這種日期去拜訪他，裝作是他約我們去的，他或許會以爲是自己記不清了。這樣我們就可以更近距離地觀察他，作爲這次行動的開始。」

「好極了，」班尼特說，「不過，我得警告你，教授有時候脾氣很壞，粗暴易怒。」

福爾摩斯笑了。「如果我的設想確實可行的話，我們有理由儘快去見他，可以說有充足的理由馬上就去。班尼特先生，這樣吧，明天我們一定到牛津。如果我沒記錯的話，那裡有一個切科旅館，裡面供應的葡萄酒非同一般，而床單總髒得讓人想咒罵。先生，如果我們命不好，接下來幾天說不定會住在更糟的地方。」

星期一早晨我們就啓程上路——這對福爾摩斯是小事一樁，因爲他什麼也沒有，但對我來說卻需要拼命安排和亂忙一通，因爲此時我的業務已經相當繁忙了。一路上他沒有提及案情，直到我們把衣服箱子在他說的那家旅館寄存好之後，他才開口。

「華生，我想我們能在吃午飯之前找到教授。他在十一點講課，並且應該在家小歇一會兒。」

「我們用什麼藉口去找他呢？」

福爾摩斯掃視了一下他的筆記本。

「在八月廿六日他有過一段時間很暴躁。我們可以假設，他在這種時候有點神志不清。如果我們堅持說是來赴約的，他大概不敢否認。你能厚著臉皮去做嗎？」

「也只好試試。」

「太好了，華生！只好試試——這是意志堅定者的格言。友好的本地人會帶我們去的。」

一名本地人，趕著一輛漂亮的雙輪馬車，帶我們走過一排古老的學院建築，拐進一條林蔭道，在一座豪宅門前停下。宅子四周是種滿紫藤的草坪，看來教授的生活舒適而又奢侈。馬車靠近時，我們就發現一個花白的人頭從前窗探出來，濃眉下面，一雙銳利眼睛透過玳瑁眼鏡打量著我們。不久，我們就眞的置身於他的豪宅之中了。教授站在我們的面前，而正是他以古怪的行爲把我們從倫敦召來了。從他的外貌和舉止之中是看不出任何古怪之處的，他是一個舉止莊重、五官端正、體格高大、身穿禮服的男子，一副大學教授應有的氣派。他五官中最引人注目的是他的眼睛，犀利而銳敏，聰明幾近於狡猾。

他看了我們的名片。「請坐，先生們。有何貴幹？」

福爾摩斯平和地微笑著說：

「教授，這正是我要問你的問題。」

「問我？」

「可能有些誤會。我聽另外一個人說，牛津大學的普瑞斯伯瑞教授需要我的效勞。」

「哦，是這樣！」我似乎看見他那銳利的灰眼睛裡閃現著惡意。「你聽說的，是嗎？我可以問問告訴你的那個人的姓名嗎？」

「抱歉教授，這需要保密。要是我做錯了什麼，也無妨，我只好向你表答我的歉意。」

「沒有必要，我想要搞清楚這是怎麼回事，我很感興趣。你有什麼字條、信件或電報之類，可以說明你的來意嗎？」

「沒有。」

「你是不是想說，是我請你來的？」

「我不好回答這個問題。」

「不，我敢說不，」教授厲聲說，「不過，這個問題不用麻煩你就能很容易得到回答。」

他穿過房間走到電鈴旁邊。我們在倫敦認識的那位朋友班尼特先生應聲而來。

「班尼特先生，這兩位倫敦來的先生說是來赴約的，是你負責處理我的全部信件，你有沒有記錄到曾經給一個叫做福爾摩斯的人寄過信件？」

「沒有，先生。」班尼特臉上唰地一紅。

「這就肯定了，」教授憤怒地瞪著我的同伴。

「先生，現在，」他用兩手按著桌子把身子往前一傾，「看來你的身分非常可疑。」

福爾摩斯聳了聳肩膀。

「我只能對你再說一聲對不起，我們不必要地打擾了你一趟。」

「沒那麼簡單，福爾摩斯先生！」這個老頭尖聲地喊叫道，臉上表情極端的惡毒。他一邊說著一邊站到門和我們之間的位置攔住我們的去路，暴怒

地揮動著兩手。「想走沒那麼容易！」他臉上的肌肉抽搐起來，咧著嘴朝著我們嘰哩哇啦亂嚷。我相信要不是班尼特先生出來干預，我們只有殺開一條血路才能離開屋子。

「我親愛的教授，」他喊道，「請你注意你的身分！請你考慮這件事傳到大學裡去會發生什麼影響！福爾摩斯先生是一位眾所周知的名人，你不能待他這樣無禮。」

我們的主人——如果我能這樣稱呼他的話——這才很不高興地讓開了門口的路。我們很慶幸能來到房子外面，來到恬靜的馬車道上。福爾摩斯看起來好像覺得這段小插曲很好玩。

「我們這位博學朋友的神經有點問題，」他說，「我們的拜訪可能有點冒昧，但我還是親自和他打了一次交道。好傢伙，華生，他一定是在跟蹤我們，這傢伙肯定追來了。」

我們身後是有跑步的聲音，但是，我發現，那不是令人畏懼的教授，而是他的助手，在馬車道的拐角出現了。他氣喘吁吁地向我們跑來。

「眞對不起，福爾摩斯先生，我向你道歉。」

「不必，不必，我親愛的班尼特先生。這是幹我們這一行不可避免的經歷。」

「我從沒見過他像今天這麼蠻橫，他越來越凶了。你應該明白爲什麼他女兒和我那麼害怕了。但他的神智還是很清醒的。」

「太清醒了！」福爾摩斯說，「這是我的失策，這充分地證明了他的記憶力比我估計的要好得多。對了，在我們走之前，能不能看一下普瑞斯伯瑞小姐房間的窗戶？」

班尼特撥開灌木往前走，我們看見了樓的側面。

「就在那兒，左手邊第二個窗子。」

「天啊！這麼高。不過，你看窗子下面有藤蔓，上面有水管，都可以輔助攀登。」

「我可爬不上去。」班尼特說。

「是的。對任何正常的人來說，這都是很危險的。」

「福爾摩斯先生，我還有件事要告訴你。我查到了跟教授通信的那個倫敦人的地址。教授今天早上好像又寫了信給他，我從他的吸墨紙上發現了地址。雖然機要秘書幹這種事是可恥的，但我也是無可奈何。」

福爾摩斯瞅了一眼那張紙，就放進衣袋裡。

「朵拉克——是一個怪姓氏，我猜大概是斯拉夫人。不管怎麼說，這是一個重要的線索。班尼特先生，我們今天下午回倫敦，我看留下也起不了什麼作用。我們不能逮捕教授，因爲他沒犯罪；也不能限制他的行動，因爲不能證明他神經失常。現在還不能採取任何行動。」

「那我們到底該怎麼辦呢？」

「耐心一點，班尼特先生，事情馬上就會有進展。如果我沒估計錯的話，下星期二可能是一個危機時刻，我們到時一定到牛津大學去。這個處境是很不愉快的，如果普瑞斯伯瑞小姐能延長她在倫敦的停留——」

「這個容易。」

「那就讓她留在倫敦，等我們通知她危險已過再說。目前讓教授任意行動，不要阻止他，一切順著他的心意。」

「他來了！」班尼特驚恐地小聲說。從樹枝間隙裡我們看見那個挺拔的高個子從前廳走出來，四處張望。他身體前傾，兩手下垂並搖擺著，腦袋左顧右盼。秘書向我們擺手告別，就潛入樹叢溜走了。不一會兒，我們見他跟教授站在了一起，兩個人一邊熱情地談著話，一邊走進屋內。

「我看老教授猜出我們的行動來了，」福爾摩斯在回旅館的路上說道，「我雖然只見過他一面，但他清晰而又有邏輯的頭腦給我留下了很深的印象。性情火爆是真的，不過從他的角度來看，他的火爆也可以理解，因爲他猜出是自己的家人請偵探跟蹤他的。我看班尼特的日子不好過了。」

福爾摩斯在郵局停下來發了一封電報，當天晚上就有了回音。他把電報扔給我看。

已走訪商業路，見到朵拉克。和藹，波希米亞人，略上年紀。開一家大雜貨店。

麥爾希爾

「麥爾希爾是在你走之後成爲我的助手的，」福爾摩斯說，「他負責料理我的日常事務。我覺得有必要瞭解一下教授秘密通信的對象，他的國籍和教授的布拉格之行是有聯繫的。」

「謝天謝地，總算是有些頭緒了，」我說，「目前我們彷彿面臨一大堆無法解釋、彼此無關的事件。比方說，狼狗咬人和波希米亞之行有什麼聯繫？這些事情又和夜裡在樓道爬行有什麼聯繫？至於你的日期，那是最神秘莫測的了。」

福爾摩斯一邊微笑一邊搓手。我們坐在古老旅館陳舊的起居室裡，桌上擺著一瓶他曾向我提過的有名的葡萄酒。

「那好，我們先來說一說那個日期，」他說。他五指交叉，就像在課堂上講課似的。「這位青年的日記表明，事情發生在七月二日，從那以後彷彿隔九天出一次事，據我所知，只有一次例外。所以最後一次事是在九月三日即星期五，也符合這一規律，在此之前的八月廿六日也是如此。這絕不是巧合。」

我不得不同意。

「我們可不可以這樣假設，教授每九天就服用一種烈性藥物，其藥效短暫但毒性較大。他本身爆烈的性格再被藥性刺激，就更厲害了。他是在布拉格學會使用這種藥物的，目前由倫敦的一個波希米亞經銷商供應他藥品。華生，這樣一來所有的事情就可以聯繫起來了。」

「但是怎麼解釋狗咬人，窗戶外的臉，樓道裡的爬行人這些事呢？」

「不管怎麼說，我們只是開了個頭，要等到下星期二才會有新的發展。目前我們只能和我們的朋友班尼特保持聯繫，還有就是充分享受這座美麗城市的宜人景色。」

次日早晨班尼特偷偷跑來向我們報告最新的消息。正如福爾摩斯所料，班尼特的日子不好過——教授雖未明確指責是他把我們找來的，但言詞激烈，態度惡劣。可今天早晨他又恢復了常態，照例給滿堂學生做了富有才華的演講。「撇開他的異常發作不談，」班尼特說，「他確實比以前精力更充沛了，頭腦也更清晰了。但他變了一個人，再也不是我們記憶中的那位了。」

「照我看至少在一個星期之內你沒有什麼可怕的，」福爾摩斯回答說。「我很忙，華生醫生還有許多病人需要照料，那我們就約好下星期二的這個時間在這裡碰頭。如果在我們下次離開你之前仍不能解釋這事件的話——即使不能徹底地解決它——會讓我很意外的。同時也請你將發生的情況及時地寫信通知我們。」

接下來的一連幾天我也沒再見到我的朋友福爾摩斯。星期一晚上我收到他一張簡短的便條，叫我在火車站等他。在去牛津的路上，他告訴我，教授的家庭一直很平靜，他本人也很正常。當天晚上我們在老地方切科旅館安頓下來後，班尼特來對我們講的情況也是這樣。「今天他收到倫敦的來信，有一封信和一個小包裹，上面都有十字，他叫我別碰。沒有其他的了。」

「這些大概也就足夠了，」福爾摩斯嚴肅地說，「班尼特先生，我看今天晚上便見分曉了。如果我的推論沒錯的話，今晚事情會水落石出。要達到我們的目的，有必要注意觀察教授——也就是你不要睡著，要時刻警覺。要是你聽見他經過你的門口，不要驚動他，但要悄悄地跟蹤他。華生醫生和我將在附近隱蔽。對了，你說的那個小盒子的鑰匙在什麼地方？」

「在他的錶鏈上。」

「我覺得我們的研究必須針對匣子。要是出現最糟糕的情況，我想那鎖也不至於太牢固。宅子裡還有沒有強壯能幹的男人？」

「有一個馬車夫，叫麥克菲爾。」

「他睡在哪兒？」

「在馬廄樓上。」

「可能用得著他。在看清事態發展之前我們只能做這些了。你走吧——不過我相信在天亮之前會再見到你。」

等我們在教授家前廳正對面的樹叢裡埋伏好，已近午夜時分。那是一個美麗的夜晚，但是冷風陣陣，幸虧我們穿著外套大衣。此時微風拂面，雲朵在空中飄過，不時地遮住半圓的月亮。若不是有期待的興奮心情鼓舞著我們，若不是我朋友下保證說這樁怪案已接近尾聲了，那將是一個非常沉悶的守夜。

「如果九天週期是正確的，今夜的教授應該會發作，」福爾摩斯說。「事實上他奇怪的症狀是在拜訪布拉格回來以後發生的，他與倫敦的一個波希米亞商人秘密通信，這個商人可能代表布拉格的某個人，就在今天他收到商人寄來的包裹，這都指向了一個結論。他使用的是什麼以及爲什麼用藥，我們還不知道，但那些藥品總是由布拉格來的這毫無疑問。他是按照嚴格規定用藥的，這使得九天週期受到了藥品的控制，這是最開始引起我注意的一點，但他的症狀非常古怪。你有沒有注意到他的指關節？」

我不得不承認我沒有注意到。

「關節又大又有老繭，是我未曾見過的。華生，看人先看手，然後就是袖口、褲、膝和鞋。他的古怪的指關節只有在某些職業才能變成那樣——」說到這裡福爾摩斯愣了一下，突然用手拍了一下額頭。「呵，華生，我怎麼那麼笨哪！看來是難以置信的，但一定是眞事。一切要點都說明同一結果，我竟然沒有覺察出這些概念的聯繫來！那樣的指關節，我怎麼會忽視那些指關節呢？還有狗！以及那常春藤！我眞該退到我夢中的農場裡去了。快瞧，華生！他來了！現在我們可以親眼看看了。」

大廳的門慢慢打開了，映著燈光，我們看見教授高高的身材。他穿著睡袍，站在門口，雖是直立著，卻向前欠身，兩手在身前搖擺，就像我們上次看見他那樣子。

當他走到馬路上時，姿勢突變，他彎腰蜷縮著身子用手和腳爬起來，不時跳躍一下，就彷彿精力過剩似的。他沿著房子向前爬到頭就拐過屋角去了。就在教授要消失的時候班尼特溜出大廳門，悄悄地跟蹤在教授的後面。

「快來，華生！」福爾摩斯喊道，然後我們就盡可能地輕手輕腳地在樹叢中找到一個能看到房子側面的地方。房子的這面沐浴著月光，教授清晰可見。他蜷縮在長滿長春藤的牆腳下，突然，他以不可思議的矯捷動作向牆上爬去。然後又從一根藤向一根藤爬去，抓得十分牢穩，顯然他的攀爬是毫無目的的發洩精力。他的睡衣敞開，在兩邊拍打著，他看起來活像一隻貼在房子側壁上的巨大蝙蝠，在月光照射的牆上形成了一個大黑塊。不久他玩厭了，又順著一根一根長春藤爬下來，朝著馬廄爬了過去，依舊是那副怪姿勢。狼狗已經出來並狂吠著，一看見牠的主人就叫得更凶了。牠把鎖鏈拉得綳直，狂怒得發起抖來。教授故意蹲伏在狗搆不著他的地方，用各種辦法激怒狼狗。他在馬路上抓起一把石子朝狗的臉上丟過去，撿起一根棍子朝著狗刺去，用手在狗的血盆大嘴前幾英寸的地方晃來晃去，千方百計地讓狗更加瘋狂地亂吠。在我們所有的歷險經歷中，還沒有見過如此怪異的情景，一個冷漠的而令人敬畏的人竟然像蛤蟆一般趴在地上，去激怒一隻狂怒的狼狗，用各種巧妙而故意的殘忍方式，激得狗跳起前爪對他瘋狂地撲叫。

突然，意外的事情發生了！倒不是鐵鏈掙斷，而是狗脖子上的皮圈滑脫了，因爲那皮套本來是做給脖子粗的狗的。只聽「倈嗒」一聲鐵鏈落在地上，接著是人狗在地上滾成一團，一個在咆哮，另一個在恐懼地異聲尖叫。教授幾乎喪命，這個充滿野性的動物正咬住他的咽喉，牠的尖牙切入很深，我們趕上去把他們分開時，他已失去知覺。本來這對我們來說很危險，但是班尼特的到來和他的吆喝之後，立刻使狗恢復了理智。叫喊聲把睡意矇矓的馬車夫從馬廄樓上的房間叫了下來。「這不奇怪，」他搖頭說道，「我曾經見過這種情況。我知道狗早晚會咬到他。」

把狗拴上後，我們一起把教授抬到他的臥室。班尼特有醫學學位，他幫我處理撕破的喉嚨。教授非常危險！犬齒差點切斷頸動脈，並且出血嚴重。半小時後，危險過去了。我幫病人注射了嗎啡，他陷入沉睡。直到這時，我們大家才得以冷靜下來研究問題。

「我覺得應該找一位一流的外科醫生來給他看病。」我說。

「不，說啥也不行！」班尼特大聲說，「現在醜聞還只限於家庭內部，咱們都能靠得住，一旦傳出家門，那就一發不可收拾了。請考慮他在大學裡的地位，他在歐洲的名譽，還有他女兒的感情吧。」

「確實是這樣，」福爾摩斯說，「我覺得我們應該盡可能地保密，不再外傳。另外，既然我們現在行動自由，應該防止類似的事情再發生。班尼特先生，把錶鏈上的鑰匙拿過來。麥克菲爾負責看守病人，如有變化立即報告我們。讓我們去看看教授的神秘盒子裡到底有什麼東西。」

東西不多，但足以說明問題了——一個空藥瓶子，一個幾乎裝滿藥物的針筒；由外國人寫的幾封信，上面的字跡很潦草。信封上的記號表明這些信正是擾亂了秘書日常工作的那幾封，每一封都有商務路的發信地址，並有「A．朵拉克」的簽字。內容只是郵寄給教授的新藥品的發票，或貨款的收據。但另外還有一封信，上面有一位受過良好教育的人的筆跡，還有奧地利郵票和布拉格郵戳。「這回可有證據了！」福爾摩斯一邊掏出信紙一邊喊道。上面寫的是：

尊敬的同行：

自從你尊貴地拜訪我以來，我再三考慮你的情況，雖然你的情況有特殊需要治療的理由，但我依然要提出警告，根據以往治療效果表明，該藥並不是沒有危險的後果。

類人猿血清或許可能有較好的效果，但正如我所說，我使用的物件為黑面葉猴，因為適合此類物種。黑面葉猴為爬行及攀登類動物，而類人猿為直立類動物，所以更接近於人類。對這種不成熟的新療法我請你謹慎從事。我在英國還有另一客戶，都是由朵拉克做我的經紀人。

請務必每週按時報告療效。此致

崇高的敬意

原來是洛文斯坦恩！這個名字使我回想起報紙上的一段摘錄，那上面講到一位不知名的科學家正在以一種奇特的方法研究返老還童術和長生不老藥。這就是布拉格的洛文斯坦恩！他有一種令人驚奇的強壯血清，是醫學界禁用的，因爲他拒絕公佈處方。我把我記得的事情簡短地說明了一下，班尼特從書架上取下一本動物學手冊，讀道：『「葉猴，喜馬拉雅山麓大型黑面猴子，是最大型類人爬行猴。」這裡還記載著許多細節呢。啊，福爾摩斯先生，非常感謝你的幫助，這下我們找到罪惡的根源了。」

「但眞正的根源，」福爾摩斯說，「實際是教授的不洽當戀愛，這使衝動的教授認爲只有重返青春才能達到目的。一個人要是想超越自然，他就會適得其反。最高等的人，一旦脫離了人類命運的康莊大道，就會變成動物。」他手裡拿著小藥瓶，坐在那裡沉思了一會兒，眼睛一直注視著裡面透明的液體。「等我寫封信給這個人，告訴他要對流通這種毒藥的犯罪行爲負責，我們的麻煩就沒有了，但同類事情還有可能會發生。別人有可能會想出更高明的辦法，所以危險性總是存在的，這對人類是一種現實的威脅。華生，你想想，那些追求物質、肉慾和世俗享受的人都延長了他們毫無價值的生命，而追求精神價值的人則不願違背更高的召喚，結果是最不適者生存了下來，這樣我們的世界將會變成一個什麼樣的髒水坑？」突然，幻想家不見了，行動家福爾摩斯從椅子上一躍而起。「班尼特先生，我看沒什麼好說的了，情況已經很清楚了。在這件事情中，狗比人更早地發現了變化，教授的氣味沒有逃過狗的鼻子。羅依咬的不是教授，而是猴子，正如逗狗的是猴子一樣。攀爬對這種動物來說是一種本能，一次偶然的機會就是在這種本能的驅使下他探頭到他女兒的窗口。華生，早晨有開往倫敦的火車，不過我們在趕火車前還是先到旅館喝杯茶吧。」

第四篇　蘇塞克斯的吸血鬼

福爾摩斯仔細地閱讀了一封剛收到的信件，接著，漠然地無聲一笑，對他來說，這種笑差不多就是大笑的表情——然後把信扔給了我。

「作爲現代與中世紀、實際與空想的混合物，這封信眞的算是有到位了，」他說道，「你認爲怎麼樣，華生？」

我讀道：

寄自老丘瑞路四十六號
十一月十九日

關於吸血鬼的事

先生：

我們的客戶——羅伯特・弗格森先生，他是敏興巷弗格森—米爾黑德茶葉經銷公司的合夥人，今日來函詢問有關吸血鬼事宜。因我們公司專門從事機械估價業務，此項不屬本店經營範圍，故此我們推薦弗格森先生造訪你們並求解疑難。我們對你們曾經承辦馬蒂爾達・布瑞格斯案件並予成功偵破的經歷仍記憶猶新。

你真誠的莫里森，莫里森—道得公司

經手人E・J・C・

「馬蒂爾達・布瑞格斯不是少女的名字，華生，」福爾摩斯回憶說，「那是一艘船，與蘇門答臘的碩鼠有關，那個故事是能使大家大為吃驚的。但是我們對吸血鬼瞭解什麼呢？那屬於咱們的業務範圍嗎？當然嘍，無論如何也比沒事幹強，可是這回我們真的一下子進入到格林童話的故事中了。伸一下手，華生，查查字母V，看看有什麼說法。」

我轉過身去把那本大索引取下來拿給他查閱。福爾摩斯把書擺在膝蓋上，兩眼緩慢而專注地查閱著那些案件記錄，其中夾雜著畢生積

累的情報。

『『格洛里亞斯科特號』的航程，』他念道，「這個案子相當糟糕。我記得你做了有關它的記錄，華生，但最終的結局不能讓我對你說聲恭喜；僞鈔製造者維克多．林奇；毒蜥蜴，這是個了不起的案子；馬戲團美女維特利亞；范德比爾特與盜賊；毒蛇案；奇異鍛匠威格爾。喔！喔！眞是本好的舊索引，無所不有。華生，你聽這個。匈牙利吸血人。還有，特蘭西瓦尼亞的吸血鬼們。」他熱心地翻閱著，但是一番仔細地流覽之後，他還是扔下厚厚的書本，失望地哼了一聲。

「瞎扯，華生，瞎扯！那種只有用夾板釘在墳墓裡才不出來走動的僵屍，跟咱們有什麼關係？簡直是精神失常。」

「可是，」我說道，「吸血鬼也不必斷定他一定是死人？活人也可能有吸血的習慣。例如，我在書上就讀到有的老人吸年輕人的血以保持自己的青春。」

「你說得沒錯，這本索引裡就提及到這種傳說了。但是我們能相信這種事嗎？這位經紀人既然兩腳是站在地球上，那就不能脫離地球。這世界對咱們來說夠大的了，不需要介入鬼域，我恐怕我們不能過於相信羅伯特．弗格森的話。下面這封信有可能是他寫的，或許也能得到一絲線索，弄清他苦惱的究竟是什麼問題。」

說著他拿起第二封信，在他全神貫注地看第一封信時沒有注意到這封信。他開始讀這封信時滿面笑容，但讀著讀著笑容就變成專注緊張的神情了。看完之後他靠在椅子上沉思起來，手指之間還夾著那信紙。最後他悚然一驚，把自己從幻想中喚醒過來。

「蘭伯利，奇斯曼莊園。蘭伯利在什麼地方，華生？」

「在蘇塞克斯郡，就在霍爾舍姆南邊。」

「不算很遠吧？那麼奇斯曼莊園呢？」

「我熟悉那片鄉村，福爾摩斯。那裡遍佈著用房東姓氏命名的古老住宅，都是幾個世紀之前建造的，比如奧得利莊園、哈威莊園、凱立頓莊園等等——那些家族早就被人遺忘了，但他們的姓氏與房子一起保留下來了。」

「好極了。」福爾摩斯冷冷地說——他一個引以自豪的怪癖就是，雖然他往往不聲不響地、精確地把一切新見聞都裝入自己的大腦，但是卻很少對提供者致謝。「我想不久我們就會對奇斯曼莊園有更多的瞭解了。這封信正如我所設想的一樣，是羅伯特·弗格森寫來的。對了，他還說認識你。」

「什麼，認識我！」

「你最好自己看看信。」

說著他把信遞過來。標題位置寫的就是剛才他念的那個地址。

我讀道：

福爾摩斯先生：

我的律師介紹我和你聯繫，但我的問題實在是格外的敏感，都不知從何談起才好。這涉及到我的一個朋友，我是代表他來談他的事的。這位紳士在五年前和一位秘魯小姐結了婚，他妻子是一位秘魯商人的女兒，我的朋友在做進口硝酸鹽生意的過程中認識了她。她長得很美，但是國籍和宗教的不同總是在夫婦之間造成感情和興趣愛好上的分歧。結果，過了一段時間，他對她的感情可能冷淡下來了，他或許認為他們的結合是一個錯誤，妻子性格中有某些東西是他永遠無法探究和理解的。這是特別痛苦的，因為她真是一個少有的賢慧可愛的妻子——一切跡象都證明她絕對是深愛著丈夫的。

現在我進入主題，我們見面時還會向你說明詳情。實際上，這封信只是先給你一個輪廓概念，以便請你確定是否有意承辦此事。不久前這位女士開始表現出與其溫柔可愛的本性截然不符的怪現象。這位紳士曾經結過兩次婚，他有一個與前妻生的兒子，今年十五歲，是一個非常討人喜歡的孩子，可惜很不幸，他小時候曾受過傷。有兩次，有人發現後母無緣無故地痛打這個可憐的男孩子。其中有一次是用棍子打他，在胳臂上留下一條很大的瘀痕。

可是，和她對自己未滿週歲的親生兒子的所作所為比起來，這還是小事一樁。大約在一個月之前，保姆離開嬰兒幾分鐘去做別的事。嬰兒突然大聲嚎哭起來，保姆聞聲趕來，一進屋就看見女主人彎著身子竟然在咬小孩的脖子。脖子上有一個小傷口，往外淌著血。保姆嚇壞了，想立刻去叫她的丈夫，但是女主人哀求她不要那樣做，居然還給了她五鎊錢要她保守秘密。女主人沒有做任何解釋，事情就這麼過去了。

然而這件事在保姆心裡留下了可怕的印象，從此以後她更加接近女主人，密切注意她的行動，並且把她真心關愛的嬰兒看得更緊。正如她監視母親一樣，母親也在監視著她，在她不得不離開嬰兒一會兒的時候，母親就搶著到小孩那裡去。保姆日夜地保衛嬰兒，而母親也日夜靜靜地像惡狼窺伺羔羊一樣盯著嬰兒。這對你來說一定覺得難以置信，但我請求你嚴肅地看待此事，因為事關一個嬰兒的生命和一個男子的心智健康。

後來終於有一天，事情再也瞞不過丈夫——保姆的神經支持不住了，她向男主人坦白了一切。這對丈夫來說，或許就像你現在的感覺一樣，簡直就是在聽天方夜譚。他深知他的妻子是愛他的，除了那次痛打繼子之外，她也是愛她的繼子的，是一位有愛心的母親。她怎麼會傷害自己親生的孩子呢？因此他對保姆說一定是幻覺，這是精神錯亂，並且她對女主人的這種誹謗是令人無法容忍的。就在他們談話的時候，突然聽到嬰兒的痛哭聲。保姆和男主人一起跑向嬰兒室。只見他妻子剛剛從搖籃旁站起身來，嬰兒的脖子上流著血，連床單上都有。請你試著想像他的心情吧，福爾摩斯先生。當他把妻子的臉轉向亮處，看見她嘴唇周圍都是鮮血時，他恐怖得叫出聲來了。是她——這回沒有疑問了——是她吸了可憐嬰兒的血。

這就是實際情況。她現在把自己關在房間裡，沒有作任何解釋；丈夫差不多已半瘋狂了。他和我除了只聽說過吸血鬼這個名稱以外，對這種事一無所知。我們一向把它當做外國的奇聞，可是誰知就在英國蘇塞克斯——好，還是明天早上與你面談吧。這樣可以嗎？你能用你的能力幫助一個心煩意亂的人嗎？如蒙不棄，敬請致電給弗格森先生，蘭伯利，奇斯曼莊園。我將於上午十點到你住所。

你真誠的羅伯特·弗格森

附註：我記得你的朋友華生曾經為布萊克斯隊打過橄欖球，而我當時是瑞奇蒙德隊的中衛。在私人關係上，這是我唯一可提出的介紹。

「對，我記得他，」我一邊放下信一邊說道，「大個子鮑伯·弗格森，他是瑞奇蒙德隊最優秀的中衛。他是一個很熱心的小夥子，現在他對朋友的事又是如此關心。」

福爾摩斯沉思地看著我，搖了搖頭。

「華生，我眞是摸不透你，」他說，「你總是有些令我意想不到的想法。好吧，請你去發一封電報，電文內容和一個老朋友寫的一樣：『很高興承辦你的案件』。」

「你的案件？」

「我們不能讓他認爲這是一家弱智的偵探，這當然是他本人的案子。請你把電報發了，到明天早上就見分曉了。」

第二天上午十點鐘一到，弗格森準時大踏步走進我們的房間。在我記憶中，他是一個身材細長、四肢靈活的人，行動迅捷，善於用折返繞過對方後衛的攔截。可是人的一生中，似乎沒有比重見一位在其青春年華時你曾認識的健壯運動員更難過的事了，現在這個弗格森的骨骼已經坍陷了，淡黃的頭髮也稀疏無幾，兩肩低垂。恐怕我留給他的印象也正如我所見到的他的樣子一樣吧。

「嗨，華生，」他說道。他的聲音倒還是那麼深沉熱情。「你看起來不像是當初我把你隔著繩子拋到人群裡時的體格啦。我大概也變了模樣了——就是最近這些天我才變的。我看了你的電報，福爾摩斯先生，看來我不能再裝成別人的代理人了。」

「直接來還好辦些。」福爾摩斯說道。

「那當然。但請你想一想，談論一個你必須去保護、幫助她的女人，是多麼爲難啊。我該怎麼辦呢？難道我去找警察說這件事嗎？而我又必須保護我孩子們的安全。那是精神病嗎，福爾摩斯先生？與血緣遺傳有關嗎？在你的經歷中碰到過類似的案子沒有？看在上帝的份上，求你幫幫我，我已經失去主見了。」

「那當然，我很樂意，弗格森先生。請你坐下，定定神，清楚地回答我幾個問題。我可以向你保證，我並沒有對你的案情不知所措，我自信我們應該可以找到答案。首先，請你告訴我，你已經採取了哪些措施，你妻子還能與孩子們接近嗎？」

「我和她大吵了一場。福爾摩斯先生，她是一個非常賢慧可愛的女人，她的確是眞心地愛著我。見我發現了這個恐怖的、難以置信的秘密，她痛苦萬分，連話也不說了，面對我的責備一言不發，只是驚恐憐憫地盯著我，然後突然轉身跑回自己的房間，把自己鎖在房間裡。自那以後，她拒絕見我。她有一個陪嫁的女僕，叫做德洛麗絲，與其說是一個僕人不如說是一個朋友，由她爲我妻子送飯。」

「這麼說，孩子目前沒有危險嗎？」

「保姆梅森太太發誓日夜不離嬰兒，我絕對相信梅森太太。我倒是非常擔心可憐的小傑克，因爲他曾兩次被痛打，正如我告訴你的那樣。」

「沒受過傷？」

「沒有。她野蠻地打他，尤其是，他是一個可憐的、很守規矩的跛足孩子。」

當弗格森談到他兒子的時候，憔悴的臉色變得柔和一些了。

「這個孩子的缺陷誰看了也會心軟的。他小時候摔壞了脊椎，但是心靈是天眞可愛的。」這時候福爾摩斯又從桌上拿起昨天的信，反覆讀著。「弗格森先生，你的房子裡還住著什麼人？」

「有兩個新來不久的僕人。還有一個馬夫，叫邁克爾，也住在我房子裡。另外就是我妻子、我自己、我兒子傑克、嬰兒、德洛麗絲、梅森太太，就是這些。」

「我想你在結婚時對你妻子還瞭解不深吧？」

「那時我認識她才幾個星期。」

「侍女德洛麗絲跟她有多久了？」

「不少年頭了。」

「那麼她對你妻子的性格應該比你更瞭解了？」

「是的，可以這麼說吧。」

福爾摩斯記了下來。

「我想，」他說道，「我在蘭伯利待著比在這裡更有用些，這個案子需要身臨其境地調查。既然女主人不出臥室，我們在莊園也不會打擾或者麻煩她。當然我們是住在旅館裡。」

弗格森的姿態稍稍放鬆，好像鬆了一口氣。

「福爾摩斯先生，這正是我希望的。如果你能來，恰好兩點鐘有一班頭等列車從維多利亞車站出發。」

「我們肯定會去。剛好我現在有空，你的這件案子我可以全力以赴。華生當然也和我們一起去。不過，在離開之前，我必須弄清一、兩個問題。照我理解，這位不幸的女主人看來是傷害著兩個孩子，包括你的兒子和她親生的嬰兒，對嗎？」

「是的。」

「但是襲擊的方式不同，是嗎？她是毆打你的兒子。」

「一次是用棍子，另一次是用手。」

「她有解釋爲什麼要打他嗎？」

「沒有，除了她說恨他以外——她一再地這樣說。」

「這種事在繼母們的身上時常發生，我覺得這可能是對死者的妒嫉吧。她天性善妒嗎？」

「對，她妒嫉心很強，她是用她那炙熱的深情來妒嫉的。」

「你的兒子——他十五歲了，根據我的理解，既然他的身體活動受限制，但他的心智發育還是正常吧。他向有你解釋被毆打的原因嗎？」

「沒有，他發誓說那是無緣無故。」

「以前他和繼母關係好嗎？」

「他們之間從來談不上有愛這種感情存在。」

「但你說你的兒子是惹人喜愛的？」

「世界上再也不會有像他這樣深愛著我的兒子了，我就是他的生命，他對我的一言一行都非常關心。」

福爾摩斯再次做了記錄。他坐在那兒出神地思索了一會兒。

「再婚之前，無庸置疑你和你兒子是感情很深的。你們經常在一起，對吧？」

「朝夕相處。」

「既然這個孩子很重感情，那當然對已故的母親是深愛的了？」

「深愛之至。」

「看來他一定是一個很有趣的孩子。還有一點有關襲擊的問題，對你兒子的毆打和對嬰兒的襲擊是發生在同一時間裡嗎？」

「第一次是這樣。她突然像中了邪似的，對兩個孩子發洩她的憤怒。第二次只是傑克挨了打，保姆並沒說嬰兒出了什麼事。」

「這還眞有點複雜。」

「我不明白你的意思，福爾摩斯先生。」

「可能不是。我是臨時做出了一些設想，有待時間或新的研究去探索。這是一個壞習慣，弗格森先生，但人類的天性是有弱點的。恐怕你的老朋友華生把我的科學方法描述得有點誇張了，然而，目前這一步我只能告訴你，我認爲你的案件並非難以解決，今天兩點鐘你會在維多利亞車站等到我們的。」

這是十一月份的一個黃昏，天氣陰沉多霧。我們把行包放在蘭伯利的恰科斯旅館，就驅車穿過一條彎曲泥濘的蘇塞克斯鄉間小路，來到弗格森那座偏僻而古老的農莊。那是一座龐大連綿的建築，中心部分非常古老，而兩翼又很新，有都鐸王朝時期的高聳菸囪和長了苔蘚的高坡度的霍爾舍姆石板瓦。進門的臺階已經凹陷，長廊牆壁上的古瓦刻有圓形的房屋建造者的繪畫。天花板由沉重的橡木柱子支撐著，地板凹凸不平。這座古老而又年久失修的房子散發出一股霉氣。

弗格森把我們帶進一間很寬敞的中央大廳，那裡有一座巨大的、罩著鐵皮的舊式壁爐，上面刻有「一六七〇」的字樣，裡邊還生著劈啪作響的熊熊爐火。

我環顧四周，只見這屋子在時代和地域上都是一個大融合。半截鑲木牆很可能是十七世紀原農莊主的設計。在牆的下半部掛著一排富有審美情趣的現代水彩畫，而上半部分卻掛著一排來自南美的容器和武器，很顯然是樓上那位秘魯太太帶來的東西。福爾摩斯站起來，以他那銳敏的目光好奇地仔細打量這些東西。看過之後，眼中充滿沉思地又坐了回去。

「嘿！」他突然喊起來，「你看！」

一隻獅子狗本來在牆角的籃子裡臥著，這時慢慢朝牠的主人爬過去，走起來顯得很吃力。牠的後腿不規則地拖著，尾巴拖在地上。牠去舔主人的手。

「怎麼回事，福爾摩斯先生？」

「這狗怎麼了？」

「獸醫也搞不清是什麼病。是一種癱瘓病，他覺得可能是脊髓腦膜炎，但這病正在好轉，牠不久就會痊癒的——是不是，我的卡羅？」

這狗的尾巴輕輕顫了一下表示贊同。牠那悲淒的眼睛在我們之間看來看去。牠很明白我們在談論牠的事情。

「這病是突然得的嗎？」

「一夜之間。」

「多久以前？」

「可能有四個月了吧。」

「值得注意。有用的線索。」

「你覺得這病說明什麼問題嗎，福爾摩斯先生？」

「它肯定了我的一種設想。」

「什麼，你到底在說什麼呀？這對你也許僅僅是猜謎遊戲，但對我卻是生死攸關！我妻子可能是殺人犯，我兒子時刻處在危險中！福爾摩斯先生，千萬不要跟我開玩笑，這一切太嚴重，太可怕了。」

這個大個子中衛渾身發抖。福爾摩斯把手放在他胳臂上安慰他說：

「不管結果是什麼，痛楚可能是難免的，不過我會竭盡全力幫你減輕痛苦。目前我還不能多說什麼，但在我離開你家之前我可能能給你明確的答覆。」

「但願如此！對不起，紳士們，我到樓上去看看我妻子的情況有無變化。」

他走了幾分鐘，福爾摩斯再次去研究牆上掛的器物。主人回來了，從他氣餒的臉色看得出沒有取得任何進展。他帶來一位高瘦的褐色皮膚的侍女。

「德洛麗絲，茶已備好了，」弗格森說，「請妳照顧女主人，給她想要的東西。」

「她病得很重，」侍女大聲說道，兩眼憤怒地看著主人，「她不吃東西。她病得很重，需要醫生。沒有其他人，我一個人和她待在一起害怕極了。」

弗格森眼帶疑問地看著我。

「如果需要，我願竭盡全力。」

「妳的女主人願意見華生醫生嗎？」

「我帶他去，不必徵得她的同意，她需要醫生。」

「那我立刻跟妳去吧。」

侍女激動萬分，我隨她走過一條古老的走廊，走上樓。在盡頭有一座很堅固的鐵骨門。我瞧著這門暗想，如果弗格森想闖進妻子的房間可不那麼容易啊。侍女從口袋裡掏出鑰匙，那沉重的橡木門板在門梢上吱吱地打開了。我走了進去，她馬上跟進來，回手關上門鎖好。

床上躺著一個女子，一眼就能看出她在發高燒，神智處在半清醒狀態，聽見有人進來，立即抬起一雙驚恐而柔美的眼睛，害怕地瞪著我。一見是陌生人，她反而放心地鬆了一口氣，又歪倒在枕頭上了。我上前安慰了她幾句，她就躺著讓我把脈、量體溫。脈搏跳動很快，體溫也很高，但她給我的印象卻是神經緊張導致的，並非是感染性的疾病。

「她這樣一天、兩天地躺著。我眞擔心她會死去。」侍女說。

女主人把她緋紅而俊美的臉龐朝我轉過來。

「我丈夫在哪兒？」

「在樓下，他想見妳。」

「我不要見他，我不要見他。」接著她似乎又神智不清了。「惡毒啊，惡毒啊！我該對這個惡魔怎麼辦啊！」

「我怎樣才能幫助妳呢？」

「不，沒有人能幫我。完了，全完了，無論我怎麼做，一切都完了。」

女主人又在胡言亂語——因爲我實在看不出，誠實的弗格森會是一個心如毒蠍的惡魔。

「弗格森太太，」我說道，「妳的丈夫是非常愛妳的。發生這件事，他也非常痛苦。」

她再一次把她那美麗的眼睛朝我轉過來。

「他愛我，是的。難道我不愛他嗎？我愛他到了寧願犧牲自己也不願傷他心的地步，我愛他是這樣地深，而他居然會這樣想我——這樣說我。」

「他極其悲痛，但他不理解。」

「是，他不理解，但他應該信任我。」

「妳不願見見他嗎？」我問道。

「不，不，我忘不了他說的那些令人傷心的話，也忘不了他的臉色，我不要見他。請你走吧，你幫不了我的。請你告訴他一件事，我要我的孩子。我有權利要自己的孩子，這是我唯一要對他說的話。」她又把臉轉向牆，不肯再說話了。

我回到樓下的房間，弗格森和福爾摩斯還坐在壁爐邊。弗格森神情憂慮地聽我敘述會見的情景。

「我哪能把嬰兒交給她呢？」他說道，「我如何能知道她會不會再有奇怪的衝動呢？我怎麼能忘記那次她從嬰兒身旁

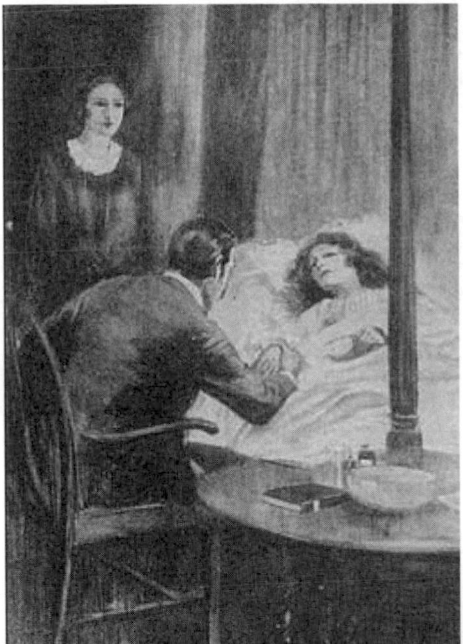

站起來時，嘴唇上都是孩子的血的情形呢？」這些回憶使他打了一個冷顫。「嬰兒與梅森太太在一起是安全的，他必須留在保姆那裡。」

一個俊俏的女僕送茶上來，她是我們在這座莊園內見到的唯一摩登的人。在她開門的時候，一個少年走進屋來。他是一個引人注目的孩子，臉色白皙，頭髮淺黃，一雙容易興奮的淺藍色眼睛，一看見父親就閃現出一種意外激動的喜悅光芒。他衝過去兩手摟著弗格森的脖子，像熱情地墜入愛河的女孩子那樣抱住父親。

「爸爸，」他叫道，「我不知道你已經回來了，要不我早就在這兒等你了。哦，見到你眞高興！」

弗格森似乎有點窘困地輕輕拉開兒子的手。

「親愛的好孩子，」他一邊輕撫著兒子淺黃色的頭髮一邊說道，「我能早點回來是因爲我的朋友福爾摩斯先生和華生先生，我說服了他們到我們家來跟我們消磨一個晚上。」

「是那偵探福爾摩斯先生嗎？」

「是的。」

這個孩子用一種很敏銳、但在我看來不是很友好的眼光凝視著我們。

「你的那個小兒子呢？弗格森先生？」福爾摩斯說道，「我們可以看看他嗎？」

「叫梅森太太把小孩抱下來，」弗格森說。這個孩子以一種古怪的、蹣跚的步伐走了，憑我做醫生的眼光看來，他患有脊椎軟骨症。不一會兒他就回來了，後面跟來一個高大憔悴的女人，懷裡抱著一個漂亮可愛的嬰兒，黑眼睛，金黃色頭髮，是個絕妙的撒克遜人和拉丁血統的混血兒。弗格森顯然很疼愛他，一見面就把他抱到自己懷裡非常親切地愛撫著。

「眞不明白怎麼會有人忍心傷害他，」他一邊自言自語著，一邊低頭去看那天使般白嫩的脖子上的小紅斑痕。

此刻我的目光碰巧落在福爾摩斯身上，我看見他的神情特別專注。他的臉像象牙雕刻品一樣紋風不動，看了一下父親和兒子之後，又很好奇地盯住對面的什麼東西上。我順著他的目光望去，猜想他只是在看著窗外那使人抑鬱、濕漉的園子，而實際上百葉窗是半關著的，什麼也看不見，但他的眼光顯然是盯在窗子上。然後他微微一笑，目光又回到嬰兒身上。嬰兒的脖子上有一小塊傷痕，福爾摩斯一言不發仔細察看傷口。最後他握了握嬰兒在空中搖晃著的小拳頭。

「再見，寶貝，你生活的起點是非比尋常的。保姆，我想私下跟妳說一句話。」

他和保姆走到一邊，認眞地交談了幾分鐘。我只聽見最後一句是：「妳的顧慮馬上就會解除了。」保姆像是一個脾氣倔強、不愛說話的人，她抱回嬰兒離開了。

「梅森太太是什麼樣的人？」福爾摩斯問道。

「正如你所見，她外表看起來不是很討人喜歡，但是心地非常善良，而且疼愛這個嬰兒。」

「傑克，你喜歡保姆嗎？」福爾摩斯突然對大孩子說。孩子那富於表現又靈活多變的臉龐陰沉起來，他搖了搖頭。

「傑克這孩子愛恨異常分明，」弗格森用手摟著孩子說，「但很幸運我是他喜歡的人。」

傑克咕噥著把頭栽到爸爸懷裡，弗格森輕輕拉開他。

「去玩吧，小傑克，」他說完，用慈愛的眼光一直看著他出去。「好，福爾摩斯先生。」大兒子走遠了後，他繼續說：「我眞覺得抱歉，讓你白跑了一趟，因爲你除了表示同情之外還能做些什麼呢？從你的角度來看，這一定是一個非常複雜而又敏感的案子。」

「的確是敏感的，」福爾摩斯話中有話地說，「但我倒還沒覺得有多麼複雜。有時雖然只是一個假設，可是當原有的假設一步步地被客觀事實給證實了以後，那主觀就變成客觀了，我們可以確信地說我已經達到目的了。其實，在離開貝克街之前我已得出結論了，以後只是觀察和證實而已。」

弗格森把大手按在佈滿皺紋的額頭上。

「看在上天的份上，福爾摩斯先生，」他嗓子都急啞了，「如果你知道事情的眞相，千萬不要再讓我擔心了。我現在的處境如何？我應該怎麼辦？我不管你怎麼發現事實的，只要實事求是就行了。」

「當然我應該爲你解釋清楚，你也應該知道眞相。但是請允許我用自己的方式處理這件事情吧？華生，女主人的健康狀況如何？能見我們嗎？」

「她病得很重，但非常清醒。」

「很好。我們只有當著她的面才能澄清事實。我們上樓去見她吧。」

「但她不肯見我，」弗格森大聲說道。

「哦，不，她會的，」福爾摩斯說。他在紙上匆匆寫了幾行字。「你至少可以進到房間裡，華生，就麻煩你把這紙條交給女主人吧。」

我走到樓上去，德洛麗絲警惕地把門打開了，我把紙條遞給她。一分鐘以後我聽到屋內高呼了一聲，那是驚喜交加的叫聲。德洛麗絲探出頭來。

「她願意見他們，她願意聽。」她說。

弗格森和福爾摩斯被我叫上樓來。一進門，弗格森就大步直奔床頭，但是他妻子半坐起來用手拒絕了他，於是他坐在扶手椅裡。福爾摩斯鞠了躬，坐在他旁邊。女主人睜大了驚愕的眼睛看著福爾摩斯。

「我想德洛麗絲可以離開了吧，」福爾摩斯說，「噢，好的，太太，如果妳希望她留下我也不反對。好，弗格森先生，我很忙，還有很多人找我，我的方式必須快刀斬亂麻——手術越快，痛苦越少。我首先要說的就是使你放心的事情——你的妻子是一個非常好、賢慧可愛、但卻蒙受了極大冤屈的人。」

弗格森大喊一聲挺起腰來。

「福爾摩斯先生，只要你證明這事，我一輩子都感激你。」

「我會證實，但這樣我會在另一方面使你傷心。」

「只要你澄清我的妻子，其他的我全不在乎。世界上所有其他的事情都是無關緊要的。」

「讓我把我出發前形成的推理假設告訴你吧。吸血鬼的說法在我看來是荒謬可笑的，這種事在英國犯罪史中絕無僅有。而你看見的也是正確的，你曾經看見女主人從嬰兒床邊站起來，嘴唇上都是血。」

「我看見過。」

「可是難道你就沒有想到過，吸吮淌血的傷口除了吸血之外還有別的用處嗎？在英國歷史上不是有過一位女王用嘴吸吮傷口裡的毒嗎？」

「毒！」

「對，一個南美家族。在我親眼看見你牆上掛的這些武器之前，我已憑藉直覺覺察到它們的存在了。也可能是其他的毒，但我首先想到的是南美毒箭。當我看見了那架小鳥弓旁邊的箭匣已經空了時，我一點不覺得奇怪，這正是我期望看到的東西。如果嬰兒被這種蘸了馬錢子或者其他毒藥的毒箭扎傷，要是不馬上把毒吸吮出來，那就意味著死亡。

「還有那條狗！假如一個人決心使用毒藥，他肯定要先做做實驗以保證萬無一失。本來我倒沒有預見到這條狗，但是我一看就立刻清楚地意識到了，而這條狗完全符合我的推理。

「這回你明白了吧？你妻子在害怕有人傷害她的孩子——她親眼看見它發生了，她救了嬰兒的生命，但她卻不想告訴你眞實的情況，因爲她知道你是多麼地愛你那個兒子，她怕你傷心。」

「原來是傑克！」

「剛才你愛撫嬰兒的時候我觀察了傑克——他的臉清楚地映在玻璃窗上，因爲外面有百葉窗做底襯，所以玻璃變成了鏡子——在他臉上我看到了非常強烈的妒嫉和殘酷的仇恨心理，那是人類的表情中罕見的。」

「我的傑克！」

「你必須面對現實，弗格森先生。這是非常痛苦的，因爲這是一種被扭曲了的愛，一種發狂而又誇張的病態的愛，還可能包含著對他已故生母的愛，正是這種愛構成了他行動的動機。他的整個心靈充滿了對這個嬰兒的憎恨，嬰兒的健康、可愛恰恰襯出了他的殘疾和缺陷。」

「上帝啊！這不可能！」

「太太，我說得對嗎？」

他說話時，女主人正把頭埋在枕頭裡哭泣，聽到詢問，她抬起頭來望著她的丈夫。

「當時我沒辦法對你講，鮑伯。我能感受到你可能受到的精神打擊，所以我不如乾脆等著由別人來告訴你。當看到這位先生的紙條上寫著他全知道的時候，我喜出望外，他彷彿有神奇的力量。」

「我看出門遠航一年對小傑克的健康會大有幫助的，這是我的處方，」福爾摩斯說。他站了起來。「但有一件事我還不清楚，太太。我們能理解妳爲什麼打傑克，因爲母親的容忍是有限度的，但是這兩天妳怎麼敢離開自己的嬰兒呢？」

「因爲我跟梅森太太說實話了，她全明白了。」

「原來是這樣，跟我猜的一樣。」

這時弗格森來到床前，伸著顫抖的雙手，已經淚流滿面了。

「現在，我想，是我們離開的時候了，華生，」福爾摩斯在我耳邊輕聲說道，「你攙著忠實的德洛麗絲一隻手，我攙另外一隻手。好，現在，」關上門之後他又說，「讓他們倆自己解決剩下的問題吧。」

對於此案，還有一點要補充，那就是福爾摩斯給本篇開頭的那封來函的回信，全文如下：

寄自貝克街

十一月廿一日

有關吸血鬼的事

先生：

接十九號來函後，我已調查了貴店顧客——敏興巷，弗格森—米爾黑德茶業經銷公司的羅伯特·弗格森所提的案件，此案圓滿解決。承蒙貴店推薦，特此致謝。

夏洛克·福爾摩斯謹上

第五篇　三個同姓人

這個故事也許可以算是喜劇，也許可以算是悲劇，它使我們當中一個人失去了理智，讓我負了傷，又讓另一個人受到了法律的懲罰，從這個角度來看，它是個典型的悲劇，但故事中還是充滿喜劇性的成分，還是由讀者自己判斷吧。

我還清楚地記得事情發生的時間，因爲就在同一個月福爾摩斯拒絕了爵士封號。這件事我以後會寫出來，在這裡只是順便提及封爵的事，因爲作爲夥伴我應該謹慎從事，避免冒失的行爲。我重申，正是這件事使我記住了上述的日期，一九〇二年六月底，就在南非戰爭結束後不久。福爾摩斯習慣性地在床上一連躺了幾天，但有一天早晨他卻從床上起來了，手裡拿著一份大頁書寫紙的文件，一絲諷刺的笑意在嚴峻的灰眼中閃爍著。

「華生，現在你有一個發財的好機會，」他說道。「你有沒有聽過加瑞戴伯這個姓？」

我回答沒有聽說過。

「要是你能找到一個加瑞戴伯，就能賺一筆錢。」

「爲什麼？」

「說來話長，簡直就像天方夜譚。我不記得在咱們所研究過的、複雜的人類問題裡面有過這麼新鮮的東西。這個傢伙馬上就要來接受咱們的提問了，在他到來之前我不想多談，但這個姓氏是咱們需要好好瞭解一下的。」

電話簿就在我旁邊的桌子上，我並不抱太大希望地翻閱著簿子，但使我感到詫異的是，在應該排列它的位置上還眞有這個奇怪的姓氏。這個發現使我喊道：

「你看，福爾摩斯，就在這兒！」

他從我的手上接過了那本號碼薄。

「N·加瑞戴伯，」他念道，「西區小瑞德街一三六號。不好意思，華生，你可能會很失望，這就是寫信者本人。咱們需要再找一個加瑞戴伯來配他。」

正說著，房東太太拿著托盤走了進來，上面有一張名片。我把名片拿起來看了一眼。

「有了，在這兒！」我驚奇地喊道，「這是一個字首不同的名字。約翰·加瑞戴伯，律師，美國堪薩斯州莫爾維爾。」

福爾摩斯邊笑邊看著名片。「恐怕你還得再找一個出來才行，華生，」他說道，「這位紳士也已經是計畫內的，不過我倒沒想到今天早上會見到他。不過，他能告訴咱們許多需要知道的東西。」

不一會兒，律師約翰·加瑞戴伯先生就進來了。他是一個身材不高但強壯有力的人，那張圓圓的臉修飾整潔，顯得氣色很好，就像許多從事此行業的美國人所具有的特徵那樣。他的總體形象是圓滾滾、胖嘟嘟，相當地孩子氣，所以給人的印象是一個笑容可掬的年輕人。然而他的眼睛顯得特別引人注目，我很少見到一雙如此能反映內心世界的眼睛，那麼明亮，那麼機警，能如此迅速地映射出每一點思想的變化。他操著一口不很明顯的美國口音。

「哪一位是福爾摩斯先生？」他的眼睛在我們倆之間來回掃著。「噢，對了，福爾摩斯先生，恕我冒昧，你很像照片上的你。據我所知，我的同姓者南森·加瑞戴伯先生寫了一封信給你，對嗎？」

「請坐下談，」福爾摩斯說。「我覺得我們有好多可討論的問題。」他拿起那疊關於他的材料。「你就是這份文件中提到的約翰·加瑞戴伯先生吧。你到英國肯定有一段時間了吧！」

「你爲什麼這麼說，福爾摩斯先生？」

我似乎在他那富有表現力的眼中看出了意外的猜疑。

「你的服裝全是英國的。」

加瑞戴伯勉強一笑。「我在書上讀過你的訣竅，福爾摩斯先生，但我沒料到我也會成爲觀察的對象。你從哪兒看出來的？」

「你上衣的肩，你靴子的足尖——有誰看不出呢？」

「噢，我倒沒想到我已經是一個十足的英國人模樣。我因生意不久前來到英國，所以，正如你說的，裝束幾乎都倫敦化了。不過，我想你的時間是寶貴的，我們見面不是來談襪子式樣的吧。我們談談你手裡拿著的文件好嗎？」

福爾摩斯已經在某方面觸怒了我們的來訪者，這使得他那張娃娃臉變得沒有那麼隨和了。

「不要著急，不要著急，加瑞戴伯先生！」我的朋友安慰他說，「華生醫生可以告訴你，我的這些小點子有時候可以解決問題的。不過，南森．加瑞戴伯先生怎麼沒跟你一起來呢？」

「我真不理解他把你拉進來幹什麼！」客人突然生氣了，「這件事與你何干？本來是兩個紳士之間的一點正經事，而其中一個人突然找來一個偵探！今早我見到他，他告訴我幹了這件蠢事，這就是我到這兒來的原因。我覺得真倒楣！」

「這對你並沒有影響，並不算丟臉，加瑞戴伯先生。這純粹是他過於熱心地想

要達到你的目的——照我理解，這個目的對你們兩人都是至關重要的。他知道我有獲得情報的辦法，很自然地，他就來找我了。」

此時客人臉上的怒氣漸漸地消了。

「既然這樣，倒也沒什麼關係，」他說，「今早我一見他，他就告訴我找了偵探，我要了你的住址就馬上趕了過來。我不想讓警方亂插手私人事務，但是如果你僅僅是幫我們找出這個需要的人，那倒沒有什麼壞處。」

「正是此事，」福爾摩斯說，「先生，你既然來了，那我們最好聽你親口談談情況。我的這位朋友不瞭解詳情。」

加瑞戴伯先生以一種並不十分友好的眼光上下打量了我一番。

「他需要知道嗎？」他問。

「我們經常合作。」

「好吧，也沒有什麼必需保守秘密的，我盡可能簡短地把基本事實告訴你。如果你是堪薩斯人，我不用解釋你也會知道亞歷山大．漢密爾頓．加瑞戴伯是什麼人。他是靠地產賺錢的，後來又在芝加哥搞小麥倉庫發了財，但他把錢都買了土地，在道奇堡以西的堪薩斯河流域，正有你們一個縣郡那麼大，牧場、森林、耕地、礦區，應有盡有，都是讓他賺錢的地產。

「他沒有親屬後代——至少我沒聽說過，但他對自己的稀有姓氏十分自豪，這就是我們相識的緣故。我在托皮卡做法律方面的業務，有一天這個老頭突然來看我，由於又認識了一個姓加瑞戴伯的人，他樂得合不上嘴。他有一種怪念頭，那就是他想要好好地在這個世界上找一找，看看還有沒有別的加瑞戴伯。『再找一個姓加瑞戴伯的！』他說。我對他講，我是一個大忙人，根本就沒有工夫整天到處亂跑去找加瑞戴伯們。『不管怎麼說，』他說，『如果事情都能按我的計畫取得成功，你不想找也得去找。』我還以爲他在開玩笑，後來才明白，他的話是非常有分量的。

「他說這話還不到一年就死了，留下一份遺囑。這可以說是堪薩斯州有史以來最古怪的一張遺囑了，他要求把財產平分三份，我可以得其中一份，條件是我再找到兩個姓加瑞戴伯的男子分享另外那兩份遺產。每份遺產不多不少五百萬美元，但非得我們三個人一起來，否則這些遺產分文不能動。

「這是一個千載難逢的機會，於是我索性就把法律業務放在一邊，出發去找姓加瑞戴伯的人，但是在美國一個也找不到。我走遍了美國，先生，我像把美國仔細地找了一遍，但一個加瑞戴伯也沒找到。後來我就來到舊日的祖國碰運氣。在倫敦電話簿上眞的就有他的姓氏。兩天之前我曾找到他，向他說明一切，但他跟我一樣也是孤獨一人，有幾個女親戚，可沒有男的。遺囑裡規定的是三個成年男子。所以，你明白了，還有一個空缺，要是你能幫我們填補這個空缺，我們很願意給你報酬。」

「你瞧，華生，」福爾摩斯笑著說，「我說過這件事情很奇怪，是吧？不過，先生，我早就覺得最簡單的辦法就是在報紙上登尋人啓事。」

「我早登過了，可是沒有回音。」

「哎呀！這可眞是一個古怪的小問題呀。好吧，我可以在閒暇時留意一下。對了，很巧的是你也是托貝卡人。我以前有一個通訊社的朋友，就是已故的萊桑德．斯塔爾博士，他在一八九〇年是托貝卡市市長。」

「老斯塔爾博士嗎？」客人說道，「他的名字至今仍受人敬重。好吧，福爾摩斯先生，我想我們現在所能做的就是向你報告事情的進展，這一、兩天內你等我的消息吧。」說完，這位美國人鞠了一個躬就離開了。

福爾摩斯點燃菸斗，在那兒坐了一段時間，臉上還帶著怪異的笑容。

「你看怎麼樣？」我終於問他了。

「我很納悶，華生，很奇怪！」

「有什麼奇怪的？」

「我一直想知道，這個人到底出於什麼目的來跟咱們講了這麼一大堆謊話。我剛才差點直接問他了——因爲有時候突如其來的正面接觸最有效——但我還是採取了別的策略，那就是讓他覺得我們已經被他瞞住了。一個人冷不妨地跑來，穿了一身的英國式服裝，上衣磨了邊兒，褲子磨了膝蓋，起碼都穿了一年以上，而文件上和他本人口述都說自己是一個剛到英國的美國人。

尋人欄根本沒有登過他的啓事，你知道我是從不錯過那上面的任何東西的。那個地方是我喜歡的驚弓之鳥的隱蔽所，我難道會放過這麼大的一隻野雞嗎？我從來不知道托貝卡有個什麼斯塔爾博士——破綻百出。我看他倒眞是個美國人，只不過在倫敦多年，口音稍有改變而已。那麼他葫蘆裡到底賣的是什麼藥？假裝找加瑞戴伯的動機是什麼？這就值得咱們注意了，因爲，即使他是惡棍，也是一個複雜狡猾的傢伙。現在咱們需要搞清楚另一位是眞是假。打個電話給他，華生。」

我聽到電話另一端傳來一個細微發顫的聲音：

「不錯，不錯，我是南森·加瑞戴伯先生。福爾摩斯先生在嗎？我特別想跟他說幾句。」

我的朋友把電話接過去，而我則聽著他那一如既往斷斷續續的對話。

「是的，他來過。我知道你不認識他……多久了？……才兩天哪！……當然，這是非常誘人的一件事。你今晚在家嗎？你的同姓人今晚不會在你家吧？……那就好，我們就來，我希望不當著他的面談。……華生醫生會跟我一起來……聽

說你深居簡出……我們六點左右到你家。不用對美國律師講……就這樣，再見。」

這是暮春時節一個美好的黃昏，連狹小的萊德街也在晚霞斜照之中呈現出迷人的金黃色澤，萊德街是愛德華大街上的一條支路，離那個給我們留下不祥記憶的泰伯恩街區不遠。我們走訪的這座房子是舊式寬敞的喬治王朝早期建築，正面是青磚牆，一樓牆上嵌著兩扇窗戶。我們的客戶就住這一層，這兩扇窗子就在他平時活動的那間大屋的正面。當我們路過門口時，福爾摩斯指了指刻有那個神秘姓氏的小銅牌。

「這牌子已經有些年頭了，」他指著褪色的牌面說，「至少他的姓氏是眞的，這値得注意。」

房子裡有一個公用的樓梯，門廳內標著一些住戶的姓名，有的是寫字間，有的是私人寓所。這不是一座成套的公寓，而是生活不規律的單身漢的聚居地。我們的客戶親自出來開門，並道歉說做雜役的女工四點就下班了。南森・加瑞戴伯先生身材高挑、肌肉鬆弛、稍有駝背，削瘦而禿頭，年紀大約六十出頭。他臉色蒼白，皮膚黯淡沒有血色，就好像一個從來不做運動的人。大圓眼鏡，山羊鬍子，加上他那微駝的肩背，顯出一種偷偷摸摸的好奇表情。雖說有點兒怪異，但整體的印象還是比較隨和的。

屋子也是像主人一樣古怪，看上去像個小博物館。房間又深又廣，四周的櫃櫥擺滿了各式地質學和解剖學的標本。入口兩邊排著裝蝴蝶和蛾的箱匣，屋子中間一張大桌上堆滿了七零八落的各種物件，一台銅製的大型高倍顯微鏡聳立在中央。環顧四周，我不禁對這個人興趣之廣泛深表驚訝。這兒是一箱古錢幣，那兒是一櫥古樂器。房子中間的那張桌子後邊是一大架的古化石，上邊陳列著一排石膏頭骨，下面刻有「尼安德塔人」、「海德堡人」、「克魯麥囊人」等字樣——這個人顯然是涉足多種學科。這時他正站在我們面前，用一塊小羊皮擦拭一枚古錢。

「錫拉茲古幣——屬於最爲鼎盛時期的，」他舉起古錢解釋道，「晚期就大不如前了。我認爲它們是古羅馬全盛時期最完美的古幣，雖然有些人更傾向於推崇亞歷山大幣。這兒有一把椅子，福爾摩斯先生。請允許我先把骨頭挪開。這位先生——對，華生醫生——勞駕你把那個日本花瓶挪到一邊。你們瞧，這都是我的小嗜好。我的醫生總是要我多到戶外活動，但這裡有這麼多東西吸引著我，我爲什麼要出去呢？我敢說，爲一個櫃櫥的標本做一個像樣的目錄也要花上我整整三個月的時間。」

福爾摩斯好奇地四下打量著。

「你告訴我你從來都不出去的吧？」他問道。

「有時候我開車到索思比商店或克利絲蒂商店去，此外我極少出門。我身體不太好，而我的研究又非常花時間。但是福爾摩斯先生，你可以想像，我聽說了這個無以倫比的好運氣是多麼地興奮啊，這對我來說簡直就是一個驚人的意外啊，出乎意料也聞所未聞。只要再有一個加瑞戴伯就行了，我們肯定能找到一個的。我曾有一個兄弟，但已去世，很遺憾女性親屬不符合條件，但是世界上一定有其他姓加瑞戴伯的人。我聽說你專門處理奇異案件，所以我就把你請來了。當然那位美國先生說得也對，我應事先徵求他的意見，其實我是出於好意。」

「我認爲你這樣做很明智，」福爾摩斯說。「不過，難道你眞的不想繼承美國地產嗎？」

「當然不，任何東西也不能使我離開我的收藏。但是那位美國先生向我保證，事情一旦辦成他就以五百萬美金買下我的地產。我早就在市場上相中了我的收藏中所缺的十幾種標本，但我手頭沒有幾百英鎊就買不了。你想想我要是有了幾百萬美元能做多少事情呀。老實講，我擁有匹敵一個國家級博物館的珍貴收藏，可以成爲當代的漢斯·斯隆。」

他的眼睛在寬大的鏡片後面閃閃發亮，看來他會不遺餘力地去尋找同姓人的。

「我們只是想來認識你，沒有道理打擾你的研究，」福爾摩斯說。「我願意與我的客戶建立很好的關係。我沒有多少問題要問你了，我口袋裡的信已經把你的情況介紹得很清楚了，那位美國先生的來訪又補充了一些情況。據我所知，直到這個星期你才知道這個人。」

「是這樣。他上星期二來過。」

「他告訴過你他曾找過我嗎？」

「是的，他跟你見過之後馬上到我這裡來了，他原本很生氣的。」

「爲什麼？」

「他似乎認爲那樣做有損他的人格。但他從你那兒回來以後又變得高興了。」

「他提出什麼行動方案了嗎？」

「沒有。」

「他向你要過或得到過金錢嗎？」

「沒有，從來沒有！」

「表面上看不出他有任何目的嗎？」

「沒有，除了他說的那件事。」

「你告訴他我們的電話約會了嗎？」

「是的，我告訴他了。」

福爾摩斯深思起來。我知道他的疑惑。

「你的收藏中有特別值錢的物品嗎？」

「沒有。我不是一個有錢的人，雖然是很好的收藏品，但並不值錢。」

「你不怕失竊嗎？」

「一點都不怕。」

「你在這兒住多久了？」

「快五年了。」

福爾摩斯的詢問被一陣急促的敲門聲打斷了。主人剛一拉開門閂，美國人就興奮地衝進來。

「看呀！」他高舉著一張報紙大聲叫道。「我想我該及時來找你，南森．加瑞戴伯先生，祝賀你！你發財了，先生。咱們的事情圓滿結束了，一切順利。至於福爾摩斯先生，我們只能對你說對不起了，讓你多操心了。」

我們的客戶接過報紙，站在那裡瞪大眼睛看著報上的大字廣告。福爾摩斯和我也伸著脖子從他身後張望，上面登的是：

霍華德．加瑞戴伯農機製造商

公司經營捆紮機、收割機、蒸汽犁及人力手工犁、播種機、耙地機、農用大車、四輪彈簧馬車及其他各種設備，承包自流井工程

地址：阿斯頓，格羅夫納建築區

「太棒了！」主人激動得氣喘吁吁道，「這下三個人都到齊了。」

「我曾在伯明罕進行過調查，」美國人說，「我在當地的代理人把這份地方報紙上的廣告寄給了我。咱們必須趕緊行動，儘快把事辦完，我已經用信件通知這個人說，明天下午四點鐘你會到他辦公室去拜訪他。」

「你是想讓我去看他？」

「你覺得怎麼樣，福爾摩斯先生？你不認爲這樣安排更明智嗎？我是一個到處漫遊的美國人，人家怎麼會相信我說的故事呢？而你是一個土生土長的英國人，並且有著紮實的社會關係，他不可能不重視你的話。如果你願意，我可以和你一起去，但我明天卻非常忙，你在那邊要是遇到什麼困難，我會隨時趕來的。」

「可是，我已多年沒有進行過這麼遠的旅行了。」

「沒事，加瑞戴伯先生，我已經算好了我們聯絡的時間。你十二點動身，下午兩點可以到達，當晚就能返回。你所要做的只不過是見見這個人，說明情況，並且將這個事實用法律宣誓書來證實。我的天！」他十分激動地說，「想想我不遠千里從美國中部來這裡，你只走這麼一百英里路去把事辦完算得了什麼呢！」

「不錯，」福爾摩斯說，「這位紳士說得很對。」

南森．加瑞戴伯先生鬱鬱不樂地聳聳肩說，「好吧，要是你一定堅持要求我去，我就去，既然你給我的生活帶來這麼巨大的希望，我實在很難拒絕你的任何要求。」

「那麼一言爲定了！」福爾摩斯說，「也請你儘快把情況報告我。」

「我明白，」美國人說，「好」，他看看手錶又補充了一句，「噢，我得走了。南森先生，我明天上午來，送你上伯明罕的火車。你和我一道走嗎，福爾摩斯先生？那麼，再見吧，也許明天晚上能聽到你的好消息。」

美國人走了，此時我注意到我朋友臉上的困惑已徹底消失，神色明朗了。

「加瑞戴伯先生，我希望我能參觀一下你的收藏品，」他說，「對我的職業來說，各種不尋常的知識都能派上用場，你的這間屋子眞是這類知識的寶庫。」

我們的主人聽了非常高興，大眼鏡後面的雙眼閃現著光亮。

「我早就聽說你是一個機智過人的人，」他說，「如果你有時間，我現在就帶你好好參觀。」

「很不巧，我現在沒有時間，但是這些標本都貼有標籤，也分了類，不用你親自講解了。如果我明天能來參觀，我想把它們看上一遍沒什麼妨礙吧？」

「哪裡哪裡，非常歡迎。當然明天這個地方的門是關著的，但是四點以前桑德爾太太在地下室，她有鑰匙可以讓你進來。」

「也好，剛好明天下午我有時間，如果你能給桑德爾太太留個話，那就更好了。對了，你的房地產經紀人是誰？」

主人對這個突如其來的問題感到吃驚。

「霍洛威—斯蒂爾，在愛德華大街辦公。不過你問這個幹嗎？」

「對於房屋建築我也有點考究的嗜好，」福爾摩斯笑道，「我剛才在疑惑這座建築是聖安妮女王朝的還是喬治王朝的。」

「無庸置疑是喬治王朝的。」

「眞的，但我覺得年代還要早一些。沒關係，這是很容易查到的。好吧，再見了，加瑞戴伯先生，祝你伯明罕之行一路順風。」

房產經紀商就在附近，但我們發現他已經下班了。晚飯後，福爾摩斯又回到這個話題上來。

「咱們這個小案子就要結束了，」他說，「不用問，你已經在頭腦中有答案了。」

「我一點眉目也沒有。」

「已經很明顯了，能不能抓住尾巴還得明天再看。你注意到這個廣告有什麼特別的地方嗎？」

「我注意到『犁』這個字拼寫錯了。」

「你也看見啦？華生，你越來越聰明了。這個拼法在英國是錯的，但在美國是對的，排字工人還是會照排的。還有『四輪彈簧馬車』這個詞，那也是美國的玩意兒。自流井也是在美國比在英國普遍得多。總之，這是一個典型的美國廣告，卻自稱是英國公司，你覺得是什麼原因？」

「我認爲是那個美國人自己登的廣告，但我不能理解他目的何在。」

「好的，有不同的解釋。不論如何，他是想把這位老古董弄到伯明罕去，意圖很清晰。我本來想告訴他不要白跑這一趟了，但仔細一想還是讓他去，好騰出地方來。明天，華生，明天就水落石出了。」

福爾摩斯很早起床便出去了。中午時分回來時，我見他臉色相當陰沉。

「華生，這個案子比我原先想像的要嚴重得多，」他說道，「我應該對你說實話，雖然我明知道對你說了後，你更要去冒這個風險——我當然瞭解你的脾氣了。但是此行頗有危險，你必須知道。」

「這也不是我第一次與你同生死共患難了，福爾摩斯，我希望這也不是最後一次。請告訴我具體的危險是什麼？」

「我們正面臨著一個很令人頭痛的案子。我已經查明了約翰．加瑞戴伯律師的眞正身分，他原來就是『殺人能手』埃文斯，這個傢伙以兇狠陰險著稱。」

「我還是不懂。」

「當然，你用不著整天去背誦新門監獄的歷史。我剛才走訪了警廳的老朋友雷思垂德。那個地方儘管有時讓人缺乏想像力，但是在資料的全面性卻是世界領先的，我想在他們的檔案記錄裡可能會讓我們找到這位美國朋友。果然不出所料，我在罪犯照片館發現了他那張胖胖的天眞笑臉。『詹姆斯．文特，又名莫爾科羅夫特，外號殺人能手埃文斯』，這是照片上記錄的姓名。」

福爾摩斯從口袋裡掏出一個信封說道：「我從他的檔案裡抄了一些要點：年齡四十四歲。芝加哥人。據說在美國槍殺過三個人。在一位政壇權勢人物的幫助下逃出監獄。一八九三年來到倫敦。一八九五年一月在滑鐵盧路的一家夜總會內因賭牌槍殺一人，埃文斯後來被證明是爭吵中被迫還手。據驗證死者名爲羅傑·普瑞斯考特，是芝加哥有名的僞幣製造者。埃文斯於一九〇一年獲釋，自那時起始終受警方監視，但一直都過得很老實。他是一個非常危險的人物，常攜帶武器並易於動武。華生，這就是咱們的對手，一個活躍狡猾的對手，我們必須承認這一點。」

「但他到底在搞什麼名堂呢？」

「噢，一切都快水落石出了。我剛才到房產經紀人那裡去，正如他們說的，咱們這個客戶已經住在那裡五年了。在此之前那間房一年內未曾出租，再往前的房客是一個無業遊民，叫沃爾德倫，他的容貌房產商還記得很清楚。他是突然失蹤的，再也沒有消息。他是一個身材高大、大鬍子、面色黝黑的人。而羅傑·普瑞斯考特，那個被埃文斯槍殺的那個人，據警察局講也是一個高個子、有鬍鬚、面色黝黑的人。不妨假設美國罪犯普瑞斯考特原來就住在我們這位天真的朋友目前當作博物館的這間屋子裡。你看，總算有一點線索了。」

「那下一步呢？」

「好，我們馬上去查查。」

他從抽屜裡拿出一把左輪手槍遞給我。

「我身上帶著我那把最好用的舊槍。要是咱們這位西部朋友名不虛傳，咱們就得提防著點。我給你一小時休息時間，然後咱們就去萊德街辦案。」

四點鐘，我們到達南森・加瑞戴伯的古怪住處。看屋人桑德爾太太剛要回家，但她立即讓我們進去了，門上裝的是彈簧鎖，福爾摩斯答應走時把門鎖好。接著，外面的大門關上了，她的帽檐從窗戶旁過去，我們知道這樓下就剩下我們倆人了。福爾摩斯快速檢查了現場。屋角有一個離牆有一點距離的櫥櫃，我們就彎腰躲在背面，福爾摩斯小聲說了他的意圖。

「他是想把這位老實的朋友騙到外面去，但是由於他深居簡出，所以要費一番腦筋，他編出的這一整套加瑞戴伯謊言都是爲了這個目的。我得承認，這裡面是有一點鬼點子的，儘管房客的怪姓氏給了他靈感，他編造的謊言還是相當聰明的。」

「但他想要什麼？」

「這就是咱們在這兒要找的東西。據我觀察，這件事與咱們的客戶無關。看來此事和那個被他謀殺的人有關係。那人可能曾經參與他的犯罪行爲，這間屋裡肯定有什麼罪惡的秘密，這是我的觀點。起初，我認爲咱們的客戶在他的收藏中可能有他未知的、吸引著罪犯的值錢東西，但是罪犯羅傑・普瑞斯考特住過這間房，一定還有其他更隱蔽的原因。好吧，華生，我們耐著性子靜觀其變吧。」

時間過得還算快。當聽見大門開關的聲響時，我們就在陰影處蜷縮得更隱蔽了。接著有金屬

鑰匙聲，美國人進來了。他小心翼翼地關上門，警惕地環顧四周確保安全後，甩掉大衣，朝著中間的大桌子走去，他行動敏捷，看來很有把握。他把桌子推到一旁，一把拉開桌下的一塊地毯，完全地捲起來，然後從懷裡掏出一個羊角形的小撬棍，猛撬地板。不久我們就聽到木板滑開的聲音，隨即在地板上出現了一個方洞。殺人能手埃文斯擦燃一根火柴，點亮了一個燃燒過的蠟燭，就消失在我們的視線中。

顯然我們的機會來了。福爾摩斯示意地碰一下我的手腕，我們就一起躡手躡腳地來到洞口。儘管我們動作很輕，但我們腳下陳舊的地板還是發出了輕微的破裂聲，這個美國人的腦袋忽然出現在洞口，焦慮地環顧四周。他滿面怒容地轉向我們，但當他意識到有兩把手槍指著他腦袋的時候，臉上露出了一絲慚愧的笑容。

「好，好，」他一面冷靜地爬上來一面說，「我想你一個人對我來說就已經足夠了，福爾摩斯先生。我想，一開始你就看穿了我的把戲，把我當還沒斷奶的小孩子耍了。好，我把它交給你，你贏了我——」

說時遲那時快，他很快地從他的懷裡掏出一把左輪手槍就開了兩槍。我覺得大腿上就像烤焦了似的一熱。福爾摩斯用手槍「嚓」地砸在他的頭上，當福爾摩斯搜去他身上武器的時候，我見他趴倒在地上，臉上還淌著血，然後我朋友用鉗子似的胳臂伸過來抱住我，把我扶到椅子上。

「沒受傷吧，華生？看在上帝的份上，告訴我你沒有受傷！」

我覺得受一次傷，甚至受多次傷也是值得的——因爲我知道在這表面冷冰的臉後面隱藏著多麼深的忠誠和友情。他那明亮堅強的眼睛模糊了，那堅毅的嘴唇在顫抖。這是僅有的一次，我看見他不僅有偉大的頭腦，而且有偉大的心靈。我這麼多年微不足道而忠心不二的服務，在這一刻都得到了回報。

「沒事，福爾摩斯，只是擦破了一點皮。」

他用口袋裡的小刀割開我的褲子。

「你說得很對，」他如釋重負地喊了一聲，「是表皮受傷。」他把鐵石般的臉轉向我們的囚犯，那犯人正一臉茫然地坐起來。「上蒼有眼，也算你走運，要是你殺了華生，你不會活著離開這間屋子。你還有什麼要說的？」

他沒說什麼，只是坐在地上滿面怒容而已。我依靠著福爾摩斯的手臂，一起往那已經揭去了暗蓋的小地窖裡看。埃文斯拿下去的蠟燭還在洞內燃燒著，我們看見了一堆生銹的機器，大捆的紙張，一堆瓶子，還有在小桌上整整齊齊擺著的不少小包裹。

「一台印刷機——造假鈔的全套設備。」福爾摩斯說道。

「是的，先生，」俘虜說著蹣跚地坐在椅子上，「這是普瑞斯考特的機器，他是倫敦最大的僞鈔製造者。桌上的小包裹是兩千張百鎊的僞鈔，任何地方使用都不會被發現。紳士們，你們隨便拿去用，讓我走，這樣就算是這筆交易的結束吧。」

福爾摩斯大笑起來。

「埃文斯先生，這不是我們辦事的方式，在這個國家裡沒有你的藏身之處。你殺死了普瑞斯考特，對不對？」

「是的，先生，而且被判了五年，雖說是他先對我動手的。其實我不應該被判五年，而應該得一個巨大的獎章，因爲至今爲止沒有一個人能分辨出普瑞斯考特的僞鈔與英國銀行鈔票的差別，要不是我幹掉他，他會使僞鈔在倫敦氾濫成災。我是這個世界上唯一知道他在什麼地方造僞鈔的人，那麼我來這兒就沒什麼好奇怪的了。當我發現這個收藏破爛、有怪姓氏的人蹲在這兒死也不願意出去時，只好設法叫他離開，這難道不對嗎？也許我藏好他的屍體倒更明智一些，那很容易，但我是一個軟心腸的人，從不傷害手無寸鐵的人。你說吧，福爾摩斯先生，我到底有什麼錯？我沒動這個機器，我沒傷這個老古董，你想起訴我什麼？」

「只是蓄意殺人而已，」福爾摩斯說，「但這不是我們的業務，自會有人來處理，我們要的主要是你這個人。華生，接通警察局，他們早有準備了。」

以上就是有關殺人能手埃文斯以及他編造的三個同姓人的故事大概。後來我們聽說那個老收藏家禁不住夢想破滅的刺激而精神失常了，最後進了布利斯克頓的療養院。查出了普瑞斯考特印鈔設備，這對警察局來說是值得慶祝的事，因爲儘管他們知道這套設備的存在，但在普瑞斯考特死後始終無法找到它。埃文斯確實立了功，使好幾個情報人員可以安心睡覺了，因爲這個造僞鈔者是一個對社會有特殊危害的高明罪犯。他們幾位是很願意替埃文斯申請那個巨大的獎章的，可惜法庭對他並不欣賞，所以這位殺人能手就只能再回到他曾經待過的老地方了。

第六篇　不尋常的委託人

如下我將要榮幸地向大家描述的，從某種意義上來講，應該是夏洛克·福爾摩斯人生中的一次高潮，而對於此次描述所需要的許可證，是我曾歷經多年十數次爭取而未果的，不過，我朋友現在卻宣佈：「已經沒關係了。」

土耳其浴是我跟福爾摩斯共同的嗜好。我發現，在更衣室中體會彌漫的蒸氣帶來的懶洋洋的舒適感覺時，他較不會那麼沉默寡言，而更有人情味。諾森伯蘭大街那家浴室樓上一個偏僻的角落裡並排鋪著兩張睡椅，我的敘述就從這裡開始，時間是一九〇二年九月三日。那時我問他有提神的東西沒有，他忽然從浴巾裡面伸出他那瘦長但頗強壯的胳膊，從掛在旁邊的大衣裡面掏出一個信封來，這就是他的回答。

「要麼是個有點神經質且妄自尊大的笨蛋，要麼是個生死攸關的事件，」他一邊說著一邊把信遞給我，「自己看吧，我知道的也就是這上面所說的。」

信是從卡爾頓俱樂部發來的，日期是昨天傍晚。內容如下：

詹姆斯・戴莫瑞向夏洛克・福爾摩斯先生謹致問候，並將於明日四點半拜訪閣下。詹姆斯爵士將有事相求，並請求將此事定為萬分棘手且關係重大。相信福爾摩斯先生將促成此次會面，並請福爾摩斯先生打電話給卡爾頓俱樂部以確認此事。

「不用說我已經接受了，華生，」我把信遞回去的時候福爾摩斯說，「你對戴莫瑞本人有什麼瞭解？」

「上流社會、家喻戶曉，就這些。」

「嗯，我可以再跟你說一點——他以善於處理不宜見報的麻煩事而聞名。你一定記得在漢墨富德遺囑案裡面，他同喬治・路易斯爵士的談判吧。這是個老於世故且有外交天賦的人。我覺得他這次是眞的需要我們的幫助了。」

「我們的？」

「是啊，華生，如果你肯幫忙就太好了。」

「我萬分榮幸。」

「時間是四點半。在這之前，我們把這個問題放在一邊吧。」

那時我住在聖安尼王后大街自己的房子裡，但我還是趕在約定時間之前趕到貝克街。在四點半整，門房上來通報陸軍上校詹姆斯·戴莫瑞爵士準時來到。大概不必去描述他了，因爲人們總能記得他開朗、果斷、忠誠的品性，寬闊而刮得很乾淨的面孔，尤其是那令人愉快的醇美聲音，屬於愛爾蘭民族的灰色眼睛閃耀著率直，談吐幽默總是微笑著的靈活嘴唇，光潔的禮帽，深色的雙排扣禮服，從黑色緞子圍巾上的珍珠別針，到漆皮鞋上的淡紫色熏香鞋套，任何一處的細節都顯示出他衣著上的講究。這位高大的貴族用他的氣派震攝了這個小小的房間。

「當然，我已料到會在這兒見到華生醫生，」他彬彬有禮地鞠了一個躬說道，「在處理這個問題上，他的合作是必要的，福爾摩斯先生，這回我們要面對的是一個慣於使用暴力、肆無忌憚的人。我敢說，整個歐洲不會有比他更危險的人了。」

「我曾有過幾位對手能符合這個榮譽，」福爾摩斯微笑著說，「你不抽菸嗎？請允許我點個菸斗。如果你所說的人比已故的莫里亞蒂教授，或現在還活著的塞巴斯蒂恩·莫蘭上校還要危險的話，那他倒眞是值得會一會。他叫什麼名字？」

「你聽說過格魯那男爵嗎？」

「你指的是那個奧地利殺人犯嗎？」

戴莫瑞上校擺動戴著羔羊皮手套的手，大笑起來。「什麼都瞞不過你，福爾摩斯先生！太好了！就是說，你已經把他定爲殺人犯了？」

「關注大陸上的犯罪案件是我的職業。只要讀過布拉格事件報導的，誰會懷疑這個人的罪行呢？不過是因爲鑽了法律條款上的漏洞，加上那個可疑的證人死亡事故才讓他得以逃脫！在聽說斯普魯亙峽谷發生那個所謂的『事故』時，我就如同是親眼所見一般肯定是他殺了他的妻子。我也知道他現在已經來到英國，我有預感，早晚他會給我弄點事情做的。那麼，格魯那男爵現在怎麼啦？我想這次該不會是舊悲劇要重新上演吧？」

「不，這次可怕得多。懲罰罪惡固然重要，但預防犯罪更爲重要。福爾摩斯先生，眼看一個恐怖事件、一件慘案在你眼前醞釀長成，而且清楚地知道將會導致什麼後果，但卻無力去制止，還有什麼比這個人所處的境地更悲慘嗎？」

「多半沒有。」

「那你就會同情委託我做代表的這位主顧了。」

「我沒想到你只是一個中間人。委託人是誰？」

「福爾摩斯先生，我必須求你不要追查這個問題。我必須保證他尊貴的姓氏沒有任何風險，也不會被捲入，這太重要了！他的動機絕對是出自騎士風度而且絕對高尚的，但是他並不想被人知曉。你將獲得絕對的行動自由，而且酬金也是毋庸擔心的。那麼，主顧的眞實姓名不是非知道不可的吧？」

「抱歉，」福爾摩斯說，「我通常習慣的是案子的一端是謎，如果兩頭都是謎，那就太糟糕了。詹姆斯爵士，我只能拒絕這個案子了。」

我們的訪客不安了起來。他開朗、敏感的面孔由於激動和失望而變得黯淡無光。

「福爾摩斯先生，你根本不知道你這樣做會帶來什麼後果！」他說，「你把我放在一個極爲難的境地！我可以保證，如果我把實情告訴你，你一定會爲接手這個案子而感到驕傲的！但是我曾發誓不洩露眞相，哪怕是暗示出來也不行。這樣吧，我把我能說的都告訴你，你看行嗎？」

「試試看吧，不過你要清楚我沒有做出任何承諾。」

「好的。首先，你一定聽說過德・梅爾維爾將軍吧？」

「在開伯爾戰役一戰成名的德・梅爾維爾嗎？是的，我聽說過。」

「他有個女兒，叫維奧萊特・德・梅爾維爾，年輕、富有、美貌而多才多藝，從任何方面看都是女人中的一個奇蹟。就是這個女兒，這個可愛、純潔的女孩，我們要設法把她從撒旦的手中拯救出來！」

「那麼，格魯那男爵抓住她了？」

「不是，是對女人來說最強大的監禁，愛情！你大概聽說過，那個混蛋，有著迷人的外表、優雅的舉止、溫柔的聲音、浪漫而神秘的氣質——一切女人所愛的！據說他溫文的外表下充滿了女人無法抗拒的性感，而他也很充分地利用了這一點！」

「但是他這樣的人，怎麼能夠與維奧萊特．德．梅爾維爾小姐這樣有身分的女子相遇呢？」

「在地中海旅行的遊艇上，陪同的是經過挑選的顧客，而且是自費的。顯然舉辦者最初並不清楚男爵的眞實品性，可是知道的時候已經晚了。這個惡棍主動找到了小姐，最終完全徹底地贏得了她的芳心，準確地說是她愛上了他。她對他百依百順、徹底迷戀，彷彿世界上只有他，對詆毀他的任何言語無動於衷。爲了挽救她，我們用盡了各種方法，可是毫無效果。最後呢，她打算下個月嫁給他。她已經到了法定自主的年齡，很難勸回她。」

「她知道奧地利那段插曲嗎？」

「這個狡猾的魔鬼已經把他過去的每一件噁心的社會醜聞都告訴她了，但總是把自己說成是一個無辜的受害者。她對他的說法毫不懷疑，而且根本不信別的。」

「噢！不過你已經在無意中洩露了你那主顧的名字了吧？一定就是德．梅爾維爾將軍了。」

客人坐立不安起來。

「我可以騙你說是這樣，福爾摩斯先生，但是這不是眞相。德．梅爾維爾是個心碎的男人，這起突發事件已經把這個強壯軍人的士氣徹底摧毀了。在過去的戰爭中從未失去過的勇氣消失殆盡，現在剩下的是一個虛弱蹣跚的老人，已經無法同那個奧地利惡棍鬥爭了。我的委託人，是將軍一個多年老友，從小姐還是個穿短外套的小女孩時就對小姐關愛如父，他不能眼見這個慘劇毫無阻止地發生。蘇格蘭場對此毫無辦法，是他本人建議需要你的介入的，但是就如我所說的，他本人必須避免捲入事件本身。毫無疑問，以你的能力，很容易通過追蹤我找出我的委託人是誰，但我請求你以榮譽保證，不要這麼做，請容許他的隱姓埋名。」

福爾摩斯異樣地微微一笑。

「這我可以保證，」他說，「還可以附加保證我已經對你的問題產生興趣，我會著手研究的。我們怎麼聯繫呢？」

「可以在卡爾頓俱樂部裡找到我。如果有緊急情況，有一個秘密的電話：『××．三一』。」

福爾摩斯把號碼記了下來，坐下，仍然微笑著，把打開的記事簿放在膝上問道：

「那麼請問男爵現在的住址呢？」

「金斯頓附近的維蒙別墅，是個大宅子。這傢伙在一些見不得人的投機買賣裡面走了運，成了有錢人，這自然使他成了更加危險的對手。」
「他目前在家嗎？」
「是的。」
「除此以外，你能不能提供一點別的有關這個人的情況？」
「他有一些奢侈的嗜好。他喜歡馬。他曾經定期在赫林漢姆打馬球，後來布拉格事件傳得沸沸揚揚，他才不得不離開。他收藏書籍和名畫，是個天生有些藝術天分的人。我想他還是個公認的中國瓷器方面的權威，有關這方面他還寫了本書。」
「複雜的頭腦，」福爾摩斯說，「所有偉大的罪犯都有這種才能。我的老夥計查理·皮斯是一個小提琴鑒賞家，文瑞恩特毫無疑問也是個藝術家，我還能舉出好多人來。嗯，詹姆斯爵士，請你通知你的委託人，就說我已經把注意力轉向格魯那男爵了。目前我能說的就是這些，我個人還有自己的一些情報來源，我敢說我們總會找到一些突破點的。」
客人走後，福爾摩斯坐在那裡陷入了長久的沉思，好像忘了我的存在。不管怎樣，最後還是回轉了過來。
「哦，華生，有什麼看法嗎？」他問。
「我覺得你最好去會見一下這位小姐本人。」
「我說親愛的華生，要是她那心碎的可憐老父都打動不了她，我一個陌生人行嗎？當然，如果別無他法，這個建議還是值得試一試的。不過我想，我們得從另一個角度入手。我倒覺得辛維爾・詹森可能會有點幫助。」

由於我寫的福爾摩斯回憶錄很少從我朋友晚期的經歷中取材，我還沒有提過辛維爾・詹森。他是在本世紀初的幾年成爲福爾摩斯的助手的。他是曾在巴克赫斯特監獄兩度服刑的危險罪犯。後來他投靠了福爾摩斯，成了他在倫敦黑社會的探子，爲他獲取了大量而且被證明都是極爲重要的資訊。如果詹森作警方的「臥底」的話，他早就暴露了，但是由於他參與的案子從來沒有在法庭公開審理，他的行動也就一直沒有被同夥發現。托他兩次入獄的福，他可以自由出入這座城市每一個夜總會、小客棧、賭局，敏捷的觀察力與靈活的頭腦使他成爲搜集資訊的完美暗探。這就是福爾摩斯要找的人。

由於我還有自己的專業事務要處理，不可能隨時地跟上我朋友的每一個步驟，但那天晚上我被約到辛普森飯店與他見面。坐在靠窗的小桌旁，看著斯特蘭大街上匆匆往來的人流，他把最近的情況告訴了我。

「詹森正在四處打探，」他說，「他也許能從黑社會的陰暗角落裡打聽到一點消息，因爲那裡是犯罪的根源，我們必須打探一些這個人的秘密。」

「不過，既然這位小姐連現有的事實都不信，那麼你的新發現又怎麼能使她回心轉意呢？」

「誰知道呢，華生？女人心對於男人是不可捉摸的。謀殺也許可以被諒解，但是很小的冒犯也許就是不可原諒的。格魯那男爵對我提到過——」

「他跟你說話了！」

「哦，說眞的，我還沒告訴你我的計畫呢。嗯，華生，我喜歡跟我的對手肉搏，我想面對面地看看這個傢伙的底細。我告訴詹森該幹什麼之後，叫了輛馬車直接去了金斯頓，於是見到了態度安詳的男爵。」

「他認出你是誰了嗎？」

「我把我的名片給他了，所以這點並不難。他是個傑出的對手，擁有冰一般的冷靜，絲般柔滑的聲音，恭順猶如私家顧問，毒辣賽過眼鏡蛇。他很有教養，絕對是個貴族，一個罪犯裡的貴族。簡單的下午茶邀請背後，隱藏著墳墓般的殘忍。我很高興被找來對付阿戴爾伯特·格魯那男爵。」

「你剛才說他和藹可親？」

「就像一隻抓老鼠的貓在呼嚕嚕地叫。有些人的和藹可親比野蠻人的殘暴還要可怕。他的問候很有特點——『我就知道早晚會遇到你的，福爾摩斯先生，』他說，『毋庸置疑你受雇於德·梅爾維爾將軍，來全力阻止我跟他女兒維奧萊特的婚姻。就是這樣，對吧？』我默認了。」

「『親愛的先生，』他說，『這只能讓你的一世英名毀於一旦。這不是個你能獲得成功的案子，你會徒勞無功，甚至還會招惹危險。我給你最好的建議就是，趁早全身而退吧！』

「『眞巧，』我回答道，『這恰好是我要給你的忠告。我很尊重你的頭腦，男爵，並且見過你的人之後，這尊重也沒有絲毫減少。讓我坦白地跟你說吧，沒有人想把你的過去翻出來讓你難堪。逝者已矣，你現在一帆風順，但是你如果堅持這次婚姻，你將爲自己招來無數強大的敵人，將使你在英國無立足之地，恐怕這樣並不值得。如果你能夠離開那位女士，你將是無比的英明。如果你的過去被她所知，恐怕不會很愉快的！』

「男爵蓄著兩撇小鬍子，很像昆蟲的觸角。聽我說上面那些話的時候觸角微微顫抖，等我說完了，他終於忍不住吃吃地笑了出來。

「『請原諒我發笑，福爾摩斯先生，』他說，『但是這確實是很好笑，你明明沒有牌，卻硬要賭。也許你做的很好，但是很可憐，結局都一樣，你連張花牌都沒有，福爾摩斯先生，只有最小的牌。』」

「『你這麼認爲？』」

「『當然如此。讓我把實情清楚地告訴你吧，因爲我的牌太好了，根本不怕讓你看到。我很幸運地贏得了這位女士的愛情，儘管我已經把過去所有不幸的事情都告訴了她，我還是獲得了一切。我還告訴她有些別有用心的人——我希望你有自知之明——可能會找她並告訴她那些過去，我告訴過她該如何去對待這種人。你聽說過暗示催眠嗎，福爾摩斯先生？哦，你會看到它很有用的，對於有人性的人催眠就好了，根本不需要庸俗的東西。所以她已經準備好對付你了，毫無疑問，她會接見你的，因爲除了這個小面向外，她都是無比服從她父親的意願的。』

「哦，華生，好像沒什麼可說的了，於是我就盡可能擺出嚴肅的態度起身告辭，不過，在還沒有打開門的時候，他叫住了我。

「『順便問一下，福爾摩斯先生，』他說，『你知道勒布倫嗎？那個法國偵探？』

「『知道。』

「『你知道他怎麼了嗎？』

「『聽說他在蒙馬特區被流氓襲擊，成了跛子。』

「『對極了，福爾摩斯先生。不過碰巧他在那一週之前調查過我。別那麼做，福爾摩斯先生；那不是什麼好事，已經有幾個人體會到這一點了。我最後要跟你說的是，你走你的陽關道，我過我的獨木橋。再見！』

「你瞧，華生，就是這些，現在你都知道了。」

「這傢伙好像很危險。」

「非常危險。我倒不怕他的威脅，不過他是做的比說的多的那種人。」

「你一定要介入嗎？他娶不娶這個女孩子有多大關係呢？」

「既然他確實謀殺了他的前妻，我看這件事還是關係重大的。而且，那個委託人！噢，噢，不談這個。喝完咖啡後你最好能隨我回家，因爲可愛的辛維爾在家等著向我報告呢。」

果然，我們見到了他，他是一個身材魁梧、舉止粗魯、面孔通紅、患壞血病的人，只有那雙鮮明的黑眼睛是他頭腦狡猾的唯一表徵。看來他好像剛剛跳進他那特有的世界，而且帶出一個人物，就是那位坐在他身邊苗條並且暴躁的年輕女人，她的臉色蒼白而緊張，雖然很年輕，但顯露出頹廢和憂鬱所造成的憔悴，使人一眼就看出無情的歲月在她臉上留下的痕跡。

「這是凱蒂·溫特小姐。」辛維爾把胖手一擺，算是介紹。「沒有她不知道的——好，還是她自己來說吧。接到你的指示不到一小時，我就把她給抓來了。」

「我很容易被找到，」那個年輕女人說，「我總待在倫敦的地獄裡。胖辛維爾也是這個住址。我們可是老夥計了，胖子。可是，見鬼！要是世界上還有半點兒公道的話，那麼有一個人應該下比我們更深的地獄！他就是你要對付的那個人，福爾摩斯先生。」

福爾摩斯微笑，「我看妳對我們是好意，溫特小姐。」

「要是我的幫助能叫他得到應有的下場，我寧可甘心做你的下人，」這位女客人狂怒地說道。在她那蒼白的臉上和火熱的眼裡有一種極端強烈的仇恨，那是男人永遠達不到、只有極少女人才能達到的仇恨。

「福爾摩斯先生，你用不著打聽我的過去，那無關緊要。但是我現在的這副樣子完全是阿戴爾伯特・格魯那造成的。如果我能把他拉下來！」她兩手發瘋般地向空中抓著。「天哪，要是我能把他扔到那個他往裡面推下了不知多少人的地獄去該多好哇！」

「妳知道目前的情況吧？」

「胖子辛維爾已經跟我說了。這回那個傢伙盯上了另一個傻子，還要跟她結婚，你想要阻止這件事。哦，你當然很瞭解這個魔鬼，你要阻止任何一個精神正常的正派女子跟他結婚。」

「她暫時失去正常思維能力，發瘋地愛上他了。他過去的一切情況她都知道了，但她什麼也不在乎。」

「知道那個謀殺案了？」

「是的。」

「我的上帝，她膽子可眞夠大的！」

「她把這些都歸爲誹謗。」

「不能把證據放在她眼皮底下讓她看嗎？」

「妳能幫我們這麼做嗎？」

「我不就是個活證據嗎？要是我站在她眼前，告訴她，那個人是怎樣對待我的——」

「妳會這樣做嗎？」

「我會嗎？怎麼可能不會！」

「嗯，也許值得試試。但是他已經把過去所有的罪惡都告訴她了，並且也得到了她的原諒，我想她不會再開始這個話題了。」

「我可以打賭，他沒有把所有的都告訴她，」溫特小姐說，「除了那件轟動的謀殺案外，我還知道一點兒關於另外兩件謀殺案。他總是提起某人，用他特有的柔滑聲音直視著我說：『他一個月內就死了。』這並不是空話，可是我並不在意——你看，那時我愛著他，跟現在那個笨蛋一樣，她現在怎麼樣，我那時就是怎麼樣！只有一件事情讓我震驚。啊，見鬼！如果不是他用蛇毒浸過的謊言解釋、安慰，我當天晚上就離開他了。我想他那天晚上一定是有點兒醉了，不然他不會讓我看到那個的：那是一本日記，帶鎖的棕色皮的日記本，外面有金色的家族徽章！」

「到底是什麼？」

「我跟你說吧，福爾摩斯先生，這個男人收集女人，並且為此而自豪，就像有人收集蝴蝶一樣。那個本子裡什麼都有，快照、姓名、細節，以及她們之間的一切。那是一本獸性的書，不是人類的，即使是從臭水溝裡面爬出來的人都不會去寫那種書。即便如此，阿戴爾伯特·格魯那還是擁有這樣一本日記。如果他願意的話他可以在封皮寫上『我所摧毀的靈魂』。不過，不管怎樣，這本書對你沒用，你拿不到它。」

「它放在什麼地方？」

「我怎麼知道現在它在什麼地方呢？我離開他不止一年了，我只知道當時是在什麼地方放著。他在許多方面都像是一隻精確而整潔的貓，所以也許它現在仍然被放在內書房一個舊櫃櫥的格子裡頭。你知道他的房子嗎？」

「我到過他的書房。」

「是嗎？如果你眞是今天早上才開始的，那你的速度可不慢啊。大概親愛的格魯那是遇見對手了。外書房是擺著中國瓷器的那間——在兩個窗子之間有一個大玻璃櫃。在他的書案後面有一個門直通內書房，那是一間他放檔案類資料的小房間。」

「他不怕失竊嗎？」

「阿戴爾伯特從來就不是個懦夫，連最恨他的敵人也不會這樣說他。他有能力自衛，晚上有警鈴。再說，小偷能偷什麼呢？除了沒用的瓷器。」

「確實沒用，」辛維爾．詹森以專家的口氣下定論，「這種既不能融化也不能直接出售的東西沒有人肯銷贓的。」

「當然了，」福爾摩斯說，「那麼現在溫特小姐，如果妳明天下午五點鐘能來這裡，我會考慮妳的建議，安排妳親自去見那位女士。我將對妳的合作非常感激，不用說，我的委託人會非常大方地考慮——」

「不用了，福爾摩斯先生，」溫特小姐近乎於歇斯底里，「我來這裡不是為了錢，讓我親眼看到他倒在泥坑裡，那就夠了——看他趴在泥坑裡，讓我踩著他那張倍受詛咒的臉！這就是我的報酬了。我明天會來找你，或者任何你用得到我的時候，只要能收拾他。胖子會找到我的。」

再看到福爾摩斯是第二天晚上，在那家斯特蘭大街的餐館吃晚飯時。我問他這次會面結果如何，他只是聳了聳肩，然後把整個經過告訴了我。由於他的語言比較生硬乏味，我把它稍加潤飾之後奉獻給大家：

「會面的安排非常順利，」福爾摩斯說，「為了彌補在婚姻問題上對父親的背叛，那個女孩在其他事情上都表現出可憐的孝順。激動的溫特小姐準時到達的時候，將軍正好來電告知一切已經準備就緒。五點半，我們乘坐馬車來到了伯克利廣場一〇四號，那位老兵的住所。那是一座威嚴的灰色古倫敦式城堡，與其相比，大多數教堂都好像是娛樂場所了。一個男僕把我們引進一個掛著黃色窗簾，裝飾富麗的客廳，那位女士就在那裡等著我們，端莊蒼白，自負，如同高山雪景一般，遙遠而冷漠。

「我不知道該如何向你詳細描述她，華生，也許在此案結束之前你能見到她，那時你就可以運用你的語言天賦了。她美麗，但那是狂熱信徒所能想像的天界之美，我在古老的中世紀大師們的畫卷上看過她的樣子。怎麼能讓一個畜生把它噁心的爪子置於這遠遠超出我所能形容的造物之上呢！也許你注意過不同極端的事物會相互吸引，就如同野蠻人與天使，精靈與野獸，但這是最極端，也是最糟糕的。

「她知道我們為什麼而來，不用說，那個惡棍已經反覆地侵蝕她的思想，說盡了我們的壞話。我覺得溫特小姐的出現確實讓她有點兒吃驚，但是她揮手示意我們坐下，就像可敬的女修道院院長接待兩個得痲瘋病的乞丐。如果你想要你腦袋變大的話，就找維奧萊特·德·梅爾維爾小姐好了。

『那麼先生，』她的聲音猶如冰山上襲來的寒風，『久仰你的大名。我知道，你是受雇於我父親來誹謗我的未婚夫的，對吧？他是格魯那男爵。我來見你們僅僅是出於父親的要求，我事先告訴你們，無論你們怎麼說，都不會絲毫影響到我的意志！』

「我眞的爲她難過，華生，當時我簡直就是對待女兒的感覺。我通常不善言詞，我使用頭腦而不是感情，可是當時我眞的是用盡了所有我能找到的溫暖動人的語言來乞求她。我向她描述了如果一個女人嫁人之後才清楚地認識到她丈夫的邪惡本性，那麼她所處的境地是多麼地可怕，她將不得不屈從於沾滿血腥的雙手的撫摸，忍受邪淫的嘴唇的熱吻。羞恥、恐懼、痛苦、無助，諸如此類，我一一描述給她。可是我激動的言語並沒有讓她象牙雕琢般的面頰染上一絲顏色，也無法讓她冷漠的眼神中閃過一絲感情的光亮。我想起了那個惡棍提到過的暗示催眠，她確實很像是神遊於天堂上的美夢之中。不過她的答覆是堅定的。

『福爾摩斯先生，我耐心地聽你講完了，』她說，『但對我的效果完全與預言一致。我知道我的未婚夫阿戴爾伯特一生坎坷，遭受了某些強烈的仇恨和不公的誹謗。你不過是成串的誹謗者之中後面的一個罷了。也許你本意是好的，但我聽說你是一個收費偵探，反對男爵和受雇於他對你來說是一樣的。無論如何，我希望你一次就弄清楚：我愛他，他愛我，世上別的觀點對我來說不比窗外的鳥鳴更有意義。如果他高貴的品性曾經犯過什麼錯誤，那也是因我而起，為了使他的品性昇華到更眞實和崇高的境地而特意安排的。我還不清楚』——說到這裡她把目光轉到我的同伴身上——『這位女士是誰？』

「我剛要回答，溫特小姐就像旋風一樣發作了。如果你曾看過冰與火交鋒的場面，那麼你就能想像出這兩位女士的那個場面。

「『我告訴妳我是誰吧！』她從椅子上跳起來大喊著，激動得嘴都扭曲了，『我是他最後一任情人。我是他勾引、享用然後毀掉、扔到垃圾堆裡面的上百位女人中的一個，無疑妳也將是其中之一。妳也許認為那是墳墓，那還是好的。我告訴妳，妳這個笨蛋，如果妳嫁給這個男人，他將是妳的死神。要麼打碎妳的心，要麼勒斷妳的脖子。我這麼說並不是關心妳，妳的死活跟我毫不相關。我這樣做是出於對他的仇恨，我恨他，我要報復，以牙還牙，以眼還眼。不要這樣看著我，我的好女士，等妳經歷過一切，不見得不會比我現在更悲慘！』

「『我不想再談了，』德·梅爾維爾小姐冷冷地說，『我再跟你們說一句，我知道我未婚夫一生之中曾經被三個陰險的女人糾纏過，我堅信不管他曾經犯過什麼錯，他都眞心懺悔了。』

「『三個！』溫特已經無法抑制情緒，『妳這個笨蛋！傻瓜！蠢豬！』」

「『福爾摩斯先生，我希望你結束這次見面吧，』聲音冷得像冰，『我遵從父親的意願來見你，但不是來聽這個人胡言亂語的。』

「溫特小姐詛咒著衝了出去，還好我及時抓住了她的手腕，不然她一定抓住那位被她認定爲瘋了的人的頭髮撕打起來。我把她拖到門口，拉上馬車，她已憤怒得失去理智，還好當時沒有別人注意到我們。說實話，我表面冷靜，實際上也憤怒得有些激動了，華生，我們正在竭力拯救的這個女人，她特有的那種鎮定、冷淡、極度的自大，確實有些讓人感到莫名地討厭。現在你應該確實清楚我們的處境了。很清楚，這個方法並未奏效，我們該想一些新的方法了。我會跟你保持聯絡的，很可能你將扮演一個重要的角色，儘管下一步該他們來走了。」

他說中了。他們或者是他終於出手了，不過我還是寧願相信那位女士沒有插手此事。當我瞥到報上的公告時，恐懼與悲痛充滿我的靈魂，我甚至還能記起當時我站在人行道哪一塊地磚上。在哥蘭特旅館跟查林十字街車站之間，一個獨腿人在那裡擺攤賣

報。日期是那次會面之後的兩天，黃底黑字的大標題是：

暴徒襲擊夏洛克．福爾摩斯

我記得我是驚恐地站在那裡待了一會兒，然後是恍惚的記憶，包括賣報的抗議我還沒有付錢，我清醒過來時是靠在一家藥店門口，把報紙翻到那段消息。全文如下：

著名的私家偵探，夏洛克．福爾摩斯先生，今晨在一起兇殺事件中遭遇襲擊，目前狀況十分不穩定，對此我們深表難過。此事迄今尚未得知具體細節，據悉事件於十二點多發生在攝政王大街，王室咖啡店外。攻擊來自兩名手持棍棒的暴徒，福爾摩斯先生頭部及身上多處被襲擊，據診斷的醫生說傷勢很嚴重。福爾摩斯先生被送往查林十字大街就診，後在其堅持下送回貝克大街的寓所。攻擊的罪犯穿著整齊，行兇後穿過王室咖啡店混入圍觀人群向玻璃廠大街逃逸。無疑兇手屬於某些因福爾摩斯先生精明的辦案而陷入麻煩的犯罪團夥。

不用說，我只是草草地溜了一眼新聞就跳上一輛馬車直奔貝克街而去。在走廊我遇見著名外科醫生萊斯利．奧克肖特爵士，門外停著他的馬車。

「沒有很大的危險，」他說道，「有兩處頭外傷和幾處嚴重青腫。已經縫過針，打過嗎啡，需要靜養，但是幾分鐘的談話沒什麼太大關係。」

獲得准許之後，我輕輕地走進了黑暗的臥室。病人很清醒，我聽到微弱而沙啞的聲音在呼喚我的名字。窗簾降下了四分之三，一縷斜陽照著病人纏滿繃帶的腦袋，白色的繃帶滲出些許鮮紅的血跡。我坐在他身邊，低下頭看他。

「好了，華生，不要這樣害怕，」他的聲音很弱，「情況並不像表面這麼嚴重。」

「上帝保佑！但願如此！」

「你知道，我是棍術專家。我其實可以對付那傢伙的。第二個人上來我才招架不住了。」

「要我做些什麼嗎，福爾摩斯？這肯定是那個混蛋唆使的。只要你一句話，我馬上就去扒了

他的皮！」

「親愛的老華生！我們不能那麼做，只有警方可以處置他。他早就準備好逃跑的方案了，這一點我們可以斷定。再等等，我有我的計畫。首先就是誇大我的傷勢。他會向你打探消息的，你就加油添醋的說吧。什麼能活一週就萬幸了、腦震盪、神經失常，你儘量誇大吧！」

「可是萊斯利．奧克肖特大夫呢？」

「他好對付。他將會看到我最嚴重的情況，我會想辦法的。」

「還要我做別的嗎？」

「要的。告訴辛維爾．詹森讓那個女孩子躲起來，那些傢伙就要找她的麻煩了。他們當然知道她在這個案子裡跟我是一夥的，既然他們敢動我，當然也不會忽略她。這事很急，今晚就要辦。」

「我馬上就去。還有什麼事嗎？」

「把我的菸斗放在桌上——還有裝菸葉的拖鞋。好！每天上午來這裡，咱們將計畫我們的行動。」

那天晚上我和詹森把溫特小姐送往偏僻的郊區躲起來，等待事情結束。

六天以來公眾得到的消息都是福爾摩斯快要死了。公告說得十分嚴重，報紙上刊載了一些不祥的報導。但是我每天都來見他，我相信情況並不是那樣糟。他那結實的身體和堅強的意志正在創造奇蹟。他恢復得很快，有的時候我猜想他實際的恢復速度比他向我裝出來的還要快。這個人有一個愛保密的脾氣，有時會帶來一些戲劇性的效果，但是連最親近的朋友也常常不得不去猜測他到底是打什麼主意。他把如下格言視爲公理，並堅決執行：最安全的策劃者就是獨自策劃的人。我比其他任何人都更接近他，但我還是時常感到與他之間有一種隔閡。

到第七天傷口已經拆線，但報紙上卻報導說他得了丹毒。在同一天的晚報上有一則消息我是一定要去告訴他的，無論他的病好了還是重了。上面簡單地說，本星期五魯尼坦尼亞號輪船將由利物浦啓航，阿戴爾伯特·格魯那男爵也在旅客之中，他要在舉辦與維奧萊特·德·梅爾維爾小姐——這個獨生女——的結婚典禮前，先行前往美國料理一些重要財產事宜等等。福爾摩斯聽到這段新聞的時候，蒼白的臉上帶著冷冰冰、全神貫注的表情，我能看出這消息對他打擊不小。

「星期五？」他大聲說道。「只剩下三天了。我覺得這惡棍是想躲過危險。但是他跑不了，華生！他跑不了！現在，華生，我要你爲我做點事。」

「我來這裡就是爲了替你辦事，福爾摩斯。」

「那好，從現在起二十四小時裡請你一心一意鑽研中國瓷器。」

他沒有作任何解釋，我也沒問。這麼長時間的經驗使我學會了服從。可是在我離開他的房間走到貝克街上的時候，我開始盤算究竟該如何去執行這樣一道離奇的命令。最後我就坐車到聖詹姆斯廣場的倫敦圖書館，把這個問題交給我的朋友洛馬克斯副館長，後來我就挾著一本相當大部頭的書回我的住所了。

據說認眞研究案子的律師可以在法庭上質問專家證人，但是強迫自己暫時記憶的知識如果是週一開庭的話，週六就忘光了。當然我並不是想現在就擺出一副陶瓷權威的樣子。但是一個晚上之後，然後是一個後半夜，當然稍微休息了一下，再然後是一個早上，我腦子裡塞滿了陶瓷方面的知識和名詞。我記住了著名製陶藝術家的印章，神秘的甲子紀年法，洪武和永樂的標誌，唐伯虎的書法，以及宋元初期的輝煌歷史等等。第二天晚上我來看福爾摩斯的時候，我的腦子裡塞滿了這一切知識。他已經能下床走動了，雖然從報紙的報導中你是不可能猜出這種情況的。他用手托著他那纏滿繃帶的腦袋，深深地坐在他慣坐的安樂椅裡。

「哦，福爾摩斯，」我說，「要是相信報紙上說的話，你應該就要死了吧。」

「那個，」他說道，「正是我要造成的假象。現在，華生，你的學習成果如何？」

「至少我已經盡力了。」

「很好。你大概能就此進行一次內行的會談了吧？」

「我想是可以的。」

「那請你把壁爐架上那個小匣子拿給我。」

他打開蓋子，拿出一個用上等東方絲綢嚴密包裹著的小物件。他又打開包裹，露出一個極爲精緻的、深藍色的小碟子。

「這必須小心翼翼地拿。這是個眞正的明朝雕花瓷器，整個克利斯蒂市場上也沒有一件比這更好的了，一整套可謂價値連城——但實際上除北京皇宮之外很難說還有完整的一套。眞正的內行見到這玩意兒會發瘋的。」

「我拿它幹什麼呢？」

福爾摩斯遞給我一張名片，上面印著：「**希爾·巴頓醫生，半月街三六九號**」。

「這是你今天晚上的姓名，華生。你將去拜訪格魯那男爵。我知道一些他的習慣，晚上八點他通常是閒著的。

「事先要通知他你將要造訪，並且說你要帶來一件樣品，一件稀有的明朝瓷器。你要自稱是個醫生，表演這點對你很容易的。你是個收藏家，通過自己的途徑得到了這批瓷器，你聽說過男爵是這方面的專家，並且正好準備將這些瓷器待價而沽。」

「什麼價錢呢？」

「問得好，華生。要是你不知道你自己貨物的價錢，那就會徹底失敗了。這個碟子是詹姆斯爵士拿來給我的，是他主顧的收藏品。如果說它是獨一無二的，也不過分。」

「我可以提議讓專家來估價。」

「好極了！華生，你今天靈性十足。可以提出克利斯蒂市場什麼的，巧妙地迴避自己提價錢。」

「如果他不肯見我呢？」

「會的，他會見你的，他的收藏嗜好已到了極強烈的地步，尤其是在這一方面，他是一個公認的權威。你坐下，華生，我口授信的內容，無需要求回信，只要說明你要來，並且爲什麼要來。」

這封信寫得十分得體，簡短、有禮，而又能抓住收藏者的好奇心。很快就派了一個地方上的送信人將信送去。當天晚上，拿好寶貴的碟子，揣好希爾．巴頓醫生的名片，開始了我的冒險。

美麗的田園和房屋顯示出格魯那男爵確實如詹姆斯爵士所說的那樣相當富有。一條長長的、蜿蜒的通路，兩旁栽種著稀有的灌木，通路直達裝飾有雕像的小院子。這個地方是一位南非黃金大王在其鼎盛時期建造的，是轉角處帶著塔樓的長而略低的房子，雖然從建築美學上講毫無藝術感，但在堅固及實用性上還是給人很深的印象。一個儀表堂堂、風範不遜於主教的男管家，把我領到大廳，然後轉由一個身穿華麗長毛絨外衣的男僕把我帶到男爵面前。

他正站在位於兩座窗子之間一個敞開的大櫃櫥前面，裡面擺著他的一些中國陶瓷。我進屋時，他剛好拿著一個棕色花瓶轉過身來。

「醫生，請坐，」他說，「我正在察看我自己的寶庫，看看還要不要繼續增加。這是個唐朝的小花瓶，七世紀的古物，你感興趣嗎？我相信這是最精的手工和最美的瓷釉。你說的那個明朝碟子帶來了嗎？」

我小心地打開包裹，把它遞給他。他在書桌前坐下來，由於天色慢慢變暗，他把燈拉近了些，然後他開始細心鑑賞。這時昏黃的燈光正照在他臉上，我可以從容地端詳他的相貌。

他確實十分漂亮，不枉在歐洲享有美男子的名聲。他中等身材，可體態優雅而靈活。他的臉色黝黑，有點像東方人，有著黑亮、慵懶的大眼睛，對異性充滿了誘惑力。他的鬢髮烏黑，短鬚整潔地修飾成尖形。五官端正而悅目，只是偏薄的嘴唇有些例外。如果我看到過一個殺人犯的嘴的話，就是在這兒——它是臉上的一道冷酷兇殘的切口，口角緊緊地繃著，冷若冰霜，令人望而生畏。他把鬚角向上留起而露出嘴角，這是不明智的，因爲這成了天然的危險警告，使受難者警覺。他聲音柔和，舉止文雅。論年紀，我看他不過三十出頭，而事後知道他其實已經四十二歲。

「很好——眞的很好！」他終於開口了，「你說你有六個一套的，奇怪的是我居然沒有聽說過這樣卓絕的珍品。我知道在英國只有一個能配上它，但那絕不會流落到市場上的。請允許我輕率地問你，希爾巴頓醫生，你是怎麼得到的

呢？」

「有什麼關係呢？」我儘量做出最無所謂的口氣。「你看得出它是眞品，而價錢方面，我願意聽專家的意見。」

「這太神秘了，」他的黑眼睛裡閃著懷疑。「交易如此珍貴的物品，我當然要知道細節。它確實是眞貨，這一點我毫不懷疑。但是——我必須做最壞的打算——如果事後證明你沒權利出賣它該怎麼辦呢？」

「我保證不會發生這種事。」

「這自然又牽扯到另一個問題，就是你的保證到底有什麼價值？」

「我的信用銀行對此可以保證。」

「那自然。但整個交易我還是覺得不尋常。」

「交易與否都可以，」我滿不在乎地說，「我首先考慮你，是因爲我知道你是有名的鑑賞家，當然在別的地方賣出去也不是什麼難事。」

「誰告訴你我是鑑賞家的？」

「我知道你在這方面寫過一本書。」

「你讀過那本書嗎？」

「沒有。」

「啊，這可越來越讓我費解了！你自稱是一個鑑賞家和收藏家，擁有很貴重的收藏品，但是你卻不願費事去查閱一下唯一能告訴你自己的珍品價值的著作，這你怎麼解釋呢？」

「我是一個忙人，我是開業醫生。」

「這不是答案。一個人要是眞有癖好，不管別的事情如何，他總會找時間鑽研的，而你在信裡說你是鑑賞家？」

「我是。」

「我能不能問你幾個問題來考考你？我不得不對你實說，醫生——假如你眞是醫生的話——情況越來越值得懷疑了。請問，你知道聖武天皇以及他和奈良附近的正倉院有什麼關係嗎？怎麼，你感到迷惑了嗎？那麼請你說說北魏在陶瓷史上的地位如何。」

我假裝生氣地跳了起來。

「先生，這太過分了，」我說，「我來這裡是給你面子，而不是想被當小孩子讓你考的。我的這方面知識或許稍遜於你，但我不能回答這麼無禮的提問。」

他瞪著我，眼神中的懶散全然不見了，目光突然變得鋒利起來，兇殘的雙唇間露出了牙齒。

「怎麼回事？你是奸細！你是福爾摩斯的探子！你在愚弄我。聽說那傢伙快死了，於是他就派奸細來試探我。你私自闖進我的住宅。上帝作證！你會發現出去就沒有進來那麼容易了！」

他從椅子上跳起來，我退了一步防止他撲上來，因爲他已出現憤怒了。或許他一開頭就懷疑我了，或許是我模糊的回答使我露了馬腳，總之明擺著不能再演下去了。他把手伸到一個小抽屜裡去瘋狂地亂翻著。這時，他聽到了什麼動靜，站在那裡側耳傾聽著。

「好啊！」他喊道，「好啊！」他回過頭竄進身後那間小屋。

我兩步就趕到門口。那景象給我的印象太深了：通往花園的大窗敞開著，在窗前，福爾摩斯像鬼影一般地站在那裡，他頭上裹著血跡斑斑的繃帶，臉色蒼白。轉眼之間又不見了，我聽見了他的身體與樹葉摩擦的聲音。宅子的主人大吼一聲也衝到窗戶旁。

突然，儘管發生得很快我還是看清楚了，有一隻手臂——一隻女人的手臂——從樹叢中向外甩出。與此同時，男爵發出一聲可怕的慘叫——這叫聲我永遠也忘不掉。他兩手緊捂著臉滿屋子亂跑，頭砰砰地直撞牆壁。接著他倒在地毯上到處亂滾，發出一聲聲的尖叫。

「水！看在上帝的份上，拿水來啊！」他叫著。

我從茶几上抄起一個水瓶朝他跑去。這時候男管家和幾個男僕也趕來了。當我跪下一條腿把受傷者的臉轉向燈光時，有一個僕人當場就昏了過去。因爲硫酸已經腐蝕了整張臉，還從耳朵和下巴往下滴著。一隻眼已經蒙上白翳，另一隻也紅腫起來。幾分鐘之前我還在讚美的漂亮五官，現在已像一幅美妙的油畫被畫家用粗海綿塗抹得一塌糊塗。它們已模糊、變色、變形，異常恐怖。

我簡單解釋了剛才所發生的潑灑硫酸的情況。有幾個僕人爬上了窗戶，有的已經衝到草地上，可天色已晚，又下起雨來。傷者一邊嗥叫著，一邊破口大罵那個灑硫酸的復仇者。「她就是那個女魔鬼溫特！」他大叫著，「這個魔鬼，她跑不了的！跑不了的！天哪，疼死我了。」

我在他的臉上敷了油，幫他包紮好，又打了一針嗎啡。面對這場災禍，他對我的懷疑全都化爲烏有了，他緊緊攥著我的手，好像我能把他那死魚般的眼睛治好似的。要不是我想起他那咎由自取的罪惡的一生，我或許會對這樣的美貌被毀的事情流下同情的淚水。而此時我對他那發燙的手心感到的是憎惡，因此當他的家庭醫生和會診專家趕到之後，我感到鬆了一口氣。另外還來了一個員警巡官，我把自己眞實名片遞給了他。我只能這麼做，不這樣做不僅是愚蠢的，而且也沒有用處，因爲蘇格蘭場對我的模樣幾乎和對福爾摩斯一樣熟悉。隨後我就離開了這座陰森可怕的住宅，不到一小時就到達了貝克街。

福爾摩斯正坐在他常坐的安樂椅中，看起來蒼白而無力。不僅是由於他的傷勢，就連他那鋼鐵般的神經也被今晚的事件震驚了，他很緊張地聽我敘述男爵被毀容的經過。

「報應，華生，這就是報應！」他說道。「早晚是這個結局。天曉得，這個人是惡貫滿盈的！」他又說。隨後他從桌上拿起一個黃色的日記本。「這就是那個女人說的日記本。要是這個再不能結束這場婚事的話，那世界上恐怕什麼也無能爲力了。但是這個日記本一定能達到這個目的。這是任何一個有點自尊心的女人都不能容忍的。」

「這是他的戀愛日記嗎？」

「或者稱做他的淫亂日記，不管你怎麼叫都可以。當那個女人第一次提到這本日記的時候，我就知道，只要我們能拿到它，它就是一個強而有力的武器。當時我沒有說出這個想法，因爲我擔心那個女人可能會把消息透露出去。可我一直在盤算著它。後來他們把我打傷，這對我來說是個有利的機會，它會讓男爵認爲沒有必要防備我。本來我打算多等幾天，但他的訪美加速了我的行動。他絕不會把這些危及到他本人的資料留在家裡，因此我們必須立即行動。他防範很嚴，夜裡去偷它是不可能的，但是如果在晚上能把他的注意力引開，那就是一個好機會，於是我就用上你和你的藍色茶碟了。可我必須弄明白這個本子究竟放在什麼地方。我知道我的行動時間只有幾分鐘，因爲我的時間是由你的陶瓷知識決定的。因此，最後我還是找來了這個女孩子。我怎麼知道她偷偷地藏在懷裡的小包包裝的是什麼呢？我原以爲她肯來的目的是幫助我完成任務，沒想到她還有自己的特殊任務。」

「格魯那男爵已猜到我是你派來的了。」

「我就怕這個。可是你纏住他的時間已足夠讓我拿到日記，只是還不夠讓我安全地逃走。——詹姆斯爵士，歡迎，歡迎！」

這位彬彬有禮的客人已經應邀而來了。他聚精會神地傾聽福爾摩斯講述了事情的經過。

「你創造了奇蹟，眞正的奇蹟！」他聽完之後大聲說道。「不過如果傷勢眞像華生醫生說的那樣嚴重，我們不用這本可怕的日記也能達到取消這場婚姻的目的了。」

福爾摩斯搖了搖頭。

「對德·梅爾維爾這種女人沒有用的。她只會把他當作一個毀容的殉道者而更加愛他。不，我們要摧毀的是他的道德，而不是他的肉體。這本日記會使她醒悟過來，我看它是世界上唯一能使她冷靜的東西。這是他親筆寫的日記，她不會無動於衷的。」

詹姆斯爵士把日記跟珍貴的碟子都帶走了，由於我診所還有病人，便跟他一起來到了大街上。一輛馬車已經在等他了。他跳上車，對一個帽子上帶著帽章的車夫匆匆地下了個命令，就急急忙忙地離去了。他把大衣半掛在車窗上蓋住了車廂板上面的徽章，但是借助一扇氣窗的光，我還是看得一清二楚。我驚訝得直喘大氣，連忙轉身登上樓梯跑進福爾摩斯的臥室裡。

「我知道委託人是誰了，」我沉浸在這個不尋常的新聞裡面興沖沖地說，「你知道嗎，福爾摩斯，那就是——」

「是一個忠實的朋友跟富有騎士精神的紳士，」福爾摩斯說著抬手制止了我，「我們知道這些就足夠了。」

我不清楚最終這本罪惡的日記是怎樣發揮效用的，也許是詹姆斯爵士處理的，更可能是由這位小姐的父親巧妙地處理了。不管怎樣，結果跟大家預期的一樣。三天後，早報上登出消息說阿戴爾伯特·格魯那男爵同維爾萊特·德·梅爾維爾小姐的婚約取消了。同一張報紙上還刊登了治安法庭對溫特小姐的一審判決，她被指控潑灑硫酸，這本是嚴重的指控，但是由於在審訊宣判過程中發現了種種情有可原的情況，最後的判決是此類案件所能達到的最低程度。

福爾摩斯本來可能受到譬如是偷竊的指控，但是既然動機是好的，而且委託人又是如此不尋常，即使是剛直的英國法律也變得靈活而富有人情味了，所以我的朋友至今未被傳訊。

第七篇　三角牆山莊

三角牆山莊事件是我與福爾摩斯的歷險中，最突然、最富戲劇性的一次。我已經有些日子沒見到他了，搞不清他近來的動向爲何。那天早上他談話的興致很高，但是當他剛讓我坐在靠壁爐邊的舊椅上，他本人叼著菸斗坐在對面，就有客人來了。更確切地說，是來了一頭發狂的公牛。

呼地一聲門響，一個巨大的黑人破門而入。要不是面目猙獰，他原本會給人一種滑稽之感，因爲他穿著一身鮮豔的灰格西裝，垂繫著一條橙紅領帶。他的寬臉龐和扁鼻子使勁伸向前方，用兩隻憤怒陰沉的黑眼睛輪流打量著我們兩人。

「你們兩位誰叫福爾摩斯？」他問道。

福爾摩斯懶洋洋地笑著舉了一下菸斗。

「噢，是你嗎？」這位來訪者邊說著，邊以一種令人不快的鬼祟步伐繞過桌子。「聽著，福爾摩斯先生，你不要多管閒事，讓人家自己管自己的事。你聽懂了嗎，福爾摩斯先生？」

「繼續說，」福爾摩斯說道，「很有意思。」

「哈，有意思，是吧？」這個蠻漢咆哮道，「等我揍你一頓，你就不覺得有意思了。你這種人，就是欠收拾。看這個，福爾摩斯先生！」

他伸出一隻巨大的拳頭在福爾摩斯鼻子底下晃了晃。福爾摩斯興致勃勃地仔細看著他的拳頭。「你是天生就這樣子的呢？」他問道，「還是慢慢練出來的？」

也許是由於我朋友的冷靜鎮定，或是由於我拿起了撥火棒的緣故，總而言之這位訪客的態度變得不那麼囂張了。

「反正我已經提醒你了，」他說，「我有個朋友對哈羅那邊的事感興趣——你知道我的意思——他不想讓你多管閒事。明白嗎？你不是法律，我也不是法律，要是你插手，我就不客氣。你記住了嗎？」

「我早就想見見你了，」福爾摩斯說。「可我不喜歡你身上的氣味，你就站著吧！你不就是史蒂夫·迪克西，那個拳擊手嗎？」

「對，我就是，說話客氣點，否則我就收拾你。」

「這倒用不著，」福爾摩斯盯著這位客人奇醜無比的嘴巴說道，「不過在荷爾本酒吧外頭殺死派爾金斯的事——怎麼？你別走哇！」

這個黑人一下子退了回去，面色鐵灰。「少跟我說這些廢話。」他說道。「我跟什麼派爾金斯有什麼關係？這小子出事的時候我正在伯明罕鬥牛場進行訓練。」

「不錯，你可以對法官這麼講，史蒂夫，」福爾摩斯說。「我一直在注意你跟巴尼・斯多克代爾的勾當——」

「我的老天！福爾摩斯先生——」

「行了，先不說這個了。等我需要你的時候我會找你的。」

「那就再見吧，福爾摩斯先生，我想你不會計較今天我上這兒來的事吧？」

「除非你告訴我是誰指使你來的。」

「那還用問嗎，福爾摩斯先生。就是你剛才說的那個人。」

「那麼又是誰指使他的呢？」

「老天，我可不知道，福爾摩斯先生。他只說：『史蒂夫，你去找福爾摩斯先生，告訴他，要是他到哈羅去就有生命危險。』就這些，都是實話。」還沒來得及問他別的，這位客人就一溜煙跑出去了，跟來的時候一樣。福爾摩斯一面敲去菸斗裡的灰，一面竊笑著。

「幸虧你沒有敲破他那結實的腦袋，華生，我看見你拿起撥火棒了。其實他倒不礙事，只是一個渾身肌肉、愚蠢、虛張聲勢的孩子，很容易把他鎮住，就像剛才那樣。他是斯賓塞・約翰流氓團的成員，最近參加了一些卑鄙的勾當，等我得空再來收拾他們。他的頂頭上司巴尼，倒是一個狡猾的傢伙。他們專幹襲擊、恐嚇之類的罪惡勾當。我所要知道的是，是誰在背後指使他們幹這些事的？」

「但爲什麼他們要威脅你呢？」

「就是這個哈羅森林案件。這樣一來我倒決定接手這個案子了，既然有這麼多人大動干戈，那一定是大有文章。」

「到底是怎麼回事呢？」

「剛才我正要對你說這個事兒，就發生了這場鬧劇。這是馬伯爾利太太的來信。如果你願意跟我走一趟的話，咱們就發一個電報給她，立刻動身。」

我看信上寫的是：

親愛的福爾摩斯先生：

我最近遇到了一連串與我的住宅有關的怪事，期望得到你的幫助。如蒙明日前來，我將全天在家等候。本宅就在哈羅車站附近。我已故的丈夫莫蒂默·馬伯爾利是你的早期客戶之一。

瑪麗·馬伯爾利謹啟

住址是三角牆山莊，哈羅森林。

「就是這麼回事，」福爾摩斯說。「要是你能抽出時間的話，華生，咱們就可以上路了。」一段短途的火車和馬車旅程把我們帶到了這所住宅。這是一座磚瓦和木料建構的別墅，周圍是一片未開發的天然草原。上層窗子上面有三小垛尖形山牆，勉強算是「三角牆山莊」這個名稱的證據。屋後有一片松樹林，但這地方給人的印象總是荒涼和壓抑。室內的擺設相當考究，接待我們的也是一位風度翩然，上了年紀的夫人，由談吐舉止能看出教養和文化。

「我對妳丈夫的印象很深，」福爾摩斯說，「雖然那只是多年以前我替他辦過一件小事。」

「也許你對我兒子道格拉斯的名字更爲熟悉。」

福爾摩斯饒有興趣地注視著她。

「啊！妳就是道格拉斯．馬伯爾利的母親嗎？我跟他有一面之交。當然啦，全倫敦的人都認識他。他可眞是一位美男子！現在他在哪兒呢？」

「死了，福爾摩斯先生，死了！他是駐羅馬的參贊，上個月患肺炎死在那兒了。」

「太遺憾了。誰也不會把他這樣一個人和死亡聯在一起。我從來沒有見過一個像他那樣精力旺盛的人。他的生命力是頑強的，絕對頑強的！」

「頑強得太過了，福爾摩斯先生，正是頑強毀了他。你印象裡他總是風流倜儻的樣子，但你沒見過他後來變得沉默寡言的情形。他的心被傷透了。僅僅一個月，我就眼睜睜看著我那雍容大方的孩子變成一個疲憊的憤世之徒了。」

「是因爲戀愛——爲了一個女人嗎？」

「一個魔鬼。好了，我請你來不是爲了談我可憐的兒子，福爾摩斯先生。」

「華生和我都在等妳的吩咐。」

「最近發生了一些極其古怪的事情。我搬到這座房子裡已經一年多了，由於我想享受一下清靜日子，因此一直不大與鄰居來往。三天之前我接到一個自稱是房地產經紀商的電話，他說他的一個客戶看中了這所宅子，如果我願意轉讓，價錢不成問題。但是我覺得奇怪的是，附近明明有幾所同樣條件的宅子都正在出售，儘管這樣，我對他的提議還是挺感興趣。於是我就開了個價，比我買房子的價錢高出五百鎊。這事立刻就成交了，但是他又說他客戶也要買我的傢俱，問我能否也出一個價錢。這兒有些傢俱是我從原來的房子帶來的，你可以看出那都是極上等的貨色，於是我就報了一個相當合理的高價給他。他也立刻同意了。我本來就打算去旅行的，而這次交易又非常賺錢，看來我往後的日子是挺富裕的，衣食無憂了。

「昨天那個人帶來了寫好的合約。幸虧我把合約給我的律師蘇特羅先生審閱了一下，他也住在哈羅。他跟我說：『這個合約非常奇怪。妳注意到沒有，如果妳簽了字，妳就無權拿走房子裡的任何東西——包括妳的私人用品。』當天晚上那個人再來時，我就指出了這一點，我告訴他我只賣傢俱。

「『不，不是傢俱，而是一切。』他說。

「『那我的衣服，我的首飾怎麼辦？』

『當然，當然會考慮到你的私人用品，但是一切物品不經檢查不得帶出房門。我的客戶是一個非常慷慨的人，但是他有他的愛好和做事的習慣。對他來說，要麼就全買，要麼就都不買。』

『既然如此，那就別買了。』我說。『這件事就這麼擱下吧。但是整件事太奇怪了，我恐怕——』」

說到這裡，我們受到了意外的干擾。

福爾摩斯舉起手來示意停止談話，然後他大步走到房間另一端，把門一開，抓著一個又高又瘦的女人的肩膀，把她揪了進來。這女人死命掙扎著，像一隻被抓出雞籠的小雞一樣高聲尖叫。

「放開我！你要幹什麼？」她尖聲叫著。

「怎麼了，蘇珊，這是怎麼回事？」

「太太，我正要進來問客人是否要留下來用午飯，這個人就朝我撲過來了。」

「我聽見她在那已有五分鐘了，但我不想打斷妳有趣的敘述。妳有點氣喘，是嗎，蘇珊？妳的喘息聲太重了。」

蘇珊憤怒且吃驚地轉向捉住她的那個人。「你是誰？你有什麼權利這樣揪住我？」

「我只是想當面問妳一個問題。馬伯爾利太太，妳對什麼人說過要寫信找我幫忙？」

「沒有，福爾摩斯先生。」

「誰替妳寄的信？」

「是蘇珊。」

「這就對了。蘇珊，妳寫信給誰或捎信說妳女主人要找我？」

「你胡說。我沒有通風報信。」

「蘇珊，氣喘的人是不會長命的，說謊沒有好結果的。妳到底對誰講了？」

「蘇珊！」她的女主人大聲說道，「我看妳是一個靠不住的壞女人。我想起來了，我看見妳曾在籬邊跟什麼人說話來著。」

「那是我的私事，」蘇珊憤憤不平地說。

「我想，跟妳說話的那個人是巴尼吧？」福爾摩斯說。

「既然你知道，那還問什麼？」

「我本來不能肯定，但現在我肯定了。好吧，蘇珊，要是妳告訴我巴尼背後是什麼人，我會給妳十英鎊的。」

「有人可以用千鎊頂你的那個十鎊。」

「這麼說，是一個富有的男人？不對，妳笑了，那一定是一個富有的女人。目前我們已知道這麼多，妳還不如說出名字來賺這現成的十鎊。」

「我寧可先看你下地獄！」

「什麼話！蘇珊！」馬伯爾利太太喊道。

「我不幹了，我受夠你們了。明天我會叫人來拿我的行李。」說著她憤怒地走出門去。

「再見，蘇珊。別忘了用樟腦阿片酊……那麼，」當門在那個怒氣沖沖的女人的背後關上時，福爾摩斯立刻從打趣轉入正題，「這幫傢伙是認眞要幹一樁大買賣了。你看他們行動多麼迅速——妳給我的信上是晚上十點的郵戳，蘇珊立即傳信給巴尼。巴尼毫不耽擱地就去找他的主人請示；而他，或她——我傾向於女主人，因爲剛才蘇珊認爲我說錯時笑過——制定了行動計畫。黑人史蒂夫被找來，到第二天上午十一點我就接到警告。妳看，多麼迅速的行動。」

「但他們想要什麼呢？」

「這正是問題所在。在妳以前這所房子誰住過？」

「一位退休的海軍上校，姓弗格森。」

「這個人有什麼特別之處嗎？」

「沒聽說過。」

「本來我懷疑是不是他埋了什麼。當然嘍，如今人們把値錢的東西都藏在銀行裡頭，但是世界上總是有那麼一些瘋癲的怪人。如果沒有他們，這個世界就太無聊了。起先我確實想過埋藏寶藏的可能性，但是，如果是那樣的話，他們爲什麼要妳的傢俱呢？妳總不會有什麼拉斐爾原作或莎士比亞初版對開本而自己不知道吧？」

「沒有，除了一套王室德比茶具之外，我沒有更値錢的東西了。」

「這種茶具根本不値得這麼大費周章。另外，他們爲什麼不明說想要的是什麼東西呢？假如他們要妳的茶具，他們直接出高價買走茶具就是了，何必買妳全部的東西，連鍋盆碗櫃都不放過呢？不對，照我看，是妳家裡有什麼連妳自己還不知道的珍貴東西，而要是知道的話妳決不會放手的。」

「我也是這麼想的，」我說道。

「華生都同意了，那就沒錯了。」

「那麼，福爾摩斯先生，到底是什麼呢？」

「來，咱們來看看用邏輯分析能不能把它定在最小的範圍內。妳在這裡住了一年了？」

「快兩年了。」

「那更好。在這麼長的一段時間內並沒有人向妳要過什麼東西。突然，在這三四天之內，妳遇到了急迫的需求者。妳看這說明什麼呢?」

「那只能說明,」我說道,「不管這東西是什麼,它是剛剛進入這所房子的。」

「這就對了,」福爾摩斯說。「那麼,馬伯爾利太太,最近新來了什麼東西沒有?」

「沒有,今年我沒買什麼新東西。」

「是嗎?那可眞是怪了。好吧,我想還是觀察事態的進一步發展,以便取得足夠的資料。妳的律師是一個能幹的人嗎?」

「蘇特羅先生能力很強。」

「妳還有別的女僕嗎?除了剛才摔門的蘇珊?」

「我還有一位年輕的女僕。」

「妳需要請蘇特羅在宅中留宿一兩夜。妳可能需要保護。」

「哪來的危險呢?」

「搞不好,這個案子不太明朗。既然我搞不清他們的目的是什麼,我必須從另一頭入手,找到主謀。那個自稱房地產經紀商的人留下住址沒有?」

「只留下名片和職業。海恩斯—詹森,他是拍賣商兼估價商。」

「看來在電話簿上是找不到他的——正常的商人是絕不會隱瞞營業地址的。好吧,如果發生新的情況,請立刻通知我。我已經接辦妳的案子,請相信我會把它辦好的。」

我們經過門廳的時候，福爾摩斯那敏銳的目光落在角落裡堆著的幾個箱子上面。上面貼的海關標籤很顯眼。

「『米蘭』、『盧塞恩』，這是從義大利來的。」

「這都是我那可憐兒子道格拉斯的東西。」

「還沒拆開過嗎？收到多久了？」

「上星期才到的。」

「可是妳剛才說——哈，很可能這就是線索。誰知道裡面有沒有珍貴的東西呢？」

「怎麼可能呢，福爾摩斯先生，可憐的道格拉斯只有工資和數目很小的年金。他怎麼可能有什麼值錢的東西？」

福爾摩斯陷入了沉思。

「快點，馬伯爾利太太，」最後他說道，「請立刻叫人把這些箱子移到樓上妳的臥室去。儘快檢查箱子，看看到底有什麼東西。明天我來聽妳檢查的結果。」

顯然，三角牆山莊是被嚴密監視著，因爲我們拐過路角高籬笆的時候，看見黑人拳擊手正站在那裡。我們是突然遇上他的，在這個偏僻的地方他那猙獰駭人的面目更顯眼了。福爾摩斯用手

次吧。」

這回三角牆山莊已經沒有前一天那樣井然有序了。花園門口站著幾個看熱鬧的人，另外有兩個員警在檢查窗戶和栽有天竺葵的花床。進到屋內，我們碰到了一位頭髮蒼白的年老紳士，他自稱是律師，旁邊還有一位紅光滿面、忙碌的警官，過來就像老熟人似的跟福爾摩斯周旋起來。

「嗨，福爾摩斯先生，這回不用你插手，此案純粹是一件普通盜竊案，低級員警就能擺平了，哪裡還用得著專家過問？」

「當然，案子在能幹的員警手裡呢！」福爾摩斯說，「你說，只不過是平常的盜竊案嗎？」

「沒錯，我們很清楚作案的是什麼人以及到哪裡去找他們。就是那個巴尼團夥，還有那個黑人——有人在附近看見過他們。」

「高明！請問什麼東西被偷了？」

「這個嘛，看來他們還沒能得手，馬伯爾利太太被麻醉了，住宅被——看，女主人來了。」

昨天接待我們的女主人，由一個小女僕攙扶著進來了。她臉色蒼白，看上去非常憔悴。

「福爾摩斯先生，昨天你給我的建議非常正確，」她苦笑著說，「眞該死，我卻沒有照著去做，因爲我不想麻煩蘇特羅先生，結果沒有任何防備。」

「我今天早上才剛知道。」律師說道。

「昨天福爾摩斯先生勸我請人留下來戒備，我沒有照辦，結果吃了虧。」

「妳看上去很虛弱，」福爾摩斯說，「可能妳的體力支撐不了敘述完這件事的經過吧。」

「都在這兒呢。」警官指著他的筆記本說。

「不過，如果夫人體力允許的話——」

「其實也沒什麼可說的。我敢肯定是那個可惡的蘇珊替他們開路，他們一定對這房子十分熟悉。有一陣子我感覺到按在我嘴上的氯仿紗布，可是我不知道我失去知覺多久。我醒來時，發現有一個人站在床邊，另一個人手裡拿著一卷紙，剛從我兒子的行李堆裡站起來，那行李被打開了一部分，一片狼籍。在他還沒來得及逃走之前，我就跳起來揪住了他。」

「妳那樣做太冒險了，」警官說。

「我揪住他，可是他甩開我，另一個人或許打了我，因爲我什麼也記不起來了。女僕瑪麗聽見動靜，對著窗外大聲呼喊，員警就趕來了，惡棍卻已經逃之夭夭。」

「他們拿走了什麼？」

「我覺得，沒有丟什麼值錢的東西。我知道我兒子的箱子裡什麼都沒有。」

「他們沒留下什麼痕跡嗎？」

「掉在地板上的那張紙可能是我從那人手裡奪下來的，皺巴巴的，是我兒子的手跡。」

「如果是你兒子的手跡，說明那紙毫無價值，」警官說，「如果是犯人的——」

「的確高明，」福爾摩斯說，「很有常識！可是，我還是很好奇地想看一看那張紙。」

警官從他的筆記本裡拿出一張大頁的書寫紙。

「我從來不放過一個細枝末節，」這位警官鄭重其事地說，「這也是我對你的忠告，福爾摩斯先生。幹了廿五年工作，我多少學會了一些東西，很有可能發現指紋什麼的。」

福爾摩斯檢查了這張紙。

「警官先生，你如何看這張紙？」

「我看，很像是一本奇怪小說的結尾。」

「它很可能就是一個奇怪故事的結局，」福爾摩斯說，「你注意到上方的頁數了吧，這是第二四五頁，另外那二四四頁在哪兒呢？」

「我覺得是那幫人拿走了。一定對他們很有用！」

「侵入住宅偷這樣的東西眞是不可思議。你認爲這能說明什麼問題？」

「是的，這說明在慌亂之間他們抓到什麼就是什麼。我希望他們對所得到的東西滿意。」

「爲什麼只去翻我兒子的東西呢？」馬伯爾利太太不解地問道。

「這個嘛，他們可能在樓下沒找到値錢的東西，於是就跑到樓上去了。這是我的分析，你怎麼看，福爾摩斯先生？」

「我還得再想想。華生，你到窗前來。」我們站在那裡時，他反覆地看著那個紙片。開頭是半截句子，寫的是：

……臉上的刀傷和擊傷流著許多血，但是當他看到那張他願意為之獻出生命的臉，那臉卻在漠然望著他的憤怒和屈辱的時候，他臉上淌的血比起他心裡淌的血根本算不了什麼。他抬起頭來看她，她竟笑了，她竟然笑了！就像沒有心的魔鬼那樣笑了！在這一剎那，恨取代了愛。人活著總是有目的的，小姐，假如不是為了擁抱妳而活著，那我就為了毀滅、報復妳而生活吧。

「文法很特別！」福爾摩斯笑著把紙還給了警官。「你有沒有注意到『他』突然變成了『我』？作者沉醉於自己的故事中已經忘我了，在關鍵時刻把自己幻想成主角了。」

「寫得實在不怎麼樣，」警官一面把紙放回本子裡，一面說道。「怎麼，你要走了嗎，福爾摩斯先生？」

「既然有能手處理這個案子，我在這裡也沒什麼用了。對了，馬伯爾利太太，妳好像說過想去旅行是嗎？」

「那一直是我夢寐以求的事情，福爾摩斯先生。」

「妳準備到什麼地方，開羅？馬德拉群島？利維艾拉？」

「哎，如果有錢，我想環遊世界。」

「不錯，環遊世界，好，再見了。我下午可能發一封信給妳。」經過窗戶的時候，我瞥見警官在微笑著搖頭。他的笑容彷彿在說，「這種聰明人或多或少都有點瘋狂。」

「好，華生，咱們的旅程總算告一段落了，」當我們又回到吵雜的倫敦市中心的時候，福爾摩斯這樣說。「我想還是立刻解決這件事的好。你最好能跟我一起來，因爲和伊莎朵拉·克雷因這樣一位女士打交道，最好還是有一個見證人，這樣比較安全。」

我們雇了一輛車，直奔格羅斯汶諾廣場的某一地址。福爾摩斯本來一直沉思著，但突然開口說話了。

「我說，華生，我想你搞清楚是怎麼一回事了吧？」

「還不太肯定。我只知道咱們現在要去見那位幕後的女士。」

「一點也不錯！但是你對伊莎朵拉·克雷因這個名字沒有印象嗎？是的，她就是那位有名的美女，從來沒有什麼女人的花容月貌能夠和她相比。她有純西班牙血統，就是南美征服者的血統，她的家族已經統治巴西伯南布哥好幾代了。她嫁給了年邁的德國糖業大王克雷因，不久就成爲世界上最美麗而且也最富有的寡婦。接著是她隨心所欲的時期。她有好幾個情人，而道格拉斯·馬伯爾利這位倫敦非同凡響的人物之一，也是其中之一。從所有的報導來看，他並不是一時興起的追求。他不是一個交際場上的花花公子，而是一個堅強驕傲的人，他奉獻出自己，也期望得到一切。而她呢，則是一位浪漫小說中冷酷無情的美女。她的欲望一旦得到滿足，就會中止這段感情，要是對方不接受，她就會不擇手段的置對方於死地。」

「這麼說，那是屬於他自己的故事嘍——」

「對！現在你把情節串起來了！聽說她將要嫁給年輕的洛蒙公爵，他的年齡差不多都夠做她的兒子了。公爵的母親或許可以不在乎她的年齡，可如果傳出一件情節嚴重的醜聞，那就不一樣了，所以很有必要——啊，我們到了。」

這是倫敦西區最講究的住宅之一。一個舉止機械呆板的僕人把我們的名片送了上去，然後回來說女主人不在家。福爾摩斯毫不氣餒地說：「那我們就等她回來。」

機器般的僕人頓時慌了神。

「不在家就是不想接見你們。」僕人說。

「也好，」福爾摩斯說。「那我們也就不用等了。麻煩你把這個便條交給你的女主人。」

他在筆記本的一頁紙上匆匆寫了三、四個字，折好遞給僕人。

「你怎麼說的？」我問道。

「我只寫了：『給警查？』我相信這便條可以讓我們進去。」

果不其然——這次快得出奇。一分鐘之後我們就進入了一間夢幻般的大廳，寬闊而精美，半明半暗，襯托在一些特殊場合才能一見的粉紅色的燈光之下。我覺得女主人已經到了一定的年紀，到了這種時候就連最豔麗的美人也會更喜歡昏暗的光線。我們一進屋，她就從靠椅上站起身來，身材修長，美豔絕倫氣質非凡，面無表情，兩隻秀美的西班牙眼睛對我們射出凶光。
「爲什麼干涉我——還有這張侮辱人的字條？」她手裡舉著紙條問道。
「夫人，我用不著解釋。因爲我相信妳的智力——雖然我不得不承認妳的智力近來有些問題。」
「爲什麼，先生？」
「因爲妳居然認爲雇來的流氓可以嚇住我。要不是酷愛冒險誰也不會選擇我的職業。是妳迫使我去調查青年馬伯爾利的案件的。」
「我不明白你在說些什麼。我與雇用流氓有什麼關係？」
福爾摩斯不耐煩地調頭就走。
「是的，我的確低估了妳的智力。好，再見。」
「等一等！你到什麼地方去？」
「我去蘇格蘭警場。」
還沒等我們走到屋門口，她就追過來並拽住福爾摩斯的胳臂。她的態度一下子好了很多。

「請坐下，先生們，讓我們好好談一談。福爾摩斯先生，我覺得我可以對你說實話。你是道地的紳士，女人的本能已經敏銳地感覺到了這一點，我可以把你當朋友。」

「我不能保證我會投桃報李，夫人。我雖然不是法律的化身，但在我小小的許可範圍內我是代表公正的。我很想聽聽妳的說法，然後告訴妳我將如何做。」

「很明顯，恐嚇你這麼一個勇敢的人是我的愚蠢。」

「愚蠢的是妳把自己交給了一群可能勒索或出賣妳的無賴。」

「不是！我沒那麼簡單。既然我答應說眞心話，我可以坦白地跟你說，除了巴尼和他老婆蘇珊之外，誰也不知道他們的老闆是誰。至於他們兩個嘛，這已不是第一次——」她笑了，俏皮地點點頭。

「原來如此，妳已經考驗過他們。」

「他們是守口如瓶的獵狗。」

「這種獵狗遲早有一天會咬傷餵牠們的手。他們將因爲這次盜竊而被捕，員警已經注意上他們了。」

「他們會規規矩矩的，這是他們受雇的前提。我不會露面。」

「除非我讓妳露面。」

「不，你不會的，因爲你是一位紳士，而這是一個女人的秘密。」

「首先，妳必須歸還手稿。」

她發出一串清脆的笑聲，朝壁爐走了過去。她用撥火棍撥起一堆燒糊的東西。「要我歸還這個嗎？」她問道。她挑釁般地對我們笑著，那神氣既無賴又乖巧，我覺得在福爾摩斯遇到的所有罪犯當中，她或許是最難對付的一位了。可是福爾摩斯卻不動聲色。

「妳的命運已經被決定了，」他冷冷地說道，「妳手腳很俐落，夫人，可這次妳做得太過分了。」

她「啪」的一下扔掉撥火棍。

「你太蠻不講理了！」她大聲說道，「要不要我把全部經過都講給你聽？」

「恰恰相反，我倒是覺得我可以講給妳聽。」

「可是你必須從我的角度來看這件事，福爾摩斯先生。你必須看到，這是眼睜睜看著自己一輩子的野心將被毀於一旦的女人的所作所爲。難道這樣一個女人爲自己尋求保護有什麼錯嗎？」

「妳是始作俑者。」

「那是，我承認。道格拉斯是一個可愛的孩子，但是命運就是這樣，他與我的計畫格格不入。他要求結婚——結婚，福爾摩斯先生——跟一個一無所有的平民結婚。他堅決非這樣不可，其他的都不行，後來他變得不可理喻了。因爲我曾經付出，他就認爲我必須永遠付出，而且只給他一個人。很顯然，這是令人無法忍受的，最後我不得不使他認識到這一點。」

「雇無賴在妳的窗戶外面教訓他。」

「看來你的確是知道了一切。是的，巴尼和小夥子們把他趕跑了，我承認這樣做有點粗暴，但他後來的行爲呢？我難以相信一個紳士會幹出這種事來呢！他寫了一本描述自己身世的書。我當然被寫成了狼，而他是羔羊。情節全都寫在裡面了，儘管用的是假名字，但是整個倫敦城還有誰看不出來呢？你覺得這種做法怎麼樣，福爾摩斯先生？」

「我嘛，我看他有這個權利。」

「好像義大利氣候進入了他的血液，同時也灌輸他古老的義大利式的兇殘。他寫信給我，並寄給我一本副本，目的是叫我預先受到折磨。他說他一共有兩部稿子——一部給我，另一部給他的出版商。」

「妳怎麼知道出版商還沒收到稿子？」

「我知道他的出版商是誰，因爲這不是他唯一的一部小說。我發現出版商還沒有收到義大利的來信，後來就聽到了道格拉斯突然去世的消息。只要那一部書稿還在這個世上，我就不會安寧，而稿子肯定是在他的遺物之中，遺物也肯定交給他母親，所以我就叫流氓團夥趕緊行動起來，有一個打入內部當了女傭。我本來是想通過正當合法的途徑來拿到那部稿子，我是眞心想這樣做的。我想買下整個房子和裡面的一切東西，無論她出多高的價錢都可以。只是在一切辦法都宣告無效之後，我才不得已使用了別的手段。你瞧，福爾摩斯先生，就算我對道格拉斯太狠心——上天知道我是多麼地後悔莫及！——可是在我的命運前程危在旦夕的時刻，我還有什麼別的辦法呢？」

福爾摩斯無奈地聳了聳肩。

「好吧，好吧，」他說道，「看來我又得像以前一樣，用賠償換取免於起訴了。按豪華方式周遊世界需要花多少錢？」

女主人睜大眼睛詫異地望著他。

「五千鎊夠嗎？」

「哦，我認爲夠了！」

「很好。我看妳可以寫一張支票給我，我負責轉交馬伯爾利太太。妳有責任幫她換換環境。除此之外，小姐，」他豎起一根指頭警告說：「妳要當心！要當心！玩火者必自焚，妳不可能多次玩火而總是很幸運地不被燒到妳那雙嬌嫩的小手！」

第八篇　皮膚變白的士兵

我的朋友華生雖然主意有限，但卻極其固執。很久以來他就一直在敦促我寫下我自己的經歷。這也許是我自找的，因爲我總是藉機會指出他的描述是多麼的膚淺，並且責備他沒有完全尊重事實和資料，而是去遷就大衆的口味。「那你就自己寫吧！」他每次都會這樣反駁我。而眞的輪到我提起筆時，我不得不承認，案子的內容只能用一種吸引讀者的方式來表達。下面記錄的這件案子想必會吸引讀者，因爲它是我經手最離奇的一件案子，而碰巧華生沒有把它收進他的本子裡。

談到我的老朋友也就是傳記的作者華生，我不得不說明在我微不足道的研究工作中不嫌麻煩地添一個同伴的原因——決不是感情用事和異想天開，而是因爲華生確實有其與衆不同之處，但出於謙虛以及對我工作的過高評價，他忽略了自己的特色。一個能預見你的結論和行動方向的合作者總是很危險的，但如果每一步發展總是使他驚訝不已而事件的進程又總是使他迷惑，那倒確實是一個理想的夥伴。

根據我筆記本上的記載，那是在一九〇三年一月，也就是波爾戰爭剛剛結束的時候，詹姆斯·M·多德先生來找我。他是一個身材魁梧、精神飽滿、皮膚黝黑的英國人。當時，忠實的華生由於結婚暫時離開了我，這是我們交往過程中我所記得的他，唯一的自私行爲，所以當時我是一個人。

我習慣背靠窗子坐著，來訪者就坐在我的對面，讓光線充分對著他。詹姆斯·M·多德先生似乎不知道該如何開始我們之間的對話，我也無意引導他，因爲他的沉默給了我足夠的時間去觀察他。我覺得使客戶感到我的壓力是有好處的，於是我就把我所觀察的一些結論告訴了他。

「先生，看來你是剛從南非回來的。」

「沒錯，沒錯，」他十分驚訝地回答道。

「是義勇騎兵部隊的戰士吧？」

「正是。」

「一定是米都塞克斯軍團。」

「太神奇了。福爾摩斯先生，你眞是魔法師。」

我對他的驚訝微微一笑。

「如果一位健壯的紳士走進我的屋子，膚色黝黑得超過了英國氣候所能達到的程度，手帕放在袖口而不是放在衣袋，那就不難判斷他是從哪兒來的。你留著短鬍子，說明你不是正規軍戰士。你的體態很像騎手。至於米都塞克斯，你的名片上說你是思勒格莫頓街的股票商，你還能屬於別的軍團嗎？」

「你眞是明察秋毫。」

「我和你看到的東西是沒有區別的，只是我鍛練自己對所見到的事物更加注意而已。不過，你肯定不是來跟我討論觀察術的。不知在圖克斯伯里舊園林那兒出了什麼事？」

「福爾摩斯先生！你——」

「別吃驚，先生。你信上的郵戳是那裡的，既然你約我見面而且又如此急迫，那顯然是出了大事了。」

「不錯，的確是這樣，不過信是下午寫的，從當時到現在又發生了許多事情。要不是埃姆斯沃斯上校把我轟出來的話——」

「轟出來？」

「哎，差不多。這個埃姆斯沃斯上校，是個鐵石心腸的人。他當年是個很嚴厲的軍紀官，而且那是一個流行罵人說粗話的時代。要不是看在高弗雷的面子上，我絕不會容忍老上校的蠻橫無禮。」

我點上菸斗，往椅背上一靠。

「你能否說得再詳細一點。」

我的客戶調皮地笑了。

「我已經習慣地認爲不用多說你就會什麼都知道，」他說道。「我還是把情況都羅列出來吧，我眞希望你能告訴我這些事情到底說明了什麼問題。我整整一夜沒闔眼地拼命想這些事，卻越想越覺得一頭霧水。

「我在一九〇一年一月入伍的時候——恰好是兩年以前——高弗雷．埃姆斯沃斯也參加了我們中隊。他是埃姆斯沃斯上校的獨生子，上校是克里米亞戰爭中維多利亞勳章的獲得者，兒子繼承了他戰士的血液，所以參加了義勇騎兵。在整個軍團裡再也找不出比他更強壯的小夥子了。我們成了好朋友，那種友誼只有在同甘共苦的特殊環境中才能形成。他是我的夥伴——這是軍隊中不尋常的友誼，在一年艱苦的戰鬥生活中，我們同生死、共患難。後來在比勒陀利亞界外戴蒙德山谷附近的一次戰鬥中，他被大號獵槍的子彈擊中了。我先後接到從開普敦醫院和南安普敦發來的兩封信件。後來就音信全無了，福爾摩斯先生，六個多月沒有一封信，而他還是我最知心的朋友。

「戰爭結束以後，我們大家都回家了，我寫了一封信給他父親詢問高弗雷的情況，但沒有回音。過了一陣子，我又寫了一封信。這回收到了回信，簡短精確，說高弗雷航海周遊世界去了，一年內不會回來。就是這麼幾句話。

「福爾摩斯先生，這無法讓我安心。這件事太稀奇了。他是一個講義氣的小夥子，絕不會這麼隨便的就把生死之交給忘了，這也不像是他的行爲。碰巧我又聽說他是一大筆遺產的繼承人，他和他父親的關係一直很緊張。有時候這位老頭會有點氣勢凌人，而高弗雷的火氣也不小。我根本不能相信那封回信，我非得弄清楚眞相不可。不巧我還有一些自己的事情要處理，所以直到上星期我才著手辦高弗雷的事。不過，既然我要辦這件事，我就把別的事統統放下了，非辦成它不可。」

詹姆斯．M．多德先生似乎是那種爲朋友兩肋插刀的人。他的藍眼睛直勾勾地望著我，稜角分明的方下巴緊緊地繃著。

「那麼，你都做了些什麼？」我問他。

「我首先是想到他家——圖克斯伯里舊莊園——親自去看看。於是我先寫了封信給他母親——因爲我對他父親那個喪氣的老頭子不耐煩了——而且來了一個正面攻擊：我說高弗雷是我的好朋友，我可以告訴她許多我們共同生活的趣事，我恰好路過附近，能否順路拜訪一下諸如此類等等。我收到一封相當熱情的回信，說可以留我過夜。於是我星期一就趕去了。

「圖克斯伯里舊莊園是個偏僻地方，無論在什麼車站下車都有至少五英里的路程。車站又沒有馬車，我只好步行，還要拿著手提箱，所以傍晚才走到莊園。那是一座很深的大宅子，在一個相當大的園子裡頭。我看這宅子是各個時代和各種建築形式的大雜燴，從伊莉莎白時期半木結構的地基開始，一直到維多利亞式的走廊，林林總總。屋裡都是嵌板、壁毯和褪色的古畫，是一座陰森神秘的古屋。老管家拉爾夫仿佛和屋子一樣古老，還有他老婆，更古老。她原先是高弗雷的奶媽，我曾聽他談起過她，僅次於母親，所以儘管她模樣怪異，我還是對她比較有好感。我也喜歡他母親——她是一個極其溫柔、而且很小巧的婦女。只有上校讓我感到彆扭。

「一見面我們之間就很不愉快。本來我立刻就想回車站，要不是我覺得這等於成全了他，我早就走了。我被帶到他的書房，發現他坐在凌亂的書桌後面，身材魁梧，背部略有彎曲，膚色偏黑，鬍子蓬亂。帶紅筋的鼻子像鷹嘴般突出，一雙灰色的目光在濃密的眉毛底下瞪著我。這時我才理解高弗雷很少提起他爸爸的原因。

「『先生，』他以一種刺耳的聲音說，『我很想知道你來這裡的眞正意圖是什麼。』

「我說我已經在給他妻子的信中說清楚了。

「『不錯，不錯，你說你在非洲認識高弗雷。當然，這只是你的一面之詞。』

「『我口袋裡有他寫給我的信件。』

「『請讓我看一看。』

「他把我遞給他的兩封信看了看，隨手又扔給我。

「『好吧，那又怎樣？』

『先生，我和你兒子高弗雷是好朋友，共同經歷的許多事情讓我們團結在一起，但我突然收不到他的音信了，能不奇怪嗎？我希望知道他的情況，這不是很自然的嗎？』

『先生，我記得我已經跟你通過信並告訴你有關他的情況了——他航海周遊世界去了。他從非洲回來後，健康情況就不是很好，他母親和我都認爲他應該徹底休養，換換環境。也請你把這個情況轉告給一切關心他的朋友們。』

『我會的，』我說，『不過麻煩你把輪船和航線的名稱告訴我，還有起航的日期。說不定我可以設法寄一封信給他。』

我的這個請求似乎使主人又爲難又生氣。他濃密的眉毛壓到他的雙眼上面，不耐煩地用手指敲打著桌子。他終於抬起頭來，那表情很像一個下棋的人發現對手走了威脅性的一步棋而他已決定怎樣去應付似的。

『多德先生，』他說，『你的固執會使許多人都感到無禮的，並且會認爲你實在是相當無理取鬧。』

『請你務必理解我，這都是出於我跟你兒子之間的友情。』

『當然，我已經充分考慮到這一點。不過我必須請你放棄這些請求。家家都有自己的隱私，不會向外人說的，不管是多麼善意的外人。我妻子非常想聽聽你講高弗雷過去的事，但我請求你不必再插手現在和將來的事，這種打聽對你沒有益處，只會使我們的處境更爲難。』

「你看，福爾摩斯先生，我遇到了解決不了的麻煩。我只好假裝同意他的意見，但我心裡暗自發誓，不查清我朋友的下落絕不甘休。那天晚上氣氛十分沉悶，我們三個人在一間陰暗的老屋子裡默默無言地進餐。女主人倒是熱切地向我詢問有關她兒子的事情，老頭子卻一臉的不高興。我對整個事情感到十分不快，因此在禮貌允許的最早時刻我就辭別主人回到自己的客房。那是樓下一間寬敞空蕩的屋子，就像宅內別的房間一樣。但是在南非草原生活過的人不會十分講究居住條件的。我拉開窗簾，朝園子裡望去，發現外面竟是晴朗之夜，那半個月亮照得夜晚很亮。之後我坐在熊熊的爐火旁邊，身旁桌上放著臺燈，打算讀小說來分散一下我的注意力。可是我被老管家拉爾夫打斷了，他拿來一些備用煤。

『先生，我怕你夜間需要加煤。天氣挺冷的，這間屋子又不太保暖。』

「他沒有立刻走出去，而是在屋內稍做停留，當我回頭看他的時候，他正站在那裡瞧著我，心事重重的樣子。

『對不起，先生，我不由自主地偷聽了你在餐桌上談論高弗雷少爺的事。你知道，我妻子當過他的奶媽，我差不多可以說是他的養父了，所以我也很關心他。你是說他表現的很好嗎，先生？』

「『他是全軍團裡最勇敢的人之一。有一次他把我從波爾人的槍林彈雨之中拖了出來，否則我今天也就不會在這兒了。』

「老管家興奮地搓著他那雙又瘦又老的手。

「『就是啊，先生，正是那樣，高弗雷少爺就是那個樣子。他從小就很勇敢，莊園的每一棵樹他都爬過，他什麼也不害怕。他曾是一個好孩子，是的，他曾是一個很棒的小夥子。』

「我一下子跳起來。

「『嘿！』我大聲說，『你說他曾是個棒小夥子，你的口氣仿佛他不在世了。到底發生了什麼？高弗雷到底出了什麼事？』

「我抓住老頭兒的肩膀，但他退縮並躲開了。

「『先生，我不知道你在說什麼。請你去問主人吧，他知道。我不能多管閒事。』

「他剛要走出去，我拉住了他的胳臂。

「『聽著，』我說，『你非得回答我這個問題才能走，要不然我就拉著你一夜不放。高弗雷死了嗎？』

「他不敢直視我的眼睛。他好像是被施了催眠術。他的回答是從嘴裡硬擠出來的，那是

一個可怕的、出人意料的回答。

「『我寧願他死了！』他喊道。說著他使勁一扯，就跑出屋去了。

「福爾摩斯先生，你當然可以想像，我呆呆地坐在椅子上，心情很差。老頭子剛才說的話對我來說只有一種解釋，顯然我的朋友是牽涉到什麼犯罪事件，或者至少是幹了什麼不光彩的事，涉及到家庭的榮譽了。嚴厲的父親於是就把兒子送走，把他藏了起來，以免家醜外揚。高弗雷是一個冒失鬼，他往往受周圍的人影響，顯然他是落入了壞人之手並被引向歧途了。如果眞是這樣，那是非常可惜的，但即使如此我也有責任把他找出來並設法幫助他。我正在焦急地思考著，猛一抬頭，只見高弗雷就站在我面前。」

我的客戶講到這裡沉思地停了下來。

「請你繼續。」我說。「你的案子有一點很特別的地方。」

「福爾摩斯先生，他是站在窗外，臉貼著玻璃。我剛才跟你說過那天晚上我曾向窗外看，窗簾遮住了一半的窗子，他的身影就在簾子打開的地方。那是落地窗，所以我可以看見

他整個身體，但使我吃驚的是他的臉。他面色慘白，我從沒見過這麼白的人，就像鬼魂一樣。但是他的眼睛對上了我的眼睛，我斷定那是活人的眼睛。他一發現我看著他，就往後一跳，消失在黑夜裡了。

「這個人的樣子有一種十分令人吃驚的東西。倒不僅是那慘白如紙的面孔，而是一種更微妙的東西——一種見不得人、有罪惡感的東西——這種東西並不像我所熟知的那個坦率痛快的小夥子。我感到異常恐怖。

「但是一個人要是當過兩年兵，成天和波爾人打交道，他的膽子就是嚇不壞的，遇見變故就會立即採取行動。高弗雷剛一躲開，我馬上就跳到窗前。窗子的開關不太好開，我花了一點時間才把它打開。隨後我就跳了出去，飛快地跑到花園小路上，朝著可能是他逃走的方向追去。

「這條小路很長，光線又暗，但是我總覺得前面有東西在跑。我向前衝去，叫著他的名字，但是沒有用。我跑到小路的盡頭，這裡有好幾條岔路分別通向幾個小屋。我猶豫了一下，這時我清楚地聽見一扇門關上的聲音。這聲音不是來自我背後的屋子，而是從前方黑暗處傳來的。福爾摩斯先生，這就足以證明我方才看見的不是幻影。高弗雷確實從我眼前逃走了，並且關上了一扇門，這一點是肯定的。

「我不知所措。這一夜我輾轉反側，心裡一直在盤算這個事情，打算找到一種合適的理由來解釋這個現象。第二天我覺得老上校的態度多少緩和了一些。既然女主人說附近有幾個好玩的去處，我就趁機問道，我是否可以再停留一晚。

「老頭子勉強同意了，這給我爭取到一整天的時間去進行觀察。我已經十分確定高弗雷就在附近的什麼地方藏著，但具體的地點以及原因仍是一個未知數。

「這座樓房又大又曲折，就算在裡邊藏上一個軍團也沒人會知道。如果人是藏在樓房內部，那我是很難找到他的。但是我聽見的關門聲不是在樓內，我必須到園子裡去尋找這個答案。這倒是不難做到，因爲那幾個老人在忙著自己的事情，這就使我得以施行我的計畫。

「園子裡有幾個小屋，在園子盡頭有一座稍具規模的建築——足夠園丁或守林人居住的了。難道是從這裡發出的關門聲嗎？我假裝漫不經心、仿佛隨便散步的樣子朝它走了過去。這時候有一個矮小俐落、蓄著鬍鬚、身穿黑衣、頭戴圓禮帽的男子從那門裡走了出來——一點也不像園丁的樣子。不料他出來後就把門反鎖，把鑰匙放進了口袋。他一轉身，發現了我，臉上頓時現出了吃驚的神色。

『你是這裡的客人嗎？』他問我。

「我說是的，並且說我是高弗雷的朋友。

『眞可惜他旅行去了，否則他會非常願意見到我的。』我故意這樣說。

『不錯，不錯，』他仿佛做了虧心事似的說著。『改個時間再來吧。』他說著就走開了。

但當我回頭看時，他卻躲在園子那頭的桂樹後面，盯著我看。

「我走過去，仔細地觀察這座小房子，但窗子被遮得密實，這使人感覺它是空的。如果我的窺探過於大膽，可能會因小失大，甚至被趕出去，因爲我知道我受人監視。因此我就回到樓內，到晚上再繼續偵查。等到天色全黑，萬籟俱寂之後，我就從我的窗戶溜了出去，悄悄地朝那座神秘的房子走去。

「我剛才說這屋子被遮擋得很密實，現在我發現它還關著百葉窗。不過，有一扇窗子卻透出了亮光，因此我就集中注意力從那兒往裡瞧。我還算走運，這裡簾子並沒有完全被拉上，我可以看見屋內的情景。裡面相當明亮潔淨，爐火很旺，燈光通明。在我對面坐著我早上碰見的矮個子男子，他抽著菸斗在讀報紙。」

「什麼報紙？」我問道。

我的客戶似乎不大高興被我打斷。

「有什麼關係嗎？」他反問道。

「是的，關係重大。」

「我還眞沒留意。」

「也許你能看出那是大張的報紙還是小本的週刊之類的吧？」

「對了，經你這麼一提，我想不是大張的，也許可能是《觀察者》一類的雜誌。不過說實在的，我當時眞的顧不上這類小事了，因爲屋裡還有一個人背對窗子坐著，我可以肯定他就是高弗

「你沒有向他們透露出你的猜疑嗎？」

「一點也沒有。」

「這很明智。這件事是要調查的，我要跟你一起到圖克斯伯里舊莊園去一趟。」

「今天？」

碰巧當時我正在了結一樁案子，就是我朋友華生敘述過的修道院公學案。我還受到土耳其蘇丹的委託經手一個案子，如果延誤將會發生極嚴重的政治後果。所以，直到下一週的開始（照我日記的記載），我才由詹姆斯・M・多德先生陪同踏上去貝德福郡的旅程。在我們驅車路過伊斯頓區的時候，我把一位沉默寡言、膚色黝黑的紳士也接到了車上，他是我事先約好的。

「這是我的一位老朋友，」我對多德說，「請他在場也許一點用也沒有，但也可能起決定性的作用。目前不必細談這一點，到時候你就會明白了。」

凡是讀過華生寫的記錄的讀者，想必已經熟悉我的做法，就是在偵查一件案子的過程中我是很少說話的，一般不會對別人說出我的想法。多德似乎有點摸不著頭腦，但沒有多問什麼，我們三個人就繼續趕路了。在火車上我又問了多德一個問題，故意讓我們那個同伴聽見。

「你說你從窗戶裡清晰地看見你朋友的臉，所以敢肯定那就是高弗雷，是嗎？」

「確定無疑。他的鼻子貼住玻璃，燈光正好照在他臉上。」

「不會是另一個長相相似的人嗎？」

「不可能，的確是他。」

「但是你也說過他的樣子變了。」

「只是顏色變了。他的臉色是——讓我怎麼說呢？——那是魚肚白，他的皮膚變白了。」

「是整個臉都蒼白嗎？」

「我想不是吧。我看得最清楚、最白的是他的前額，因爲額頭緊貼著玻璃。」

「你叫出他的名字沒有？」

「我當時又驚又怕，沒有叫。後來我就追他，我已經告訴過你，沒追上。」

我的偵查基本上已經完成了，只需要再解決一個小問題就算大功告成了。後來經過一番旅途之後，我們終於到達了多德描述的這座奇怪而神秘的莊園，開門的正是老管家拉爾夫。我已經把馬車全天租下來了，請我的老朋友坐在車上，等著我們來請他。拉爾夫是一個身材矮小、滿臉皺紋的老頭子，穿著傳統的黑上衣和灰點褲子，只有一點很特別，他戴著黃色手套，一看見我們他就甩下手套放在門廳桌子上了。我這個人，正如我朋友華生說的，感官出奇地靈敏。當時屋裡有一種不明顯的、但是帶有刺激性的氣味，似乎就是從門廳桌子上散發出來的。我一轉身，把帽子放在桌上，又故意把它弄到地上，然後彎下腰去拾帽子，趁機使我把鼻子湊近了手套。不錯，這股類似柏油的怪味道確實是從手套上發出來的。偵查已經完成，我進入書房。唉，我自己寫記錄怎麼這麼露骨，實在不高明！華生筆下是那樣引人入勝，不正是依靠隱去這些細節、設置懸念嗎？

上校不在房裡，但是一聽拉爾夫的通報就立刻趕來了。我們聽見他那急促沉重的腳步聲從走廊傳來。他猛一推門就衝了進來，鬍鬚豎起，眉眼也都立起來了，的確是一個少見的兇狠老頭子。他手裡拿著我們的名片，用力一撕，狠狠地扔在地上，用腳去踏。

「我不是告訴過你了嗎，你這個多管閒事的混蛋，我不准你登我的門！我絕不許你再來，如果你膽敢不經我允許再上這兒來，我就有權使用武力，我開槍斃了你！我肯定會斃了你！至於你，先生，」他轉向我說，「你也受到同樣的警告。我知道你那可恥的職業，你可以上別處去顯示你的才華，我這裡用不著你。」

「我不能走，」我的客戶堅定地說，「除非高弗雷親口告訴我他是自由的。」

我們這位不情願的主人按了一下鈴。

「拉爾夫，」他命令道，「打電話給本地警察局叫他們派兩名員警來，就說有賊。」

「等一等，」我連忙說，「多德先生，你應該知道，埃姆斯沃斯上校是有權利的，我們無權進入他的住宅。另一方面，他也應該知道你的行動完全是出於對他兒子的關心。我敢保證，如果允許我和埃姆斯沃斯上校談五分鐘，我可以使他改變他對這件事的看法。」

「我沒那麼容易動搖，」老上校說。「拉爾夫，快去！你還等什麼？快去打電話！」

「不行，」我說著往門上一靠。「員警一旦插手就會導致你所害怕的後果。」我掏出筆記本在一張撕下的紙上匆匆寫了一個字，然後把紙遞給上校說：「這就是我們前來的原因。」

他凝視著紙條，一臉的驚訝。

「你怎麼會知道？」他無力地說著，沉重地一屁股坐在椅子上。

「我的職業就是使眞相大白，這就是我的工作。」我說道。

他坐在那裡沉思，削瘦的手摸著蓬亂的鬍鬚。終於，他做了一個很無可奈何的手勢。

「好吧，要是你們一定要見高弗雷，就見吧。這件事我不負責，是你們逼我做的。拉爾夫，去告訴高弗雷先生和肯特先生，我們五分鐘後就到。」

五分鐘之後我們走過了花園小徑，來到神秘小屋前面。一位留著鬍鬚的矮男子站在門口，臉上露出十分詫異的神情。

「這太突然了，上校，」他說道，「這完全擾亂了咱們的計畫。」

「我實在沒辦法，肯特先生，我們也是被迫的。高弗雷在嗎？」

「是的，他就在裡邊，」他說著一轉身，領我們走進一間寬敞但陳設簡單的房間，有一個人背朝著壁爐站著。一見那人，我的客戶立刻跳上前去伸出手來。

「嗨！高弗雷，能見到你太好了！」

但是對方揮手叫他後退。

「不要碰我，吉米。不要靠近我。是的，你非常驚訝！我已不再是那個騎兵中隊的棒小夥子、一等兵埃姆斯沃斯了，是吧？」

他的面容確實是奇怪的。不難看出他本來是一個五官端正、皮膚被非洲陽光曬得黝黑的漂亮男子，但是如今夾雜在黝黑皮膚之間有一些異樣的白斑片，這使他的皮膚變白了。

「這就是我不見來訪客人的緣故，」他說道，「你我倒不在乎，但用不著你的同伴。我知道你的用意是好的，但這麼一來對我不利。」

「我只是想確認你是安全無恙的，高弗雷。那天夜裡你往我窗裡瞧的時候我看見了你，後來我就不放心，非要親眼見到你不可。」

「老拉爾夫告訴我你來了，我忍不住要看看你。我眞希望你根本沒看到我，後來我聽見開窗子的響聲，只好跑回小屋。」

「到底是怎麼搞的，爲什麼會這樣？」

「這件事倒也不難說清楚，」他說著點燃一根香菸，「你記得那天早上在布弗斯普魯的戰鬥嗎？就在比勒陀利亞外邊的鐵路西線上。你聽說我受傷了嗎？」

「是的，但不知道詳細情況。」

「我們有三個人，與本部失去了聯繫。地勢很不平坦。有辛普森——就是外號叫禿頭辛普森的那個人——有安德森，還有我。我們正在追擊波爾人，但是他們埋伏起來，把我們三人包圍了。他們兩人不幸被打死了，我肩上中了獵槍的子彈。但是我拼命趴在馬上，跑了幾里路。後來我昏過去，掉下馬來。

「等我甦醒過來的時候，天已黑了，我掙扎著站起來，感覺異常虛弱。使我吃驚的是近處就有一座房子，相當大，有南非式的走廊和許多窗子。當時天氣很冷。你知道那種夜晚襲來令人發僵的寒冷，那是一種令人厭惡的、難以忍受的寒冷，和爽利明快的霜凍是很不一樣的。簡單說吧，我感到寒冷徹骨，唯一的希望就是設法到達那座房子。我拼命站起來，一步一步向前挪動著，幾乎已經沒有知覺。我只依稀記得爬上臺階，走進一扇大敞著的門，進入一間擺著幾個床位的大屋子，倒在一張床上，嘴裡滿意地哼了一聲。床上被子已經攤開，但我管不了那麼多了。我把被子往我顫抖的身上一拉就睡著了。

「我醒來的時候已是早晨，可我不僅沒有進入一個健康的世界，反而好像來到一個噩夢般的世界。非洲的陽光從寬大沒有窗簾的窗子射進來，使這間刷成白色寬敞的房間顯得特別明亮。我面前站著一個很矮的人，好像是侏儒，腦袋碩大如鱗莖球，口中急切地說著荷蘭話，揮動著一雙海綿般變形而可怕的手。他身後站著的一群人，似乎對眼下這情況很感興趣，可我看到他們卻不禁打了一個哆嗦——他們沒有一個正常的人形，每一個人不是歪七扭八就是臃腫變形。這些醜八怪的笑聲更加難聽。

「看來他們全都不會講英語，但還是想要對我說明什麼，因爲大腦袋的聲音越說越大，後來一邊怪叫著一邊用他那變形的手揪住我就往下拉，對於鮮紅的血液從我傷口直往外流置之不理。

這個小怪物力大如牛，要不是有一個年長的頭領聽見這間屋子的嘈雜聲走過來，真不知他會把我整成什麼樣子。他用荷蘭語訓斥了幾句，揪我的人就躲開了。然後他轉向我，瞪大驚訝的眼睛看著我。

『你怎麼會到這兒來的？』他驚詫地問道。『別動！我知道你已筋疲力盡，你肩上的傷口需要處理。我是醫生，我立刻找人幫你包紮。不過，小夥子！你在這裡比在戰場上更要危險。這裡是痲瘋病醫院，你在痲瘋病人的床上過了一夜。』

「吉米，還需要我告訴你別的嗎？看來，由於戰火迫近，這些病人提前被疏散走了。後來，由於英軍開來，他們又被這位醫務總監送回醫院。他說，儘管他自以為他對這種疾病有免疫力，但也絕不敢像我那樣在痲瘋病人的床上睡一夜。後來他把我放在一間單獨病房內，細心地護理我，大約一個星期後我就被送往比勒陀利亞總醫院。

「你看，這就是我的悲劇故事。我希望自己能沒事，但是事與願違，等我回到家裡，臉上出現的這些可怕症狀終於宣佈了我未能逃脫被感染的命運。怎麼辦呢？我得住在一座僻靜無人的房子裡。我們有兩個可以絕對信任的僕人，而且這個地方也很安全。肯特先生是一位外科醫生，在保證絕不洩密的條件下他願意陪我同住。這樣處理是十分簡單的。而如果採取另外一種方式則是極其可怕的：和陌生人一起被終身隔離，永遠沒有被釋放的可能。現在像我這樣必須絕對保密，否則即使是在這個窮鄉僻壤也會引起軒然大波，早晚會把我扭送進痲瘋病院的。吉米，就連你也不能說。今天我父親怎麼會讓步的，我眞不明白。」

上校指了指我。

「是這位先生迫使我讓步的，」說著他打開了我遞給他的紙條，上面寫著「痲瘋」字樣。

「既然他已經知道這麼多了，那最安全的辦法就是告訴他眞相。」

「的確是這樣，」我說道，「誰敢說這樣做不對呢？看來只有肯特先生一個人探視過病人。請問先生是不是專門診斷這種病的醫生呢？因爲，據我瞭解，這種病多發於熱帶和亞熱帶地區。」

「我具備一個合格醫生的知識。」他板起面孔地說。

「先生，我深信你是有能力的，但我覺得在這一病例上聽聽其他人的意見也是有價值的。據我理解，你避免會診，只是害怕強迫你隔離病人。」

「是的。」上校說。

「我預料到這一點了，」我解釋說，「今天我帶來一個絕對可以信賴的朋友。以前我曾替他出過力，因此他願意以朋友

的身分而不是作爲專家來提供他的意見。他的名字是詹姆斯·桑德斯爵士。」

聽我這麼一說，肯特先生臉上流露出的那種驚喜的表情，簡直就像新提升的下級軍官要會見首長似的。

「我深感榮幸。」他低聲說道。

「那我就請詹姆斯先生到這裡來，他現在正等在門外的馬車裡。至於我們，上校，咱們可以一起到你書房去，我來做些解釋。」

在這種關鍵時刻就顯出我是多麼需要我的華生了。他善於運用恰到好處的提問和種種形容詞來誇張我的偵查藝術，把我那種本來只是專業常識的偵探術誇大成奇蹟。現在我自己來敘述，就沒有人來捧場了。我只好很平實地講一遍，就像那天在上校書房裡我對著幾個聽眾所說的，其中還包括高弗雷的母親。

「破案的過程，」我說道，「就建立在這樣一種假設上面：當你把一切不可能的結論都排除之後，那剩下的，無論多麼離奇，也必然是事實。也可能剩下的是幾種假設，如果這樣，那就要不斷地加以證實，直到最後只剩下一種具有足夠論據來支持的解釋。現在我們就用這個方法來研究一下當前這個案子。起初，擺到我面前的有三種可能的解釋，可以說明這位先生在他父親莊園的小屋裡被隔離或禁錮起來的原因——可以認爲他是因爲犯罪而逃避，或者是因爲精神失常而不願住瘋人院，最後是因爲有某種疾病而需要隔離。我想不出其他的原因了。那麼，就需要把這幾個結論加以對比和分析。

「犯罪的說法是不能成立的。本地區並沒有懸而未結的犯罪報告，這我十分清楚。假如說是還有沒暴露出來的犯罪，那麼考慮到家族利益，應該把他弄走或是送出國外，而不是藏在家裡。我看不出這條思路有什麼成立的可能性。

「精神失常的可能性要更大一些。出現在屋外的人可能是看守人。他走出來以後把門鎖上，這就進一步證明了上述假設，可能是強行禁閉。但另一方面，強行禁閉可能不是很嚴密，否則這個年輕人就不會有機會跑出來看一眼他的朋友了。多德先生，你記得我在尋找論據的時候問你肯特先生讀的是什麼報紙。如果是《柳葉刀》或《英國醫學雜誌》，那會幫我大忙了。但是，只要有醫生看護並上報當局，把精神病人留在家裡是合法的事。為什麼這樣拼命保密呢？因此精神失常的設想也是不能成立的。

「剩下的第三個可能，看來雖然不合常理，卻是完全符合實際情況的。痲瘋病是南非地區的常見病，由於很特殊的情況，這位青年可能受到感染。這樣一來，他的家屬處境就十分為難了，因為他們決不願意把他交給痲瘋隔離病院。為了不洩露風聲、不受當局干涉，必須嚴守秘密。如果給以適當報酬，找一位忠實的醫生來照顧病人並不難；也沒有理由不讓病人在晚上出來；膚色變白是這種病的普通症狀。這個假設論據的理由是十分充足的，以至於使我決心把它當作已被證實了的情況來採取行動。當我初到這裡，發現給小屋送飯的拉爾夫戴著浸了消毒水的手套，這時候我連最後的疑慮也消除了。先生，我只寫了一個詞，就告訴你秘密已被發現了，我之所以寫而沒有說出來，是爲了向你證明我的謹愼値得信任。」

我正要結束我的小小分析，門突然開了，那位德高望重的皮膚病學家被領了進來。但是這一次，他那獅身人面像一樣嚴肅的臉上流露出人情味兒的溫暖。他大步走上前去與上校握手。

「我一向給人帶來壞消息，」他說，「可是今天的消息不那麼壞——這不是痲瘋。」

「什麼？」

「典型的類痲瘋，也就是魚鱗癬。它是一種鱗狀的皮膚病，影響容貌，非常頑固，但可以治癒，絕無傳染性。不錯，福爾摩斯先生，確實是非同尋常的巧合。但能說完全是巧合麼？難道沒有一些未知的因素在起作用嗎？或許這位青年在接觸病人以後，不可避免的恐懼心理產生了一種生理作用，模擬了它所恐懼的東西？無論怎麼說，我可以用我的職業榮譽來擔保——呵！夫人休克了！我建議由肯特先生來護理她，直到她從這次驚喜性休克中恢復過來爲止。」

第九篇　獅鬃毛

這裡提到的是一個奇怪難解的案子，其難度不亞於我職業生涯中任何一個案件，而且還是在我退休之後找上我的。我剛搬進蘇塞克斯小別墅，正想全心全意地過起我在陰沉的倫敦時所渴望的恬靜田園生活不久，事情就發生了。那段時間，華生幾乎從我的生活中消失了。只有他偶爾週末來看我時，我們才得以見面。因此，只好由我來當記錄員了。要是他跟我一樣參與這件案子的話，眞不知他該如何去渲染故事的精彩開端，還有我是怎樣一步一步取得勝利的！可他畢竟不在場，我就只好用我的話來平鋪直敘這件疑團重重的獅鬃毛之謎了。

我的別墅坐落在蘇塞克斯丘陵的南麓，大海的景色盡收眼底。這個海角的海岸線都是白堊的峭壁，只有唯一的一條長而崎嶇、陡峭的小徑通到海邊。在小路的盡頭是一個一百公尺左右佈滿卵石的海灘，即使在漲潮的時候也能看見。很多的彎曲和凹陷使這個海灘成爲天然的游泳池，每次漲潮游泳池都能重新蓄滿水。這樣的海岸線向兩邊延伸數英里，伏爾沃斯村就坐落在這條海岸線上。

我的別墅孤零零的，房子的全部居民就是我、老管家，以及我的蜜蜂。半英里以外，就是著名的哈樂德·斯泰克赫斯特私立學校。學校的房子很大，有幾十名接受職業培訓的學生，還有幾名教師。斯泰克赫斯特年輕時在劍橋大學是一個有名的划船運動員，也是全面發展的優秀學生。我搬來之後，他和我的關係一直很好，也是我唯一的一個可以不經邀請就互相夜訪的朋友。

一九〇七年七月底，刮了一次大海風，從海峽吹向海岸，把海水衝積到了峭壁底，潮退以後形成了一個大鹹水湖。早晨風平浪靜，整個海灘的空氣都異常清新。這樣好的天氣是不能待在家裡工作的，我在早餐之前就出來呼吸新鮮空氣了。我走在通向海灘峭壁的小路上，突然聽見背後有人喊，原來是斯泰克赫斯特在揮手叫我。

「多好的早晨，福爾摩斯先生！我就知道你也會出來的。」

「你要去游泳，我猜到了。」

「又來你那套推論了。」他笑了，用手拍拍鼓鼓的衣袋。「是的，麥克菲爾遜一早就出來了，我可能會找到他。」

菲茨洛依·麥克菲爾遜是教科學的教師，是一個朝氣蓬勃的青年，可是風濕熱後的心臟病把他的身體搞垮了。但無論如何他天生就是運動員，在各種不太激烈的運動中依然表現出色。他堅持一年四季游泳，由於我也愛游泳，所以時常遇到他。

就在這時我們看見了那個年輕人——他的頭出現在小路盡頭的峭壁邊緣上，接著整個身影出現在峭壁上方，像喝醉了一樣搖晃著。突然他把兩手向上一舉，痛苦地大叫一聲，向前倒了下去。斯泰克赫斯特和我趕緊衝了過去——大約有五十公尺的距離——扶起他的身體。一看他那失神下陷的眼睛和發青駭人的兩頰就知道他快不行了。剎那間，一線生機出現在他臉上，他用微弱模糊的警告語氣說出幾個字，我聽見他擠出來的最後幾個字是「獅鬃毛」。這三個字搞得我一頭霧水，但我實在聽不出別的聲音了。隨後，他動了一下身體，兩手一伸，側著身死了。

我的同伴被這情景嚇得癱坐在地上。而我，正如大家想像的那樣，每一根神經都警覺起來。我必須這樣，因爲我很快感覺到這件事的不尋常。他只穿著柏貝利外套、褲子和沒繫鞋帶的帆布鞋。栽倒的時候，他那匆匆圍在肩上的柏貝利外套滑落下來，露出他的軀幹。我們見到他背上的

暗紅色的條紋大吃一驚，因爲那好像是被人用極細的鞭子猛烈抽打過。那條抽人的鞭子一定是富有彈性的，因爲繞著他的肩部和肋部全都是很深的長長的鞭痕。他在極度痛苦中咬破了下唇，現在嘴邊仍然流著血。他那痙攣變形的臉說明了他曾經受了巨大的痛苦。

我正跪在死者身旁，斯泰克赫斯特站在旁邊，這時一個影子罩過來，原來是伊安·默多克來到我們身旁。他是學校裡的數學教師，是

一個瘦高而膚色黝黑的人，沉默、孤僻，幾乎沒什麼朋友。他似乎是生活在自己抽象的圓錐曲線裡，從不與世俗交往。他被學生當成怪物，本來也差點兒成爲學生們的嘲弄對象，然而這個人身上有些異鄉人的氣質，這不僅表現在他那墨黑色的眼睛和黝黑的皮膚上，還表現在他時而發作的狂暴脾氣上。有一次，他被麥克菲爾遜的小狗弄煩了，捉起狗就從玻璃窗扔了出去。要不是因爲他是一位有才幹的教師的話，斯泰克赫斯特憑這件事就可以把他解雇了——就是這位複雜的怪人來到我們身邊。他眞的被面前的景象嚇呆了，儘管小狗事件表明他與死者之間還有宿怨。

「可憐的傢伙！可憐的傢伙！我能幫什麼忙嗎？」

「剛才你跟他在一起嗎？你能告訴我們發生的一切嗎？」

「不，沒有，今天我出來晚了。我剛從學校出來，根本沒到海濱去。我能做些什麼呢？」

「你可以趕緊到伏爾沃斯員警分局報案。」

他二話不說，掉頭就以最快的速度跑去了。我繼續分析著發生的一切，而被嚇壞了的斯泰克赫斯特，還待在死者旁邊。我首先自然是記下待在海濱的人。從小徑的盡頭我可以望見整個海濱，只有遠處三兩個人影朝伏爾沃斯的方向走著。搞清這一點之後，我慢步走下來。周圍白堊的土質中混雜著粘土和灰泥岩，我看見小徑上有同一個人的上行和下行的腳印。那天早晨沒有別人沿這條路到海濱去過。我看到了一個地方有手指向著上方的手掌印，這只能說明可憐的麥克菲爾遜在上坡時跌倒過。還有圓形的小坑，說明他不止跌倒過一次。在小徑下端，是退潮留下來的鹹水湖。麥克菲爾遜曾在湖邊脫衣，因爲他把毛巾放在一塊岩石上了。毛巾是疊好而且還沒用過，看來他沒有下過水。我在硬卵石之間搜尋的時候，有一兩次我發現了他的帆布鞋印和赤足腳印。這說明他已做好準備下水，雖然乾燥的毛巾又表明他根本沒有下水。

問題已經很清楚了——可以說是我所遇見的、最怪異的問題之一。當事人來到海濱頂多不過一刻鐘，斯泰克赫斯特是從學校隨後跟來的，所以這一點毫無疑問。他去游泳，已經脫了衣服，這從赤足腳印可以看出來。然後他突然披上衣服——全是凌亂未扣好的——沒有下水或至少沒有擦乾就回來了。他之所以改變主意是因爲他受到殘酷的鞭打，以至於咬破自己的嘴唇，他用最後剩下的一點力氣爬離開那塊地方就死了。那麼是誰這麼殘忍呢？不錯，在峭壁底部是有些小洞穴，但是初升的太陽直射在洞內，根本無處可藏。遠處海濱還有幾個人影，但他們離得太遠，不可能是他們幹的，再說還隔著麥克菲爾遜要游泳的鹹水湖，湖水一直衝到峭壁上。在海上，有兩三隻漁船離得不太遠，等有時間可以詢問一下船裡的人。目前有那麼幾條線索可以調查，但是沒有一條是明確的。

當我終於回到死者身旁時，已經有幾個圍觀者了。斯泰克赫斯特自然還在那裡，默多克剛把安德森——就是村裡的員警——找來。安德森是個身材高大、呆板、結實的蘇塞克斯類型的人——這種人往往在貌似笨重的外表下掩蓋著智慧的頭腦。他一聲不吭地傾聽著，把我們說的要點都記下來，最後把我拉到一邊說：

「福爾摩斯先生，我需要你的指導。這對我來說是一個大案子，要是我出了差錯，我的上級路易士肯定會責備我。」

我建議他馬上把他們的頂頭上司找來，另外再找一個醫生，在他們來之前，不要移動現場的任何東西，多餘的腳印越少越好。藉著這個機會，我檢查了死者的口袋。裡面有一塊手帕，一把大折刀，一個折疊式的名片夾子，裡邊露出一角紙，我打開它，把紙條交給了員警。上面是女人的潦草手跡：

我一定來，請你放心。

莫迪

看來是情人的約會，只有一個落款，但時間和地點都沒有。員警把紙放回名片夾，連同別的東西一起又放進了柏貝利雨衣的口袋。由於沒有別的情況，在建議徹底搜查峭壁底部之後，我就回家去吃早餐了。

一、兩個小時以後，斯泰克赫斯特來告訴我屍體已移到學校，將在那裡進行驗屍。他還帶來一些重要而明確的消息，正如我預料的，在壁底的搜查中一無所獲。但他檢查了麥克菲爾遜的書桌，發現了幾封關係曖昧的信函，通信者是伏爾沃斯村的莫迪．巴勒密小姐。這樣我們就確定了他身上那張便條的筆者。

「信被員警拿走了。」他解釋說，「我無法把信拿來。但可以肯定這是一場很認眞的戀愛。不過，我看不出這件事跟那個案子有什麼關係，除了那個姑娘跟他有一個約會。」

「但總不會在一個你們大家常去的游泳場吧。」我說。

「今天只是由於偶然的情況，那幾個學生才沒跟麥克菲爾遜一起去。」

「只是偶然的嗎？」

斯泰克赫斯特皺起眉頭沉思起來。

「默多克把學生留下了，」他說道，「他堅持要在早餐前講解代數。這傢伙對今天的慘案非常難過。」

「但我聽說他們兩人關係不是很融洽。」

「有一個時期是那樣，可是一年以來，默多克和麥克菲爾遜可以說走得非常近，默多克從來沒有和別人那麼接近過，他的性情不大隨和。」

「原來是這樣。我好像記得你對我談起過關於虐待那隻狗的事。」

「那件事早過去了。」

「也許留下怨恨。」

「不可能，不可能，我確定他們是眞正的好朋友。」

「那咱們得調查那個姑娘的情況了。你認識她嗎？」

「誰都認識她。她是本地的美人，而且是眞正的美人，無論到了什麼地方她都會引人注目。我知道麥克菲爾遜對她很著迷，但沒料到已經發展到信上提到的那種程度。」

「她是什麼人呢？」

「她是老湯姆·巴勒密的女兒。伏爾沃斯的漁船和游泳場更衣室都是他的財產。他原本是個漁民，現在已經相當富裕了。他和他兒子威廉一起經營企業。」

「咱們要不要到伏爾沃斯走一趟，去看看他們？」

「有什麼理由呢？」

「理由總是能找到的。無論如何，死者總不是自虐而死的吧。總該有人手拿著鞭子柄，假如眞是鞭子造成的死因的話。他在這個偏僻的地方交往的人是有限的，要是咱們查遍了每一角落，肯定會發現某種動機，而動機又會引出罪犯。」

如果不是因爲親眼目睹了悲劇，在這飄著麝香草的芳香草原上散步本來是件愉快的事情。伏爾沃斯村坐落在海灣周圍的半圓地帶，在古老的小村後面，樹立著幾座很現代的房子。斯泰克赫斯特領著我朝這樣的一幢房子走去。

「這就是巴勒密所謂的『港口山莊』，就是有角樓和青石瓦的這座房子。對於一個白手起家的人來說這已經很不錯了——嘿，你看！」

山莊的花園門開了，走出一個人來。那瘦高、嶙峋、懶散的樣子不是別人，正是數學教師默多克。我們在路上跟他打了個照面。

「嗨！」斯泰克赫斯特對他打招呼。他點了點頭，用那古怪的黑眼睛掃了我們一眼就要過去，卻被校長突然拉住了。

「你到那裡幹什麼去了？」校長問他。

默多克氣得臉通紅。「先生，在學校裡我是你的下屬，但我不明白我有什麼義務向你報告我的私人行動。」

斯泰克赫斯特的神經在經歷了這一天的緊張之後已經變得容易激怒了，要不然他會有耐心的，但這時他完全控制不住自己的脾氣了。

「默多克先生，在這種情況下你這樣的回答純屬放肆。」

「你自己的提問也是一樣。」

「我已經不是第一次容忍你的放肆無理了。我不能再容忍了，請你儘快另謀高就吧！」

「我早就想走了。今天我連那個唯一使我願意留在你學校裡的人也失去了。」

說完他就大踏步走了，斯泰克赫斯特忿恨地瞪著他的背影。「你見過這麼難以讓人忍受的傢伙嗎？」他氣憤地喊道。

然而給我印象最深的一點卻是，默多克抓住了最重要的一個使他離開這個犯罪現場的機會。

這時在我腦子裡開始形成一種模糊的懷疑，也許訪問巴勒密家可以進一步搞清這件事。斯泰克赫斯特打起精神來，我們就進入住宅。

巴勒密先生是一個中年人，留著大紅鬍子。看起來好像正在生氣，不一會兒工夫，臉也變得通紅了。

「不，先生，我對此一無所知。我兒子，」他指了指屋子角落裡的一個強壯、臉色陰沉的小夥子，「和我都認爲麥克菲爾遜先生對莫迪的追求是對我們的一種侮辱。先生，他從來也沒提過結婚的事，但是通信、約會一大堆，還有許多我們都不贊成的做法。她沒有母親，我們是她唯一的監護人。我們決心——」

小姐的出現使他把下面的話咽了回去。不可否認，她走到世上任何場合都顯得光彩奪目。誰能想像，這樣一朵鮮花竟會生長在這樣的環境、這樣的家庭？女性對我來說從來沒有什麼吸引力，因爲我的理智總是控制著情感，但是當我看到她那充滿草原上那種新鮮血色的、美麗的臉時，我相信任何一個青年都會拜倒在她的石榴裙下。就是這樣一個姑娘推門走進來，睜著緊張的大眼睛，站到斯泰克赫斯特面前。

「我已經知道菲茨羅依死了。」她說，「請把眞相全告訴我。」

「是另外那位先生把消息告訴我們的，」她父親解釋說。

「沒有必要把我妹妹牽扯到這件事裡去！」小夥子咆哮道。

妹妹狠狠地瞪了他一眼。「這是我的事，威廉，我自己會處理。這樣看來，是有人殺死了他。如果我能幫助找出兇手，這就是我能爲死者所盡的微薄之力。」

她聽我的同伴簡短地講述了情況。她那鎭靜而專心的神色使我感到她不僅年輕貌美，而且非常堅強。莫迪·巴勒密在我的記憶中將永遠是完美的化身。看來她已經認出我了，因爲後來她轉過來對我說：

「福爾摩斯先生，請把這些罪犯繩之以法。不管他們是誰，你都會得到我的協助。」我仿佛覺得她一邊說著一邊蔑視地向她父親和哥哥瞟了一眼。

「謝謝妳，」我說，「我很重視一個女人在這些事情上的直覺。妳剛才說『他們』，是不是你認爲不止一個人參與了此事？」

「因爲我很瞭解麥克菲爾遜先生，他是一個勇敢而強壯的人，單獨一個人欺侮不了他。」

「我能不能單獨與妳談談？」

「莫迪，」她父親生氣地喊道，「不要介入此事。」

她無可奈何地看著我。「我能做什麼呢？」

「很快就會水落石出了，所以在這兒討論一下也無妨，」我說，「我本來是想單獨談談，但如果妳父親不允許，只好讓他也參加討論。」然後我談到死者衣袋裡發現的便條。「這個便條在驗屍的時候必然會公之於眾的。妳能不能對此作些解釋？」

「先生，不好了，麥克菲爾遜先生的狗。」一天晚上她忽然說道。一般我是不屑於理睬這樣的話題的，但麥克菲爾遜的名字引起了我的注意。

「麥克菲爾遜的狗怎麼了？」

「死了，先生，由於對主人的悲痛而死了。」

「誰告訴妳的？」

「大家都在談論這件事。那隻狗十分激動，一個星期沒吃東西。今天三角牆學校的兩個學生發現牠死了——而且是在海濱，就在牠主人遇難的那個地方。」

「就在那地方。」這幾個字給我的印象非常深刻，我腦子裡隱隱約約地感到，這個問題很重要。狗死了，這倒也合乎狗的善良忠實的本性。但在同一個地方！爲什麼這個荒涼的海濱對狗會有危險？難道牠也是仇人的犧牲品？難道——是的，感覺還很模糊，可是在我腦中已經形成了一種想法。幾分鐘以後我就往學校去了，我在斯泰克赫斯特的書房裡找到了他。根據我的要求，他把那兩個發現狗的學生——撒德博里和布朗特——找了過來。

「是的，那狗就躺在湖邊上，」一個學生說，「牠一定是尋著主人的足跡去的。」

後來我去看了看那條忠實的小狗，是艾爾戴爾獵犬，牠躺在大廳裡的席子上，屍體僵直，兩眼凸出，四肢痙攣，處處都充滿了痛苦。

從學校我一直走到游泳湖。夕陽已經西下，峭壁的黑影籠罩著湖面，那湖水閃著暗暗的光，仿佛一塊鉛板。這裡靜悄悄地沒有一個人，只有兩隻水鳥在上空盤旋鳴叫。在漸暗的光線中，我隱隱約約地辨認出印在沙灘上的小狗足跡，就在牠主人放毛巾的那塊石頭周圍。我站在那裡沉思良久，四面的暗影越來越黑。我思緒萬千。我想任何人都經歷過那種噩夢般的苦思——你明明知道你所搜尋的關鍵的東西就在你腦子裡，但你卻偏偏想不出來。這就是那天晚上我獨自佇立在那個死亡之地時的感受。後來我轉身慢步走回家去。

我走到小徑盡頭的時候，我突然想起了那個一直冥思苦想的東西。讀者知道或透過讀華生對我的描述瞭解到，我這個人頭腦中裝了一大堆不合常理的知識，而且毫無系統性，但這些知識對我的工作是有用的。我的腦子就像是一間堆滿各式各樣的包裹的貯藏室，其數量之多，使我本人對它們也只有一個模糊的概念。我早知道我腦子裡有那麼一樣東西對目前這個案子具有重大的意義，然而還不是很明確，但我知道如何使它變得更清晰——它離奇古怪、難以置信，但始終是

一種可能——我要作一個全面的實驗。

我家裡有一個塞滿書的閣樓，我一回家就鑽進了這間房間，翻騰了一個小時。後來我捧著一本咖啡色印著銀字的書走了出來，急忙找到我模糊記得的那一章。果然，那是一個不著邊際和不大可能的設想，但我不把事情弄清楚就不會死心。我睡得很晚，迫切地期待著明天的實驗。

但是工作遇到了麻煩——我剛匆忙喝下我的早茶，要起身到海濱去，蘇塞克斯郡警察局的巴爾多警官就來了。那是一個沉著、穩健、木訥而眼睛深邃的人，用極其困惑的表情看著我說：

「先生，我知道你經驗十分豐富。今天我只是私人拜訪，也用不著多說什麼，但是我對這個麥克菲爾遜案確實是沒有辦法了。可是，我應不應該逮捕他呢？」

「你是指默多克先生嗎？」

「是的。想來想去，的確也沒別人。這就是地方偏僻的優勢所在，我們能把可疑人物的圈子縮得極小。假如不是他，又有誰呢？」

「你有什麼證據控告他呢？」

他搜集情況的方式與我原來的設想一樣。首先是默多克的性格以及他這個人的神秘性，他在小狗事件上表現出來的偶爾的火爆脾氣，還有他過去和麥克菲爾遜爭吵過的事實，以及他可能怨恨麥克菲爾遜對巴勒密小姐的追求。他掌握我原有的全部要點，但沒有什麼新東西，除了一點，就是默多克似乎正在準備離去。

「既然這一切證據都不利於他，要是我放他走了，那我該怎麼辦呢？」

這位粗壯遲鈍的警官確實很苦惱。

「但是，」我說道，「你的設想有一些明顯的漏洞。在出事的那天早晨，他可以提出不在場的證據——他和學生在一起，一直到案發時。在麥克菲爾遜出現以後幾分鐘，他就從後面那條路走來，碰見了我們。另外不要忘記，他不可能單獨對一個和他一樣強壯的人行兇。最後，還有行兇所用的兇器這個問題。」

「除了軟鞭子之類的東西還能有什麼？」

「你研究傷痕了嗎？」

「我看見了，醫生也看見了。」

「但是我用顯微鏡非常仔細地觀察過了，很特別。」

「有什麼特別的，福爾摩斯先生？」

我走到我的辦公桌前取出一張放大的照片。「這是我處理這類案情的方法。」我解釋說。

「福爾摩斯先生，你做事確實很徹底。」

「否則我也不會成爲偵探了。咱們來研究一下這條圍著右肩的傷痕。你沒看出有不一樣嗎？」

「我看不出。」

「顯然這條傷痕的深度不是平均的。這兒一個滲血點，那兒一個滲血點。這裡的一條傷痕也是這樣。你覺得這說明了什麼？」

「我想不出來。你認爲呢？」

「我的答案也許對也許不對，也許不久我能做出更明確的答案。凡是能解釋製造滲血點的證據都能大大有助於找出兇手。」

「我有一個可笑的比方。」警官說，「如果把一個燒紅的網放在背上，血點就表示網線交叉的地方。」

「這是一個很妙的比方。或者我們可以更恰當地說，是那種有九根皮條的鞭子，上面有許多硬疙瘩。」

「對極了，福爾摩斯先生，你猜得很對。」

「但是也可能是一個截然不同的原因，巴爾多先生。不管怎麼說，你的逮捕證據很不足。另外，還有死者臨終的話——『獅鬃毛』呢！」

「我曾猜想『獅』是不是『伊安』——」

「我也考慮過這一點。但是第二個字一點也不像『默多克』。他是尖聲喊出來的，我肯定那是『獅鬃毛』。」

「你有別的設想嗎，福爾摩斯先生？」

「有一點。但是在找到更可靠的證據以前我不打算討論它。」

「那什麼時候能找到呢？」

「一小時以後——也許還用不到。」

警官摸著下巴，懷疑地看著我。

「我眞希望能搞明白你腦子裡的想法，福爾摩斯先生。也許是那些漁船。」

「不對，那些船離得太遠了。」

「那，是不是巴勒密和他那個粗壯的兒子？他們對麥克菲爾遜可一點好感也沒有。他們會不會整他一下？」

「不，在我準備就緒之前我什麼也不會說的。」我微笑著說道。「警官先生，咱們都要各司其職，要是你中午來這裡——」

講到這我們受到重大的干擾，這也是本案終結的開始。

我外屋的門突然被衝開，接著走道裡響起了跌跌撞撞的腳步聲，伊安·默多克踉踉蹌蹌闖進屋來，面無人色，蓬頭垢面，衣冠不整，他用瘦削的手抓住桌子勉強直立在地上。「白蘭地！拿白蘭地來！」他喘著說，說完就呻吟著倒在沙發上了。

「那個動物差點要了他的命，儘管他只是在波動的大海中觸及毒絲，還不是在靜止固定的游泳湖中。他說，中毒後他連自己也認不出自己的相貌了，他的面色蒼白如紙、爬滿皺紋、憔悴不堪。他猛喝白蘭地，吞下了一整瓶，因爲這個才揀回一條命。警官先生，我把這本書交給你，它已經充分解釋了麥克菲爾遜的悲劇的原因。」

「而且洗刷了我的嫌疑，」默多克插了一句，臉上帶著譏諷的微笑。「警官先生，我不怪你，也不怪你，福爾摩斯先生，因爲你們的懷疑是可以理解的。我想，我可能是因爲分享了我可憐朋友的命運，才在被捕之前討回了自己的清白。」

「不是，默多克先生，其實我已經著手辦這個案子了。假如我按原定計劃早一點到海濱去，可能會免除你的這場災難。」

「可是你是怎麼知道的呢，福爾摩斯先生？」

「我是一個讀書很亂、很雜的人，腦子裡什麼亂七八糟的知識都記得住。『獅鬃毛』這幾個字一直在我腦子裡盤旋，我記得我好像在什麼奇怪的記錄上讀過它。你們都看見了，這幾個字的確能形象地描述那個怪動物。我敢肯定，麥克菲爾遜看見它的時候，它肯定是在水面上浮著，而這幾個字是他唯一能想出的能夠警告我們的名稱。」

「那麼，至少我清白了，」默多克說著慢慢站了起來。「可是我還有兩句話要解釋，因爲我知道你們調查過我的事。我的確愛過這個姑娘，可是從她選擇了我的朋友麥克菲爾遜那天起，我唯一的心願就是讓她獲得幸福。我心甘情願地躲到一邊做他們的聯繫人，經常爲他們送信。因爲我是他們的知己，對我來說她是最親近的人，我才急急忙忙趕去向她報告我朋友死亡的消息，我擔心別人搶在前面用出其不意和冷酷無情的方式告訴她這件事。她不願意把我們的關係告訴你，是怕你責備我而使我遭受委屈。好，對不起，我現在必須回學校去了，我需要在床上躺著。」

斯泰克赫斯特向他伸出手說：「前兩天咱們的神經都太緊張了，默多克，請你既往不咎。將來咱們會更好地相互瞭解。」說完他們兩人友好地拉著手走了出去。警官沒有走，睜大了像牛一樣的眼睛瞪著我。

「哎呀，你可眞厲害啊！」最後他喊道，「我以前讀過你的破案記錄，但我從來不相信。今天看來你確實很厲害啊！」

我只好搖搖頭，因爲要是接受這種恭維，那等於降低了我的標準。

「開頭我很遲鈍——可以說是遲鈍地都稱得上有罪了。假如屍體是在水裡發現的，我當時就會馬上破案。是那條乾毛巾誤導了我，可憐的麥克菲爾遜沒有來得及使用毛巾擦乾身上的水，因此我就誤以爲他沒有下過水。眞的，這正是我的錯誤所在。哈哈，警官先生，過去我時常取笑你們員警廳的先生們，這一次氰水母算是爲警察廳復了仇。」

第十篇　退休的顏料商

那天早上福爾摩斯心情鬱悶，若有所思。他那機警和務實的性格總是受這種心情影響。

「你見到他了嗎？」他問道。

「你是說剛出去的那個老頭？」

「就是他。」

「是的，我在門口碰到他了。」

「你覺得他怎麼樣？」

「一個可憐、無所作爲、墮落的傢伙。」

「就是這樣的感覺，華生，可憐和無所作爲。但人的一生不就是可憐和無所作爲的嗎？他的故事不就是整個人類的一個縮影嗎？我們追求，我們想得到，但最後手中剩下什麼東西呢？是一個幻影，或者是比幻影更糟糕——痛苦。」

「他是你的一個客戶嗎？」

「是的，我想應該這樣稱呼他。就像醫生把他們治不了的病人轉給江湖醫生一樣，警局把他交給了我。他們辯解說自己已無能爲力，病人的現狀太糟糕了，簡直無可救藥。」

「怎麼回事？」

福爾摩斯從桌上拿起一張油膩膩的名片。「約瑟亞·安伯利。他說自己是顏料商布利克福爾和安伯利公司裡一個資歷很淺的股東，在油料盒上你能看到他們的名字。他存了一點錢，六十一歲退休，在路易森買了一棟房子，忙碌一輩子後在那裡定居。覺得自己的未來算是有保障了。」

「確實是這樣。」

福爾摩斯瞥了一眼他在信封背面草草寫下的記錄。

「華生，他是一八九六年退休的，次年和一個比自己年輕二十歲的女人結了婚，如果照片不誇張的話，那還是個漂亮的女人。生活優裕，又有妻子、閒暇——在他面前似乎是一條平坦的大道。可正如你看見的，兩年之內他已經變成天下最潦倒、最悲慘的傢伙了。」

「究竟是怎麼一回事？」

「故事情節很老套，華生，一個背信棄義的朋友和一個水性楊花的女人。安伯利有一個嗜好，就是下象棋。在路易森離他不遠的地方住著一個年輕的醫生，也是一個愛下棋的人。我記下他的名字叫瑞·俄尼斯特。他經常到安伯利家裡去，與安伯利太太之間的關係很自然地密切起來，因爲咱們這位倒楣的客戶不管有什麼內在的美德，但在外表上確實沒有什麼引人之處。上星期那一對私奔了——不知去向。不僅如此，不忠的妻子把老頭裝地契等重要文件的箱子作爲自己的私產也帶走了，裡面有他一生大部分的積蓄。我們能找到那位夫人嗎？能找回錢財嗎？到目前爲止這對我們來說還只是個一般的問題，但對安伯利卻是極其重要的大事。」

「你準備怎麼辦？」

「親愛的華生，問題的關鍵在於你準備怎麼辦。你知道我正專心處理兩位哥普特教會創辦人的案子，今天案子將會有些頭緒。我實在是脫不出身去路易森，而現場的證據又很重要。老頭一再堅持要我去，我說明了自己的難處，他同意我派個代表。」

「那好吧，」我答應道，「我承認，我並不一定能夠勝任，可我願意盡力而爲。」於是，在一個夏日的午後我出發去路易森，當時根本沒有想到我正在參與的案子一週之內會成爲全國上下談論的焦點。

那天夜裡我很晚才回到貝克街報告情況。福爾摩斯舒展他那削瘦的身體躺在深陷的沙發裡，從菸斗裡緩緩吐出辛辣的煙圈。他睡眼朦朧，假如不是在我敘述中的停頓或有疑問時，他半睜著灰色、明亮、犀利的眼睛，用探索的目光注視著我，我肯定會覺得他已經睡著了。

「約瑟亞·安伯利先生的寓所名叫黑文，」我解釋道，「我想你會對它感興趣的，福爾摩斯，那座房子就像一個淪落到下層社會的窮貴族。你知道那是個特別的地方，周圍單調的磚路和令人厭倦的郊區公路。就在它們中間有一個具有古典文化氣息的、舒適的孤島，那就是他的家。四周環繞著曬得發硬而又長滿苔蘚的高牆，已經變得斑駁。這種牆——」

「別用華麗的辭藻描述了，華生，」福爾摩斯嚴肅地說，「我看那不過是一座高磚牆。」

「是的。要是不是因爲問了一個在街頭抽菸的閒人，我眞找不到黑文，我有必要提一下這個閒人。他是一個高個子、黑皮膚、大鬍子、軍人模樣的人。他在我詢問的時候不時地點點頭，而且用一種好奇而又懷疑的眼光瞥了我一眼。這使我事後又回想起他的目光。

「我還沒有進門就看見安伯利先生走下車道。今天早晨我只是匆忙看了他一眼，可是已經覺得他很奇特，現在看清楚了覺得他的面貌更加不平常了。」

「這我當然研究過了，不過我還是有興趣聽聽你對他的印象。」福爾摩斯說。

「我覺得他彎著的腰確實像是被生活的重擔壓彎的。但他並不像我一開始想像的那麼虛弱，因爲儘管他的兩腿細長，肩膀和胸脯卻很健壯。」

「左腳的鞋起皺，而右腳平直。」

「那個我倒沒注意。」

「是的，你不會在意那個的。我發覺他用了假腿。繼續講吧。」

「他那舊草帽底下露出的灰白色捲髮，以及他那殘酷的表情和佈滿深深皺紋的臉吸引了我。」

「好極了，華生。他說了些什麼？」

「他開始向我吐苦水。我們一起從車道走過，當然我仔細地環顧了四周。我從沒見過如此雜亂的地方：花園裡雜草叢生，我覺得這裡的草木與其說是經過修整的，不如說是任其自由生長的。我眞不知道一個體面的婦女怎麼能忍受這種情況。房屋也是同樣地破舊不堪，看來這個倒楣的傢伙自己也意識到了這一點，他正試圖進行整修，大廳中央放著一大桶綠色油漆，他左手拿著一把大刷子，正在粉刷室內的木建部分呢。

「他把我領進黑暗的書房，我們談了很長一段時間。你的缺席使他感到很失望。『我不敢心存奢望，』他說，『像我這樣地位卑微的一個人，特別是在我經濟慘重損失之後，怎麼能贏得像福爾摩斯先生這樣的名人的關注。』

「我安慰他說這與經濟無關。『當然，這正是他的追求，』他說，『但只是從犯罪藝術的角度來考慮，也許這裡就有值得研究的東西。華生醫生，人類最惡劣的本性就是忘恩負義！我何曾拒絕過她的任何一個要求呢？有哪個女人比她更受寵愛？還有那個年輕人——我簡直是把他看成了自己的親兒子，他可以在我家隨意出入。可現在他們卻這樣對待我！哦，華生醫生，這眞是一個可怕，可怕的世界啊！』

「這就是他一個多小時裡一直重複的內容。看起來他從未懷疑過他們私通，除了一個只有在白天工作的女僕外，他們獨自居住。就在出事的當天晚上，老安伯利爲了使妻子開心，特地在乾草市場劇院二樓訂了兩個座位。臨行前她抱怨說頭痛而推辭不去，他只好一個人去了。這看來是眞話，他還掏出了爲妻子買的那張未用過的票。」

「這值得注意——非常重要，」福爾摩斯說道，這些話似乎提升了福爾摩斯對此案的興趣。「華生，請繼續講，你的敘述很吸引人。你親自查看那張票了嗎？也許你沒有記住號碼吧？」

「不，我恰好記住了，」我稍微驕傲地答道，「三十一號，恰巧和我從前的學號相同，所以我記住了。」

「太好了，華生！那麼說他本人的座位號碼不是三十就是三十二號了？」

「是的，」我有點迷惑不解地答道，「而且是第二排。」

「妙極了。他還說了些什麼？」

「他讓我看了他所說的放保險庫的房間，這眞是一個名副其實的保險庫，跟銀行一樣帶有鐵門和鐵窗，他說這是防盜的。然而這個女人似乎有一把配製的鑰匙，他們倆一共拿走了大約七千英鎊的現金和債券。」

「債券！他怎麼處理這件事呢？」

「他說，他已經交給警局一張清單，希望使這些債券無法賣出。午夜他從劇院回來，發現家裡被偷，門窗敞開著，盜賊早跑掉了，沒有留下線索，此後他也沒聽到任何音訊。他立刻報了警。」

福爾摩斯沉思了幾分鐘。

「你說他正在粉刷，他油漆什麼呢？」

「他正在粉刷走廊。我提過的房門和木製建築部分都已經油漆過了。」

「你不認為在這種情況下幹這種活有點怪怪的嗎？」

「『人總得為減輕心中的痛苦做點什麼。』這是他的解釋。當然這是有點反常，但很顯然他本來就是個怪人。他當著我的面撕毀了妻子的一張照片——撕的時候極其憤怒。『我再也不願看見她那張可恨的面孔了。』他尖叫道。」

「還有別的嗎，華生？」

「是的，還有一件事給我的印象最深。當我坐車到布萊克希思車站並剛好趕上火車時，就在火車開動的瞬間，我看見一個人衝進了我隔壁的車廂。福爾摩斯，我辨別外貌的能力你是知道的，他就是那個高個子、黑皮膚、在街上和我說

話的人。在倫敦橋我又看見他一回，後來他消失在人群中了，但我確信他是在跟蹤我。」

「不錯！不錯！」福爾摩斯說，「一個高個子、黑皮膚、大鬍子的人。你說，他是不是戴著一副淺灰色的墨鏡？」

「福爾摩斯，你眞神，我並沒有說過呀。但他的確是戴著一副淺灰色的墨鏡。」

「還別著共濟會的領帶夾？」

「你眞行！福爾摩斯！」

「這很簡單，親愛的華生，我們還是談談實際問題吧。我必須承認，原來我認爲簡單可笑而不值一提的案子，已在迅速地顯示出它不同尋常的一面了。雖然在執行任務時你忽略了所有重要的東西，然而這些引起你注意的事也是我們應該認眞思考的。」

「我忽略了什麼？」

「不要誤解，華生，你知道我並不是指責你。沒人能比你做得更好了，有些人或許還不如你。但你明顯地忽略了一些很關鍵的東西——鄰居對安伯利和他妻子的看法如何？這顯然是重要的。俄尼斯特醫生爲人怎麼樣？他是人們想像中的那種放蕩的花花公子嗎？華生，憑著你天生的優越條件，所有的女人都會成爲你的幫手和參謀。郵局的姑娘或者賣蔬菜水果的太太怎麼想呢？我可以想像出你從布盧安克和女士們溫柔而低聲的廢話中得到一些可靠消息的情景。但這一切你都沒有做。」

「但還是能去做的。」

「已經做了。這得感謝警局的電話和幫助，我經常不用離開這間屋子就能得到想要的情報。事實上我的情報證實了這個人的敘述——當地人認爲他是一個吝嗇鬼，同時又是個極其粗暴而苛刻的丈夫，所以他的保險室裡一定有著大筆的現金。而那個年青的俄尼斯特醫生，一個沒有結婚的人，來和安伯利下棋，或許還和他的妻子打打鬧鬧。所有這些看起來都很簡單，已經沒什麼可說的了——可是——可是！」

「問題出在哪兒？」

「也許這只是我的想像。好，不管它了，華生。讓我們聽聽音樂來擺脫這一天的壓力吧。卡瑞娜今晚將在艾爾伯特音樂廳演唱，我們還有時間換衣服，吃飯，然後聽音樂會。」

清晨我準時起了床，但我看到的是一些烤麵包屑和兩個空蛋殼，很顯然，我的夥伴比我起得更早。我在桌上找到一個潦草的便條。

親愛的華生：

我有一、兩件事要和安伯利當面商談，此後我們再決定是不是著手辦理此案。請你在三點鐘以前做好準備，因為那時我也許將需要你的幫助。

夏洛克·福爾摩斯

我一整天都沒有見到福爾摩斯，但在約定的時間他回來了，只見他滿臉嚴肅，沉默不語。按照經驗，這種時候還是讓他獨處比較好。

「安伯利來了嗎？」

「沒有。」

「啊！我再等等他吧。」

他並沒有表現出失望的神情，不久老頭就來了，嚴峻的臉上寫滿異常的困惑不安。

「福爾摩斯先生，我收到一封電報，我搞不清楚這是什麼意思。」他把信遞過來，福爾摩斯大聲念到：

請務必馬上前來。可提供有關你最近損失的消息。

埃爾默，牧師住宅

「兩點十分從小伯靈頓發出，」福爾摩斯說，「小伯靈頓在埃塞克斯，我相信離福林頓不遠，你應該馬上行動。這顯然是一個知情人發的，是當地的牧師。我的名人錄在哪？啊，在這：『J·C·埃爾默，文學碩士，主持莫斯莫爾和小伯靈頓教區。』查查火車時刻表，華生。」

「五點二十分，利物浦街有一班火車出發。」

「太好了，華生，你最好和他一起去，也許他會需要幫助和建議的。很明顯，我們已接近此案的關鍵時刻了。」

然而我們的客戶似乎並不急於出發。

「福爾摩斯先生，這簡直太荒唐了，」他說，「這個人怎麼會知道事情的眞相呢？這樣就去，只是浪費時間和金錢。」

「不瞭解情況他是不會發電報給你的，馬上發電報給他說你立刻動身。」

「沒必要去。」

福爾摩斯假裝表現得很嚴厲。

「安伯利先生，假如你拒絕追查一個如此有利的線索，那麼只能給警局和我本人留下很壞的印象。我們會認爲你並不急於了結此案。」

這麼一說我們的客戶一下子慌了。

「我怎麼會那樣呢，既然你是那麼看，我當然要去，」他說，「可我還是覺得這個人不可能知道事情的一切，但要是你覺得——」

「我就是覺得你應該去。」福爾摩斯加重語氣說道，於是我們出發了。我們離開房間之前，福爾摩斯把我叫到一旁囑咐了一番，可見他對此行頗爲重視。「你無論如何一定要把他弄到那裡去，」他說。「假如他逃走或回來，你馬上到最近的電話局發封信給我，就寫一個詞『跑了』就行。我會把這邊安排好，不論我在哪裡都會收到消息。」

小伯靈頓地處偏遠，交通很不方便。這趟旅行沒有讓我感到愉快，因爲天氣炎熱，火車又慢，而我的同伴又悶悶不樂地沉默著，除了偶然對我們無用的旅行發幾句牢騷外幾乎一聲不吭。最後我們終於到達了小車站，又坐了兩英里馬車去牧師的住宅。在那裡一個身材高大、神態嚴肅而又心高氣傲的牧師在他的書房裡接待了我們。他面前擺著我們發給他的電報。

「你們好，先生們，」他招呼道，「有什麼需要我效勞的嗎？」

我解釋說，「我們是接到你的電報應邀而來的。」

「我的電報？我根本沒發什麼電報。」

「我指的是你發給約瑟亞·安伯利先生關於他妻子和錢財的那封電報。」

「先生，假如這是開玩笑的話，那就太令人懷疑了，」牧師氣憤地說。「我根本沒聽說過你提的那位先生，而且更沒給任何人發過電報。」

我和我們的客戶驚愕地面面相覷。

「可能是搞錯了。」我說，「或許這兒有兩個牧師住宅？這兒是電報原文，上面寫著埃爾默，發自牧師住宅。」

「這裡只有一個牧師住宅，也只有一名牧師，這封電報是可惡的僞造品，這封電報的來由必須請員警追查清楚，同時，我認爲這次拜訪沒必要再繼續下去了。」

於是我和安伯利先生來到村莊的路旁，這裡看起來是英格蘭最原始的村落。我們走到電報局，但是門已經關了。幸好車站的警局有一部電話，我才得以和福爾摩斯取得聯繫。對於我們旅行的結果他同樣感到很吃驚。

「奇怪！」遠處的聲音說道，「眞的奇怪！親愛的華生，我最擔心的是今夜沒有回來的車了。我不是故意害你在一個鄉下的旅店過夜，可是，華生，大自然總是和你在一起的——當然還有約瑟亞·安伯利——你們可以有更進一步的交流。」掛電話的時候，我聽到他在笑。

不久我就發現旅伴吝嗇的本色顯露出來了。他對旅行的花費極爲不滿，又堅持要坐三等車廂，現在又因對旅店的帳單不滿而滿腹牢騷。第二天早晨我們終於到達倫敦時，已經很難說我們倆誰的心情更糟了。

「你最好順便到貝克街來一下，」我說，「福爾摩斯先生或許會給你新的建議。」

「要是不比上一個建議更有價值的話，我絕不會接受。」安伯利惡狠狠地說，儘管如此他還是跟我走了。我已用電報提醒了福爾摩斯我們到達的時間，到了那兒卻看見一張便條，上面說他到路易森去了，希望我們也能去。這眞叫人吃驚，但更叫人吃驚的是，到了後我發現他並不是一個人在我們客戶的起居室裡。他旁邊坐著一個外表嚴厲、表情冷漠的男人。黑皮膚、戴著淺灰色的墨鏡，領帶上很顯眼地別著一枚共濟會的大領帶夾。

「這是我的朋友巴克先生，」福爾摩斯說。「他本人對你的事也很感興趣，約瑟亞・安伯利先生，雖然我們都是各調查各的，但卻有個相同的問題要問你。」

安伯利噗地一聲坐下去。從他那緊張的眼睛和抽搐的臉上，我看出他已意識到災難的降臨。

「什麼問題，福爾摩斯先生？」

「問題只有一個：你把屍體怎麼處理了？」

他歇斯底里地大叫一聲跳了起來，枯瘦嶙峋的手在空中亂揮著。他張著嘴巴，轉眼間他的樣子就像是落在網中的鷹隼。在這一瞬間我們看清了約瑟亞・安伯利的眞面目，他的靈魂像他的身體一樣扭曲而又醜陋不堪。他向後往椅子上靠的時候，用手蓋著嘴唇，像是在抑制住咳嗽。福爾摩斯一個餓虎撲食般的撲了上去，掐住他的喉

嚨，把他的臉扭向地面。於是從他那緊閉的雙唇中間擠出了一粒白色的藥丸。

「沒那麼簡單，約瑟亞．安伯利，事情該怎麼辦就怎麼辦。巴克，你看怎麼樣？」

「我的馬車就在門口。」我們一直沉默的同伴說。

「這兒離車站只有幾百碼，我們可以一起去。華生，你在這兒等著，我半小時內就回來。」

老顏料商身體強壯、氣力很大，像一頭雄獅，但落在兩個經驗豐富的擒拿專家手中也是沒有用的。他被連拉帶扯地拖進等候著的馬車，我則留下來獨自看守這恐怖的住宅。福爾摩斯提前回來了，一起來的還有一個年輕精明的警官。

「我讓巴克去處理那些手續了，」福爾摩斯說，「華生，你可能不知道巴克這個人，他可是我在薩里海濱最恨的對手。所以當你提到那個高個子、黑皮膚的人時，我很容易像拼圖一樣把你沒有提到的東西說出來。他辦了幾樁漂亮案子，是不是，警官？」

「是的，他插手過一些案子。」警官稍有保留地答道。

「毫無疑問，他的方法和我同樣無章可尋。你知道，無章可尋有時是很有用的。拿你來說吧，你警告說無論他講什麼都會成爲對他不利的證據，可這種虛張聲勢並不能迫使這個流氓徹底招認。」

「你說的沒錯。但我們得出了同樣的結論，福爾摩斯先生。不要以爲我們對此案沒有自己的看法，否則我們就不會介入此事了。你應當原諒我們的惱火，因爲你用一種我們不能使用的方法插了進來，還奪走了我們的榮譽。」

「你放心，我怎麼會奪走你們的榮譽呢，邁金農。我向你保證從現在開始我不再出面。至於巴克，除了我吩咐他做的之外，他什麼也沒有做。」

警官似乎放心了許多。

「福爾摩斯先生，你眞慷慨大方。讚揚或譴責對你沒什麼影響，可我們就不同了，只要報紙提出疑問，我們就難辦了。」

「確實如此。不管怎樣他們都會提問題的，所以最好還是準備好答案。比如，當機智、能幹的記者問起究竟是哪一點引起了你的懷疑，最後使你堅信這就是事實時，你怎麼回答呢？」

這位警官看起來滿臉茫然。

「福爾摩斯先生，我們目前好像並沒有掌握任何確鑿的事實。你說那個罪犯承認企圖當著三個證人的面自殺，因爲他謀殺了他的妻子和她的情人。除此之外，你還有別的證據嗎？」

「你準備搜查嗎？」

「有三名巡警立刻就到。」

「很快就會眞相大白了。屍體不會離得太遠，到地窖和花園裡找找看。在這幾個值得懷疑的地方挖，不會花太多時間的。這所房子比自來水管還古老，肯定有個荒廢無用的舊水井。」

「你怎麼會知道這些？這到底是怎麼回事？」

「我先告訴你這是怎麼幹的，然後再解釋給你聽，當然對我那位自始至終一直勤懇、貢獻許多的老朋友就更該多解釋一番。首先我得讓你們瞭解這個人的心理。這是一個與眾不同的人——所以我認爲他的最終歸宿與其說是絞刑架，不如說是精神病犯拘留所。更進一步說，他的思想是與其說是現代英國的，還不如說是中世紀義大利的。他是一個可憐的守財奴，使他的妻子因不能忍受他的吝嗇，而成爲一份爲任何一個冒險者準備好的美食，這正好在這個愛好下棋的醫生身上實現了。安伯利善於下棋——華生，這說明他的智力類型是計謀型的。他和所有的守財奴一樣，是個好嫉妒的人，嫉妒又使他發了狂。不管是眞是假，他一直懷疑妻子私通，於是他決定要報復，狠毒而又巧妙做好了計畫。到這兒來！」

福爾摩斯領著我們信心十足地走過通道，就好像他曾在這房裡住過似的。他在敞開的保險庫門前停住了。

「呵！這油漆味眞難聞！」警官叫道。

「這是我們的第一條線索，」福爾摩斯說，「這你得感謝華生注意到它，雖然他當時沒有得到什麼啓發，但卻爲我提供了追蹤的線索。爲何這個人要在此時讓屋裡充滿這種強烈的氣味呢？當然是想借此掩蓋另一種會引起別人懷疑的氣味。然後就是這個帶有鐵門和柵欄的房間——一個密封的房間。把這兩件事聯繫在一起能推論出什麼結果呢？我只能親自檢查一下這所房子尋找答案。當我查明了乾草市場劇院票房的售票表——又是華生醫生的功勞——發現那天晚上包廂的第二排三十號和三十二號都一直是空著的時候，我就感到這個案子非常嚴重了。安伯利沒有到劇院去，他那個不在場的證據站不住腳了。他犯了一個嚴重的錯誤，那就是他讓我精明的朋友看清了爲妻子買的票的座號。接下來的問題就是我怎樣才能檢查這棟房子。我派了一個助手到我所能想到的、與此案最沒有關係的村莊，找一個他根本不可能當天回家的時間把他叫過去。爲了保證萬無一失，我讓華生跟著他。那個牧師的名字當然是從我的名人錄裡找出來的。我都講清楚了嗎？」

「高明。」員警充滿敬畏地說。

「不必擔心有人打擾，我偷偷溜進了這所房子。假如要改行的話，我會選擇夜間行竊這一行，而且肯定能成爲專業的高手。請注意我發現了什麼。好好看看這沿著壁腳板邊緣的煤氣管，它沿著牆往上走，在角落裡有一個龍頭。這個管子伸進保險庫，終端在天花板中央的圓花窗裡，完全被花窗蓋住，可是口是大開著的。任何時候只要擰開外面的開關，屋子裡就會放滿了煤氣。在門窗緊閉、開關打開的情況下，被關在小屋裡的任何人不到兩分鐘就會失去知覺。我不知道他是用什麼卑鄙方法把他們誘騙進小屋的，可一進了這門他們就在他的掌握之中了。」

警官饒有興味地檢查了管子。「我們的一個警員提過煤氣味，」他說，「當然那會兒門和窗子都已經打開了，油漆——或者說一部分油漆——已經塗在牆上了。據他說，他在案發的前一天就已開始油漆了。福爾摩斯先生，後來呢？」

「噢，後來發生了一件出乎我意料的事情。清晨當我從餐具室的窗戶爬出來時，我覺得一隻手抓住了我的領子，一個聲音說道：『臭小子，你在這兒幹什麼呢？』我掙扎著轉過頭去，看見了我的朋友，也是對頭——戴著淺灰色墨鏡的巴克先生。這次奇妙的相遇把我們倆都逗笑了。他似乎是受瑞．俄尼斯特醫生家之托進行調查的，同樣得出了謀殺的結論。他已經監視這所房子好幾天了，還把華生醫生當作來過這兒的可疑分子跟蹤了。他無憑無據不能拘捕華生，但當他看見一個人從餐具室裡往外爬時，就忍無可忍了。於是我把當時的情況告訴了他，我們就繼續一起辦這個案子了。」

「那你爲什麼是與他一起而不是我們呢？」

「因爲那時我已準備進行這個現在被證明是行之有效的試驗，而我害怕你們不肯那樣幹。」

警官微笑了。

「是的，可能不會。福爾摩斯先生，按我的理解，你現在是想不管這個案子，把你已經取得的成果轉給我們。」

「當然，我一向這樣。」

「好吧，我代表員警感謝你。照你說此案已經很清楚，而且找到屍體也不成困難。」

「我再讓你看一個事實，」福爾摩斯說，「我相信這點連安伯利先生本人也沒有察覺。警官，在分析案情時你應當換位思考一下，假如當事人是你的話你會怎麼幹。當然，這樣做需要一定的想像力，但是很有效。我們假設你被關在這間小房子裡面，活不到兩分鐘了，你想求救、甚至想向門外或許正在嘲弄你的魔鬼報復，這時候你怎麼辦呢？」

「寫張紙條。」

「太對了，你肯定想告訴人們你是怎麼死的。可不能寫在紙上，因爲那樣會被看到，而如果你寫在牆上也將會引起人們的注意。現在看這兒！就在壁腳板的上方有擦不掉的紫鉛筆劃過的痕跡：『我們是——』下面就沒內容了。」

「這怎麼解釋？」

「很明顯——這是可憐的受害者躺在地板上要死的時候寫的。還沒寫完他就人事不知了。」

「他要寫的是『我們是被謀殺的。』」

「我也這樣認爲。要是你在屍體上發現紫鉛筆——」

「放心吧，我們一定會仔細查找。但是那些證券又怎麼解釋呢？很顯然，根本沒發生過什麼盜竊，而他的確有這些證券，這個我們已經證實過了。」

「他肯定是先把證券藏在一個隱蔽的地方。當整個私奔事件被人淡忘後，他就會突然把這些財產再轉移回來，並宣佈是那內疚的一對悔悟而把贓物寄回了，或者說是被他們掉在地上了。」

「看來你確實解決了所有的疑難，」警官說。「他來找我們是順理成章的，但我不明白他爲什麼還要再去找你呢？」

「純粹是故弄玄虛！」福爾摩斯答道。「他覺得自己很聰明，非常自以爲是，他覺得沒人能把他怎麼樣。他可以對任何懷疑他的鄰居說：『你們看看，我已盡了力，不僅找了員警，甚至還請教了福爾摩斯呢。』」

警官笑了。

「我們不能不原諒你用『甚至』這個詞，福爾摩斯先生，」他說，「這是我所知道的最別出心裁的一個案子。」

兩天之後我的朋友扔給我一份《北薩利觀察家》的雙週刊雜誌。在一連串顯眼的、誇張的大標題下，以「凶宅」開頭，以「警察局卓越的探案」結尾，用滿滿的一欄第一次連續地敘述了這個案子的經過。文章結尾的一段概括了整個報導的主旨——

邁金農警官憑其非凡敏銳的觀察力，從油漆的氣味中推斷出它可能掩飾著另一種煤氣的氣味；並由此做出大膽的推論：保險庫就是行兇的地方；在隨後的調查中，在一口用狗窩巧妙掩飾起來的廢井中發現了屍體。這一切將作為我們職業偵探卓越才智的典型事例永遠載入犯罪學歷史。

「好，好，邁金農眞是好樣的，」福爾摩斯寬容地笑著說。「華生，你可以把它寫進我們自己的檔案裡，總有一天人們會知道事實的眞相的。」

「我對上帝發誓，我寧願一次也沒看見過！」馬麗羅太太說。

「是的，我能理解，是很嚇人的傷疤吧。」

「福爾摩斯先生，那簡直不能叫做臉。眞的。有一次送牛奶的人看見她在樓上窗戶張望，被嚇得把桶子都扔了，弄得牛奶流得到處都是。就是因爲她那張臉。有一次冷不防我也看見了她的臉，她就立刻蓋上面紗了，然後說：『馬麗羅太太，現在妳知道我爲什麼總不揭開面紗了吧。』」

「妳知道她的過去嗎？」

「一點兒也不知道。」

「她剛來住的時候有什麼介紹信嗎？」

「沒有，但她有的是錢。預交的一季房租立刻就放在桌上，而且也不談條件。這個年頭，像我這麼一個無依無靠的人怎麼能拒絕這樣的客人呢？」

「她說過選擇租妳的房子的理由嗎？」

「我的房子離馬路遠，比大多數別的出租房子更隱蔽。另外，我只收一個房客，我自己也沒有家眷。我猜想她可能打聽過別的房子，而我的房子最合她的意。她就想要清靜，不怕花錢。」

「妳說她來了以後根本就沒有露出臉過，除了那次冷不防以外。這倒是非常奇特。難怪妳要求調查了。」

「不是我要求，福爾摩斯先生。對我來說，只要拿到房租，我就知足了。沒有比她更安靜、更省事的房客了。」

「那妳為什麼還要告訴我這一切？」

「是因為她的健康情況，福爾摩斯先生。她好像要死了，而且她心裡有著可怕的負擔。有時候她喊『救命，救命啊！』有一次我聽她喊『你這個殘忍的畜生！你這個魔鬼！』那次是在夜裡，全宅子裡都聽得見那喊聲，我渾身都起雞皮疙瘩了。第二天一大早我就去了她的房間。『蘭德太太，』我說『要是妳心裡有什麼說不出的負擔，妳可以找牧師，還有員警，他們可以幫妳。』『看在上帝的份上，不要提員警，』她說，『牧師也改變不了過去的事情。但是，要是有人在我死之前知道我心裡的事，我也就可以寬慰了。』『哎！』我說『要是妳不願找正式員警，還有一個就是報上登的那個偵探。』——希望這樣說沒有冒犯你，福爾摩斯先生。她呀，一聽就同意啦。『對啦，這個人正合適。』她說『真是的，我怎麼就沒想起來呢。馬麗羅太太，快把他請來。要是他不肯來，妳就告訴他我是馬戲團的蘭德的妻子。妳就這麼說，再給他一個地名：阿巴斯．帕爾瓦。』這就是她寫的那張字條，阿巴斯．帕爾瓦。她說，如果他就是我要找的那個人，見了字條一定會來。」

「原來如此。」福爾摩斯說「好吧，馬麗羅太太，我先跟華生醫生談談，可能要談到午飯時間，大約三點鐘我們可以趕到妳在布里克斯頓的家中。」

馬麗羅太太剛剛像鴨子那樣扭出去——沒有別的動詞可以形容她的走路姿式——福爾摩斯就躍而起，鑽進屋角裡那一大堆書中去翻東西了。在幾分鐘之內我只聽得見翻紙頁的沙沙聲，後來又聽見他滿意地咕噥了一聲，原來是翻到了要找的東西。他興奮極了，顧不得站起來，而是像一尊怪佛一樣坐在地板上，兩腿交叉，四周圍是一大堆厚厚的書，膝上還放著一本。

「這個案子當時就弄得我心煩意亂，華生——這裡的旁注可作證明——我承認我解決不了這個案子，但我又堅信驗屍官的結論是錯誤的。你還記得阿巴斯·帕爾瓦的悲劇嗎？」

「一點印象也沒有，福爾摩斯。」

「你當時是與我一起去的。不過我也記得不太清楚了，因爲當時沒有什麼明確的結論，而且當事人也沒有請我幫忙。你願意看當時的報導嗎？」

「你能講講重點嗎？」

「那倒不難，或許聽我一說，你就會回憶起當時的情景。蘭德這個姓是家喻戶曉的，他是沃

姆韋爾和桑格爭搶的對象，而桑格是當年最有實力的馬戲班子。不過，有跡象表明在出事的時候，蘭德已經開始酗酒，而這也導致了他本人和他的馬戲團開始走下坡路。他的戲班在伯克郡的一個小村子阿巴斯·帕爾瓦過夜的時候發生了這個悲劇。當時他們正在前往溫布林頓的路上，走的是陸路，在那裡過夜只是爲了宿營，而不是爲了演出，因爲村子太小，不值得表演。

「他們帶著一隻雄壯的北非獅子，名叫撒哈拉王。蘭德和他妻子習慣於在獅子籠內表演。你看，這裡有一張他們演出時的照片，可以看出蘭德是一個魁梧彪悍的人，而他妻子是一個十分優雅的女人。在審理案件時有人宣誓作證說，當時獅子已表現出危險的徵兆，但人們一般會由於天天接觸而產生輕視心理，所以根本沒有理會這些徵兆。

「蘭德或他妻子一般是在夜晚餵獅子。有時一個人去，有時兩人同去，但從來不讓其他人去餵，因爲他們認爲，只要他們拿著食物，獅子就會把他們當恩人而不會傷害他們。七年前的那天夜裡，他們兩人一起去了，並且發生了慘劇，其詳細情況一直是個謎。

「據說在接近午夜時分的時候，整個營地的人都被獅子的吼聲和女人的尖叫聲驚醒了。馬夫和工人紛紛從各自的帳篷裡拿著燈籠衝了出來，舉燈一瞧，看見的是一幕可怕的情景。蘭德趴在離籠子十來公尺的地方，後腦被壓得粉碎，上面還留著深深的爪印。籠門是開著的，而就在門外，蘭德太太仰臥在地，獅子蹲在她身上吼叫著。她的臉被撕扯得慘不忍睹，誰也沒想到她能生還。在大力士萊昂納多和小丑格里格斯的帶領下，幾個馬戲演員用長竿將獅子趕回籠子並立刻把門鎖上了。但獅子籠門是怎麼打開的，至今仍無人知曉。據推測，兩個人打算進籠內，但門剛一開，獅子就跳出來撲倒了他們。還有一個地方很值得懷疑，那就是那女人在被抬回過夜的篷車後，在昏迷中仍喊著『膽小鬼！膽小鬼！』她直到六個月以後才恢復到能作證的程度，但審判仍照常進行，判決理所當然的就是事故性死亡。」

「還有別的可能嗎？」我說。

「是的。案件中總有那麼一點情況，使伯克郡警察局年輕警官艾德蒙得不滿意。眞是個聰明的小夥子！後來他被派到阿拉哈巴德去了。就是他抽菸時跟我談起這件事才使我介入的。」

「他瘦瘦的，黃頭髮嗎？」

「是的。我就知道你會記起來的。」

「但他擔心的是什麼呢？」

「他和我都曾懷疑過這件事——問題在於，很難想像事件發生的全部過程。你從獅子的角度來設想吧。牠被放出來了，然後幹什麼了呢？牠向前跳了五、六步，到蘭德面前，他轉身逃跑——因為爪印是在後腦——但獅子把他抓倒了。然後，牠不但沒有向前逃走，反而轉身奔向籠子旁邊的女人。獅子把她撲倒，用牙撕掉了她的臉。她在昏迷中的叫喊好像是說她丈夫背棄了她，但是就在那時他還能幫她嗎？你看出破綻了吧？」

「稍等一下。」

「我想起來了。當時還有證據指出，就在獅子吼和女人叫的同時，還有一個男人恐怖的叫聲。」

「那一定是蘭德了。」

「如果他的頭骨已經被壓碎，應該很難再聽見他的叫聲。至少有兩個證人談到當時有一個男人的叫喊聲混在女人的尖叫聲中。」

「我認爲那種情況下全營地的人都會叫喊，至於其他疑點，我倒有一種解釋。」

「說出來讓我參考參考。」

「他們兩個人是在一起的，當獅子出來時，他們離籠子十公尺遠。男的轉過身但被撞倒了，女人想衝入籠子關上籠門，因爲那是她唯一的避難地。她剛奔到籠子門口，獅子就跳過去把她撲倒了。她恨丈夫轉身逃走而激怒了獅子，如果他們和獅子針鋒相對，也許會嚇退牠。所以她喊『膽小鬼！』」

「聰明，華生！但有個小漏洞。」

「是什麼？」

「如果兩人距離籠子十公尺，獅子怎麼會出來呢？」

「會不會是仇人把獅子放出來的？」

「那爲何獅子平時可以跟他們一起玩耍、在籠內表演雜技，這次卻殘忍地襲擊他們呢？」

「很有可能是放獅子的那個人故意激怒了獅子。」

福爾摩斯沉默了幾分鐘。

「華生，有一點對你的推理有利，那就是蘭德有不少仇人。艾德蒙得對我說過，他喝酒之後就會很狂躁。他是一個魁梧的暴徒，逢人又打又罵。我想，剛才客人說的蘭德太太夜裡喊魔鬼，就是夢見死去的親人了，但在獲得事實以前咱們的猜測都是沒用的。好吧，華生，食櫥裡有冷盤山雞，還有一瓶蒙徹特白葡萄酒，讓咱們在走訪之前先補充一下體力吧。」

當馬車送我們到馬麗羅太太家時，我們看見她的胖身體正堵在那簡單而平靜的房子門口。顯然她害怕失去一位重要房客，所以在帶我們上去之前她先叮囑我們千萬不要說或做什麼使我失去這位房客。我們答應了她，就隨她走上一個鋪著破地毯的樓梯，然後進了那個神秘房客的房間。

那是一間沉悶、有黴味、通風不良的房子，這也是可以想到的，因爲屋子的主人從不出去。這個女人，由於奇怪的命運，從一個習慣於把動物關在籠子裡的人變成一個把自己關在籠子裡的動物了。她正坐在陰暗屋角裡的一張破沙發上。長時間不運動，使她的身材失去了往日的窈窕，但也依然豐滿動人。一個厚重的面紗遮住了她的臉，只露出一張優美的嘴和圓潤的下巴。可以想像，她曾是一位頗有姿色的女人。她的聲音也很圓潤動聽。

「福爾摩斯先生，我的姓氏對你來說並不陌生。」她說，「我知道一聽到我的名字你就會來的。」

「是的，太太，不過我不知道妳怎麼會認爲我對妳的情況感興趣。」

「我恢復健康以後，當地偵探艾德蒙得先生曾向我詢問過情況。我沒對他說實話，也許當時說實話更明智一些。」

「說實話總是最明智的。但是妳爲什麼對他說謊呢？」

「因爲我的話能夠決定另一個人的命運。我明知他不値得我這樣做，但我還是不願因爲毀了他而受到良心譴責。我們曾經是那麼親近——那麼親近！」

「現在這個顧慮消除了嗎？」

「是的，我說的這個人已經死了。」

「爲什麼不把妳知道的一切都告訴員警呢？」

「因爲另外還考慮到一個人，那就是我自己——我受不了員警法庭審訊所帶來的蜚短流長。我將不久於人世，但我要死個淸靜。我想還是找一個明辨是非的人來，把我可怕的經歷告訴他，這樣我去世以後也會眞相大白。」

「太太，我很不敢當。同時我也負有社會責任，不能向妳承諾當妳說完之後我一定不會向警方報告。」

「可我覺得不是這樣的，福爾摩斯先生。我很瞭解你的爲人和工作方式，因爲這些年來我一直在注意著有關你的報導。閱讀是命運留給我的唯一快樂，因此社會上發生的事情很少有我不知道的。不管怎麼說，我願意碰碰運氣，你怎麼利用我的悲劇都無所謂，說出來我就欣慰了。」

「那我和我的朋友洗耳恭聽。」

那婦人站起來從抽屜裡拿出一個男人的照片。他很顯然是一個職業的雜技演員，一個身體健美的人，兩隻粗壯的筋臂交叉在凸起的胸肌之前，在濃髫鬚下面嘴唇微笑地張開著——那是一個多次征服異性者的自信的笑。

「這是萊昂納多。」她說。

「就是作證的那個大力士嗎？」

「正是。再看這張——這是我丈夫。」

這是一個醜陋可怕的臉——一個人形豬玀，或是說人形野豬，因爲在野性上他還有強大可怕的一面。可以想像這張醜惡的嘴在盛怒時一張一合地大叫，還噴著口水，也可想像這雙兇狠的小眼睛總是射出惡毒的目光。無賴，惡霸，禽獸——這些都清楚地體現在這張大下巴的臉上。

「先生們，這兩張照片可以幫助你們瞭解我的故事。我是一個在鋸木場上長大的貧窮的馬戲演員，十歲以前已經表演跳圈了。如果他那種情欲可以叫愛的話，那我還是少女的時候，這個男人就愛上我了。後來我很不幸地成了他的妻子。從那一刻起，我就生活在地獄裡，他就是折磨我的魔鬼。馬戲班裡每一個人都知道他對我的虐待。他還背地裡去找別的女人，我稍有抱怨，他就把我捆起來用馬鞭抽打。大家都同情我，也都厭惡他，但他們又有什麼辦法呢？他們都怕他，無一例外。他在任何時候都是可怕的，尤其是喝醉時就像一個兇狠的殺人犯。他多次因爲打人和虐待動物而受到傳訊，但他有的是錢，罰款對他來說不算什麼。好的演員都另謀高就了，馬戲班開始走下坡。全靠萊昂納多和我，加上那個小丑吉米．格里格斯，才把班子勉強維持下來。格里格斯這個可憐蟲，他不太會逗樂子，但他還是儘量撐著。

「後來萊昂納多跟我接觸越來越多。你們看見他的外表了，現在我算是知道在這個漂亮的身軀裡藏著多麼卑怯的靈魂，但是與我丈夫比起來，他簡直是天使。他同情我、幫助我，後來我們的親近變成了愛情——是很深很深的火熱愛情，這正是我朝思暮想卻不敢奢望的愛情。後來我丈夫懷疑我們了，但我覺得他不僅是個惡霸而且還是個膽小鬼，而萊昂納多正是他所懼怕的人。我丈夫用他特有的方式報復，就是比過去更厲害地折磨我。有一天夜裡我的喊叫讓萊昂納多出現在我們篷車門口。那天差一點發生慘案，之後我的情人和我都認爲悲劇在所難免——我丈夫不配活在這個世界上，我們得想辦法讓他死。

「萊昂納多很有頭腦，是他想出的辦法。我不是往他身上推卸責任，因爲我情願處處聽他的話，但我一輩子也想不出這樣的主意。我們做了一根棒子——是萊昂納多做的——在鉛頭上安了五根長長的鋼釘，尖端朝外，正好像獅子爪的形狀。我們就是用這根棒子打死我丈夫，再放出獅子來，造成獅子殺死他的假象。

「那天夜裡天色一片漆黑，我跟我丈夫照例提著裝有生肉的桶子去餵獅子，萊昂納多就藏在我們途經的大篷車的轉角處。可他動作太慢，錯過了最好的下手時機。但他躡手躡腳跟在我們背後，隨後我就聽見棒子擊裂我丈夫頭骨的聲音。我的心在聽到這個聲音之後歡快地跳起來。我往前一衝，就把關獅子的門閂打開了。

「接著可怕的事情就發生了。你們大概聽說過野獸對人血的味道特別靈敏，血腥味能夠讓牠們異常興奮，本能告訴牠們有人被殺死了。我剛打開門閂牠就跳出來，立刻撲到我身上。萊昂納多本來可以救我——如果他能跑上來用那棒子猛擊獅子，也許會把牠嚇退——但他那時已經失魂落魄了。我聽見他嚇得大叫，後來見他轉身逃跑。這時獅子的牙齒在我臉上咬了下去，牠那又熱又臭的呼吸氣息已經讓我失去了知覺。我拼命想推開那個熱氣騰騰、沾滿血跡的巨大嘴巴，聲嘶力竭地喊救命。我覺得營地的人都驚動了，後來我模糊地記得有幾個人，萊昂納多、格里格斯，還有別人，把我從獅子爪子下拉出來。這就是我最後的記憶，福爾摩斯先生，沉重的幾個月過後，當我恢復了知覺，在鏡子裡看見我的模樣時，我是多麼詛咒那隻獅子啊！——不是因爲牠奪走了我的美貌，而是

因爲牠還讓我活著！福爾摩斯先生，這時我只剩下一個願望，我也有足夠的錢去實現，那就是用紗遮住我的臉，不讓任何人看到，住在一個人地生疏的地方。這是我餘生所能做的唯一事情，我也這樣做了。就像一隻可憐的受傷動物爬到牠的洞裡去結束生命——這就是尤金尼亞・蘭德的歸宿。」

我們聽完這位婦女的不幸後，福爾摩斯伸出他那長長的胳臂拍了拍她的手，表現出他對別人少有的同情。

「可憐的姑娘！」他說道，「眞可憐！命運無常啊。要是來世沒有報應，那這個世界就是一場殘酷的玩笑。但萊昂納多這個人後來怎麼樣了？」

「我後來沒見過他，也沒聽過他的任何消息。也許我不應該這樣恨他，因爲與其愛我還不如去愛一個用來演出獅口餘生的畸形兒。但一個女人的愛不是那樣容易被忘掉的——他把我扔在獅爪之下，在我最痛苦時離開了我，但我還是狠不下心送他上絞刑架。就我而言，我不在乎有什麼後果，世界上再也沒有比我的經歷更可怕的事情了，但我顧及了他的命運。」

「他死了嗎？」

「上個月他在馬加特附近游泳時淹死了。我在報紙上看見的。」

「後來他怎樣處理那根五爪棒的？這個棒子是妳敘述中最獨特、最巧妙的東西。」

「我也不清楚，福爾摩斯先生。營地附近有一個白堊礦坑，底部是一個很深的綠色水潭，也許是扔在那裡了。」

「說實在的，也無關緊要了，這個案子已經結了。」

「是的，」那女人說「一切都已結束了。」

這時我們已經站起來要走，但那女人的話外之音引起了福爾摩斯的注意。他馬上轉過身去對她說：

「妳的生命不屬於妳。」他說「不要傷害自己。」

「我對別人還有什麼用處嗎？」

「妳怎麼知道沒有用呢？堅韌而默默地受苦對於一個缺乏耐心的世界來說，它本身就是最寶貴的榜樣。」

可那女人的回答是令人驚駭的——只見她把面紗扯掉，走到有光線的地方。

「你能受得了嗎？」她說。

那眞是異常恐怖的景象。沒有語言能夠形容那張被毀掉的臉，更可怕的是在那已經爛掉的臉上，兩隻靈活而美麗的黃眼睛悲哀地眨著。福爾

摩斯同情而不平地舉起一隻手來，我們一起離開這間房間。

兩天後，我來到我朋友的住所，他驕傲地用手指了指壁爐架上的一個藍色小瓶。我拿起來，看到瓶上有一張紅簽，寫著劇毒的字樣。打開鋪蓋，有一股杏仁甜味。

「氫氰酸？」我說。

「不錯。是郵寄來的，便條上寫著：『我把引誘我的東西寄給你，我聽從你的勸告。』華生，我想咱們不用猜就能知道是哪個勇敢女人寄來的吧。」

第十二篇　肖斯科姆古堡

夏洛克·福爾摩斯已經俯身在一個低倍顯微鏡上面觀察了很長一段時間，現在他站起身來，用充滿勝利的眼光注視著我。

「華生，這是膠水，」他說，「這肯定是膠水。你看看這些散落在這裡的東西！」

我俯身到顯微鏡的目鏡前並調好焦距。

「這些是花呢衣服上的纖維。這些雜亂無章的灰色團塊是灰塵，左邊還有上皮鱗層。毫無疑問，中間這些褐色的粘團是膠水。」

「好吧，」我笑著說，「我同意你的說法，但這能說明什麼問題嗎？」

「這些是有力的證據，」他答道，「你還記得聖潘克萊斯案件吧。我們在員警屍體旁發現了一頂帽子，被控人矢口否認那是他的，但他是一個經常與膠水打交道的畫框匠。」

「這是你經手的案子嗎？」

「不是，是我的朋友，警場的馬里維爾要我幫忙查查這個案子。自從我發現被告的袖縫裡有鋅、銅碎屑，並因此推斷他是偽幣製造者，他們就認識到顯微鏡是多麼地重要了。」他煩燥地看了看錶。「我與一個新客戶約好了，但時間早過了，他還沒來。對了，華生，你對賽馬瞭解嗎？」

「瞭解一點。我把負傷撫恤金的一半都花在這上面了。」

「那我可要讓你作我的『賽馬嚮導』了。你知道羅伯特．諾伯頓嗎？」

「知道。他住在肖斯科姆古堡，我對那兒很熟，而且還待過一個夏天。有一次諾伯頓差點兒進入你的業務範圍。」

「怎麼回事？」

「他在新馬克特荒地用馬鞭抽了山姆．布魯爾——那是科爾曾街一個有名的放債人。他差點把他打死。」

「呵，挺有趣的！他常做這事嗎？」

「是的，他是個出了名的危險人物。他幾乎是整個英國最膽大的騎手了——幾年前曾是全國賽馬的第二名。他屬於那種生錯了時代的人，如果在攝政時期，他會是個無所不爲的花花公子——拳擊、賽馬、追求美女，總之，他一旦走了下坡路就再也無法回頭。」

「不錯，華生！介紹得非常簡潔明瞭，我覺得我對這個人有一些瞭解了。你能告訴我一些關於肖斯科姆古堡的情況嗎？」

「我只知道它在肖斯科姆公園的中央，著名的肖斯科姆種馬飼養場和訓練場也在那兒。」

「教練官是約翰．門森，」福爾摩斯說，「不必驚訝，華生，我拆的這封信就是他寄來的。咱們還是再聊聊肖斯科姆吧，我覺得自己好像進入了一個寶藏地。」

「那兒有肖斯科姆長毛垂耳狗，」我說，「牠們是所有的狗市上的佼佼者。這是英國最棒的狗，牠們是肖斯科姆古堡女主人的特有的榮耀。」

「她是羅伯特．諾伯頓爵士的妻子嗎？」

「羅伯特爵士沒有結過婚。不過考慮到他的將來，這倒是件好事。他和比特麗絲．福爾德夫人——他守寡的姐姐住在一起。」

「你是說她住在她弟弟家裡？」

「不，不。這個宅子是她前夫詹姆斯的，諾伯頓先生沒有任何產權。只要夫人活著，產業的財產就歸她，但在她死後房產則要還給她丈夫的弟弟。現在她只是每年收租金。」

「我想她弟弟羅伯特揮霍的就是這些租金吧？」

「差不多。他這個傢伙游手好閒，肯定使她不得安寧，可是我聽說他對他姐姐還挺好的。難道肖斯科姆出了什麼亂子了嗎？」

「啊，這正是我想知道的。我想，能告訴我們具體情況的人來了。」

門開了，走進來一個個子很高、臉修得很乾淨的人，他看上去很堅毅、嚴厲，而這種表情只能在教管馬或男孩子的那類人的臉上看到。門森先生這兩行都做，而且看來兩樣都很勝任。他鎮定自若地鞠了一個躬，在福爾摩斯指給他的椅子上坐下。

「你接到我的信了嗎，福爾摩斯先生？」

「是的，可是你的信沒有作什麼詳細的解釋。」

「這件事很敏感，我不便把細節寫在紙上，也太複雜了。我想最好與你當面談一談。」

「好吧，我們洗耳恭聽。」

「首先，福爾摩斯先生，我覺得我的主人——羅伯特先生瘋了。」

福爾摩斯揚了揚眉毛。「這是貝克街，不是哈利街，」他說，「你爲什麼這麼說呢？」

「先生，一個人幹一、兩件古怪的事情或許還可以理解，可要是他幹的每件事情都那麼稀奇古怪，那你就會起疑心了。我覺得肖斯科姆王子和賽馬大會把他弄得神經失常了。」

「那是你馴的一匹小馬嗎？」

「是的，牠是全英國最好的馬，福爾摩斯先生，這一點我最清楚。現在我要對你坦白地講這件事，因為我知道你是一位正直的紳士，這件事不會從你口中傳出去。羅伯特爵士在這次賽馬中，只能勝不能敗，他必須全力以赴，因為這是他最後的機會了。他把他所能拿到的錢都押在這匹馬上了，而且賭注的比值也懸殊很大。一比四十已經夠大了，但他押的是接近一比一百。」

「既然馬那麼好，這樣做也沒什麼呀？」

「但是別人並不知道牠有多好。羅伯特爵士的保密工作做得很好，沒讓馬探套出情報。他把王子的同父異母兄弟拉出去兜風，誰也分辨不出牠們。可是一旦奔跑起來，跑上二百公尺牠們之間就會拉開距離。他除了馬和賽馬的事，其他什麼都不想，他把所有的精力都放在這上面了。他暫時還可以應付高利貸，但如果王子失敗了，他也就全完了。」

「這場賭博是很冒險，可是你為什麼說他瘋了呢？」

「首先，你只要看他一眼就會知道了。我肯定他晚上從未睡過覺，他整天坐在馬圈裡，兩眼發直，神經幾乎要崩潰了。另外還有他對比特麗絲夫人的行為！」

「啊！怎麼回事？」

「他們的感情一直很好。他們有著相同的愛好，她也像他一樣愛馬。她每天準時驅車來看馬——她最寵愛的是王子。一聽到車輪聲從石子路上傳來，牠就立刻豎起耳朵，每天早晨牠都要小跑著到車前去吃一塊糖，可現在一切都結束了。」

「為什麼？」

「因爲她似乎對馬已經興趣全無。一個星期來，她每天驅車路過馬圈時竟然連一個招呼都不打了！」

「你覺得他們吵架了？」

「而且恐怕是一場激烈、粗魯、充滿惡意的爭吵。否則，他幹嘛要把她當作兒子一樣寵愛的狗送給別人呢？幾天前他把狗送給了老巴恩斯，他是三英里外克倫達爾青龍旅店的店主。」

「這看起來確實有點怪。」

「由於她心臟不好、又浮腫，不能跟他出去跑，因此以前羅伯特爵士總是每天晚上在她屋裡陪她兩個小時。他現在完全應該像以前那樣去做，因爲她是他少有的好朋友。可現在這一切都完了，他再也不接近她了。她也很傷心，變得心情抑鬱、悶悶不樂，而且喝起酒來，福爾摩斯先生，簡直就像在喝水一樣。」

「以前她喝酒嗎？」

「她會喝一點，可現在她常常每晚喝一瓶，這是管家思蒂芬斯告訴我的。一切都變了，福爾摩斯先生，變得一塌糊塗。還有，主人三更半夜到老教堂的地穴裡去幹什麼？在那兒與他見面的那個人是誰呢？」

福爾摩斯搓起手來。

「繼續講，門森先生，你講的越來越有趣了。」

「也是管家看見他去那兒的，是半夜十二點，冒著大雨去的。所以第二天晚上我去了宅子，果然不出我所料，主人又出去了。我和思蒂芬斯跟在他後面非常緊張，如果讓他看見我們就全完了，要知道他的拳頭可是從來不認人的。所以我們不敢跟得太緊，但我們一直盯著他。他去的正是那個常鬧鬼的地穴，還有個男人在那兒等他。」

「什麼是鬧鬼的地穴？」

「先生，在花園裡有一個教堂廢墟，陳舊得已經沒有人知道它的年代了。它的下面有一個地穴，是這個地區出了名鬧鬼的地方。白天那地穴黑暗潮濕，荒涼恐怖，晚上更沒有人敢走近它。但我們的主人不怕，他一輩子從來沒有怕過什麼事情。但是他夜晚在那兒幹什麼呢？」

「等一下！」福爾摩斯說。「你說還有別人在那兒，那肯定是你們那兒的馬夫、或家裡的什麼人！你一定認出他了吧？」

「沒有，我並不認識他。」

「爲什麼這麼確定呢？」

「因爲我看見他了，福爾摩斯先生。那是在第二個晚上。羅伯特爵士繞了個彎，從我們身邊走過去了，我和思蒂芬斯則像兩隻兔子一樣地在灌木叢中發抖，那天晚上有一點月光，我們聽見還有一個人在後面走著。對於他，我們倒是不怕，因此當羅伯特先生過去後，我們就站起來，假裝是在月光下散步，漫不經心似的走到他跟前。『你好，夥計！你是誰？』我說道。我猜他可能沒聽見我們走近的腳步聲，因此當他回過頭來看見我們時，就像是見了從地獄裡出來的鬼一樣。他驚叫一聲，就在黑暗中拼命地跑了。他還挺能跑的——這一點，我不得不承認，因爲一分鐘之後他就不見了，他是誰、是幹什麼的我們也就無從知道了。」

「在月光下你看清他的模樣了嗎？」

「是的，我記住他那張黃色的面孔——看來是個下等人。可他和羅伯特爵士有什麼關係呢？」

福爾摩斯沉思了許久。

「誰負責陪伴比特麗絲·福爾德夫人？」他終於發問。

「她的女僕卡利·埃文斯。她已經陪伴夫人五年了。」

「一定對她很忠心吧？」

馬森先生不安地沉默起來。

「她太忠心了，」他終於說，「但我不能說她對誰忠心。」

「啊！」福爾摩斯說。

「我不能揭人隱私。」

「我能理解，門森先生。當然情況已經很清楚了。從華生醫生對羅伯特爵士的描述中，我已經知道，他對任何女人都很危險。你覺得這有可能是他們姊弟爭吵的原因嗎？」

「這個醜聞早已眾所周知了。」

「不過，或許夫人過去並不知道。讓我們假設她是突然發現的，她想趕走那個僕人，但她弟弟不同意。這個體弱的人由於有心臟病，又不能走動，無法實現自己的意願，她討厭的女僕仍然在她身邊。於是她都不跟誰講話，一個人生悶氣並借酒澆愁。羅伯特爵士一氣之下奪走了她寵愛的小狗。這些不是都能聯繫起來嗎？」

「是的，到此爲止還能串起來。」

「那就好。可是這一切與夜晚去舊地穴又有什麼聯繫呢？我們搞不明白。」

「確實搞不明白，先生，而且還有別的疑問——羅伯特爵士爲什麼要去挖一具死屍呢？」

福爾摩斯驚訝地站了起來。

「我們是昨天才發現的——在我寫信給你以後。昨天羅伯特爵士到倫敦去了，所以我和思蒂芬斯下了地穴。那裡的一切井然有序，只是在一個角落裡有一小堆人的屍骨。」

「我想你一定報警了？」

我們的客人冷冷地笑了。

「先生，他們不會感興趣的——發現的只是一具乾屍的頭和幾根骨頭，很可能是千年以前的古屍。但它原先不在那兒，這我敢肯定，思蒂芬斯也可以作證。它被堆在一個角落裡用木板蓋著，而那個角落以前一直是空著的。」

「你們怎麼處理它了？」

「我們沒管它。」

「這樣是明智的。你說羅伯特爵士昨天走了，他回來了嗎？」

「我想他今天會回來。」

「羅伯特爵士什麼時候把他姐姐的狗送人的？」

「上星期的今天。小狗在老庫房外狂吠，而那天早晨羅伯特爵士正在大發雷霆，於是，他一把就將狗抓了起來，我以爲他要殺了這小狗。但他把狗交給了騎師桑蒂·貝恩，叫他送去給青龍旅店的老巴恩斯，因爲他再也不願看到這條狗了。」

福爾摩斯坐著沉思了一會兒，點燃了他那個最舊、菸油最多的菸斗。

「我現在還不清楚你需要我做些什麼，門森先生，」他最後說。「你能不能講得具體一些。」

「我想這個也許能讓問題更明確些吧，福爾摩斯先生。」客人說著從口袋裡掏出一個紙包，仔細地打開後，露出了一根燒焦的碎骨頭。

福爾摩斯饒有興味地研究起來。

「你從哪兒弄來的？」

「在比特麗絲夫人房間底下的地下室裡有一個暖氣鍋爐，已經好久沒用了，羅伯特爵士抱怨說天冷，又開始使用它。這個鍋爐是哈威負責燒的——他是我的一個夥計。就在今天早上他拿著這個來找我，是他在掏鍋爐灰的時候發現的。他覺得爐子裡有骨頭很不對勁。」

「我也覺得不對勁，」福爾摩斯說。「你知道這是什麼骨頭嗎，華生？」

骨頭已經燒成黑色的焦塊了，但根據它的解剖學特點還能分辨出來。

「這是人的大腿上髁骨。」我回答說。

「不錯！」福爾摩斯變得神情嚴肅。「這個夥計每天什麼時間去燒爐子？」

「他每天晚上去燒，燃起爐子後就離開。」

「那麼說任何人晚上都可以進去了？」

「是這樣沒錯，先生。」

「你能從外面進去嗎？」

「外面只有一個門，裡邊還有一個門順著樓梯可通到比特麗絲夫人房間外的走廊。」

「這個案子不簡單，門森先生，複雜而且帶有血腥味。你是說昨晚羅伯特爵士不在家？」

「是的，先生。」

「那麼肯定不是他，而是什麼人燒的骨頭？」

「很對，先生。」

「你說的那個旅店叫什麼？」

「青龍旅店。」

「在那附近有不錯垂釣地方吧？」這位誠實的馴馬師聽到這話，摸不著頭腦，他的神情顯露出他確信在其多難的一生中又碰到了一個瘋子。

「這個嘛，我聽說在河溝裡有鱒魚，霍爾湖裡有狗魚。」

「這就夠了。華生和我是有名的釣魚愛好者——對不對，華生？你有消息可以送到青龍旅店去，我們今晚就會到那兒，可是你不必去那裡找我們。請記住，有事就寫個便條給我們，請相信，如有需要我會找到你的。等我們對此事有一定瞭解之後，我會給你一個完整的看法。」

於是，在一個晴朗的五月的夜晚，我和福爾摩斯單獨坐在一等車廂裡，向一個被稱作「招呼停車站」的小站——肖斯科姆駛去。我們頭上的行李架堆滿了釣魚竿、魚線和魚筐之類的東西。到達目的地後又坐了一段馬車，我們來到了一個舊式的小旅店，在那兒，喜愛運動的店主喬塞亞·巴恩斯熱切地加入了我們計畫消滅附近魚類的討論。

「在霍爾湖釣狗魚的希望大嗎？」福爾摩斯說。

店主的臉沉了下來。

「別指望了，先生。還沒等你釣到魚，你就掉到水裡了。」

「爲什麼？」

「因爲羅伯特爵士，先生，他特別不喜歡別人動他的鱒魚。要是你們兩位陌生人走近他的馴練場，他決不會放過你們的，羅伯特爵士一點也不會大意！」

「我聽說他有匹馬要參加賽馬比賽，是嗎？」

「是的，而且是非常出色的馬。我們大家都把錢賭在牠身上了，羅伯特先生也把所有的錢都押上了。對了，」他警惕地看著我們，「你們不會是馬探吧？」

「不是的！我們只不過是兩個渴望呼吸伯克郡新鮮空氣，疲倦的倫敦人罷了。」

「那你們可來對地方了，這兒有的是新鮮空氣。但是請切記我說的有關羅伯特爵士的話，他是那種什麼事先幹了再說的人，最好離公園遠點。」

「當然，巴恩斯先生！我們會的。你瞧，大廳裡叫著的那隻狗長得可眞漂亮。」

「不錯，那是眞正的肖斯科姆種。全英國沒有比得過牠的。」

「我也是個狗迷，」福爾摩斯說，「不知這樣問是否合適——像這樣一條狗值多少錢呢？」

「我可買不起，先生。牠是羅伯特爵士親自給我的，這就是爲什麼我要把牠拴起來的原因。

如果我把牠放開，牠一眨眼就會跑到古堡裡去了。」

「華生，咱們手裡現在有幾張牌了。」店主離開後，福爾摩斯說道，「這牌不好打，不過一、兩天之內就會有結果。我聽說羅伯特爵士還在倫敦，或許今晚咱們到那個禁地去一趟還不用擔心挨打。還有一、兩點情況我需要證實一下。」

「對這件事你有什麼假設嗎，福爾摩斯？」

「只有一點，華生，大約一個星期以前發生了一件事，它深深地影響了肖斯科姆家族的生活。究竟是什麼事呢？我們只能從它的後果來猜測。後果好像是幾種因素的奇怪混合物，但毫無疑問對我們的偵查有幫助。只有那種平淡無奇的案子才是最無計可施的。

「讓我們看看已經掌握的情況：弟弟不再去看望親愛的病弱姐姐了；他把她寵愛的小狗送給了別人。送走她的狗，華生！你沒發現什麼問題嗎？」

「除了弟弟的無情，我什麼也沒看出來。」

「也許是這樣。或許還有一種可能。讓我們接著分析一下從爭吵後發生的事情，當然，這是假設眞的發生過一場爭吵。夫人閉門不出，改變了她原來的生活習慣，除了和女僕乘車外出之外就不再拋頭露面，也不再在馬房停車去看她寵愛的馬，而且顯然酗起酒來。沒別的事了吧？」

「還有地穴裡的事。」

「那是另外一條線索。這是兩碼子事，我請你不要把它們混在一起。第一條線索是有關比特

聽羅伯特爵士是不是在古堡裡。

這時福爾摩斯走了出來，放開了狗。那狗歡呼雀躍地叫了一聲，衝向了馬車，跳到了踏板上。可是剎那間，牠那熱切的親近竟變成了狂怒，只見牠朝著上面的黑衣裙又吠又咬。

「快走！快走！」一個嗓門很粗的人拼命叫著，車夫揮鞭策馬駕著馬車走了，於是只剩下我們兩個人站在大路上。

「華生，已經證實了，」福爾摩斯邊說邊往興奮的狗脖子上套鏈子。「狗以爲是牠的女主人，卻發現是個陌生人。狗是不會弄錯的。」

「那是個男人的聲音！」我叫道。

「對極了！咱們手中又多了一張牌，華生，但還是得謹慎地打，一切照舊。」

我的夥伴那天好像沒有什麼別的行動計畫了，於是我們真的就在河溝裡用帶來的魚具釣起魚來，結果就是我們的晚餐添了一道鱒魚。飯後福爾摩斯才又精神振奮起來，我們像早晨那樣再次來到通向公園大門的路上。一個身材魁梧、皮膚黝黑的人正在等著我們。他就是我們在倫敦的那個老朋友，馴馬師約翰·門森先生。

「晚上好，先生們，」他說，「我收到了你的便條，福爾摩斯先生。羅伯特爵士現在還沒有回來，可是我聽說他今晚要回來。」

「這個地穴離宅子有多遠？」福爾摩斯問。

「差不多有四分之一英里。」

「那我們可以不用擔心羅伯特先生了。」

「我不能和你們一起，福爾摩斯先生。他一到家就會叫我，詢問肖斯科姆王子的最新情況。」

「那麼說我們只好獨立工作啦，門森先生。你先把我們帶到地穴後再走吧。」

天色漆黑，沒有月光，門森領著我們一直穿過牧場，最後呈現在我們面前的是一個黑黝黝的影子，走近一看，原來是一個古老的教堂。我們從舊門廊的缺口走了進去，我們的嚮導踉踉蹌蹌地在一堆碎石中尋路走到教堂的一角，那兒有一條又陡又斜的樓梯通到地穴裡。他點燃火柴照亮了這陰森恐怖的地方——古舊的粗糙石牆的斷垣殘壁，一堆堆的棺材散發著難聞的黴味，這些棺材有鉛製的、石製的，靠著一邊牆高高地疊放著，一直頂到拱門和消失在上方陰影中的屋頂。福爾摩斯點著了燈籠，一縷搖曳的黃光照亮了這鬼氣森森的地方。棺材上的銅牌反射著燈光，大部分的牌子都刻有這個古老家族的鷹頭獅身的徽章，使它們甚至在死亡門前仍保持著威嚴。

「你說過這兒有些骨頭，門森先生。你能在走之前帶我們去看看嗎？」

「它們就在這個角落裡。」馴馬師走過去，然而當我們的燈光照過去時，他卻吃驚地呆站在哪兒了。「它們不見了！」他說。

「我料到了，」福爾摩斯說，輕聲笑著。「我猜，就是現在仍然還可以在爐子裡找到骨灰和沒有燒完的骨頭。」

「可是，爲什麼要燒千年前死人的屍骨呢？」約翰·門森問道。

「這就是我們要到這兒來找的答案，」福爾摩斯說。「這可能要花很長一段時間，我們就不耽誤你了。我想在天亮以前一切都會眞相大白的。」

約翰·門森離開後，福爾摩斯對墓碑進行了仔細檢查，開始的是中央一個看來屬於撒克遜時代的，接著是一長串諾爾曼時代的墓碑，最後我們看見了十八世紀威廉公爵和鄧尼斯．費勒公爵的墓碑。一個多小時後，福爾摩斯來到了拱頂進口邊上的一具鉛製的棺材前。我聽到他滿意地叫了一聲，他迅速而準確的動作告訴我，他已經找到了一直尋覓的目標。他迫切地用放大鏡仔細研究那厚重的棺蓋邊緣，然後從口袋裡掏出一個開箱子用的撬棍，將它塞進棺蓋的縫隙裡，把整個棺蓋撬了起來，那棺蓋看起來是用兩個夾子固定著。棺蓋被撬開時發出了尖銳的響聲，可是就在它還沒有被全部撬開、只是剛剛露出裡面的一部分東西時，一個意外打斷了我們的行動。

有人在上面的教堂裡走著，腳步聲堅定、急促。聽聲音就知道這是一個來意明確、對這個地方很熟悉的人。一束燈光從樓梯上射了下來，接著在哥德式的拱門裡出現了一個提燈人。這是一個身材高大、面露凶相的可怕人物。他手裡提著個大號馬燈，從燈光可以看到他那鬍鬚濃密的臉和一對狂怒的眼睛，他先掃視了一下地穴裡的每個角落，最後惡狠狠地盯住我的同伴和我。

「你們是什麼人？」他大聲地咆哮著，

地講一講事實的經過吧。」

「很明顯，你對我的事情已經瞭解得很深入了，要不然我也不會在那兒碰到你。因此你很可能已經知道，我養了一匹黑馬想要參加賽馬大會，而所有的一切都取決於我能不能獲得勝利。要是我贏了，那麼就會一帆風順；如果我輸了——啊，我眞不敢去想像。」

「我能理解你的處境。」福爾摩斯說。

「我一切都靠我姐姐比特麗絲夫人，可是大家都知道，她的地產收入只夠她自己的生活所用。我很清楚，只要我姐姐一死，我的債權人就會像禿鷹一樣湧到我的地產上，把所有東西都拿走——我的馬廄、我的馬——一切東西。福爾摩斯先生，我的姐姐在一個星期以前就去世了。」

「而你沒有告訴任何人！」

「我還能怎麼辦呢？我面臨著徹底的破產。我要是能把這件事隱瞞三個星期，那麼一切就都好辦了。她女僕的丈夫——就是這個人——是個演員，於是我就想到，在這段時間內他可以裝扮成我的姐姐。每天只需坐著馬車露個面，而且除了她的女僕外不會有人進入她的房間，因此這麼辦並不難。我姐姐是因爲長久以來就折磨她的水腫而死掉的。」

「那應該由驗屍官來判定。」

「她的醫生能證實，幾個月前她的病症就預示著現在的這個結局了。」

「那麼你都做了些什麼？」

「屍體肯定不能留在這個地方。她死後的第一個晚上，我和諾萊特就把她運到老庫房去了，那個庫房很久之前就沒人使用了。但是她的小狗跟著我們，在門口不停地狂吠，因此我想找個更安全的地方。我送走了狗，我們又把屍體移到教堂的地穴裡。當然我這樣做絲毫沒有侮辱和不恭的意思，福爾摩斯先生，我敢發誓我沒有做什麼對不起死者的事。」

「我覺得你的做法不可原諒，羅伯特爵士。」

男爵煩躁地搖了搖頭。「說起來容易，」他說，「做起來就難了，假如你是我，你或許就不會這麼認爲了。一個人不可能眼睜睜地看著他的全部希望、全部計畫就要被毀於一旦而不去竭力地挽救。我覺得把她暫時放在她丈夫祖先的棺材裡作爲安息之所並沒有什麼不合適的，況且那棺材停放的地方現在依然莊嚴神聖。我們打開了一個棺材，把裡面的屍骨移走，然後就像你看到的那樣安置了她。從裡面移出的遺骸，我們當然不能留在地穴的地面上，所以我和諾萊特先移走了它們，然後他又在夜晚下到鍋爐房裡把它們焚燒了。這就是事實，福爾摩斯先生，我卻不知道你是用什麼方法迫使我把它講出來。」

福爾摩斯坐在那兒，陷入了沉思。

「我對你的敘述有一點疑問，羅伯特爵士，」他最後終於說，「既然你把全部賭注都放在賽馬上，那麼即使你的債主們奪走了你的財產，也不會影響你的前途。」

「這匹馬也是財產中的一部分。難道他們會關心我的馬嗎？可能他們根本就不會讓牠跑。而

福爾摩斯探案系列全集（柯南·道爾著）一覽表

連載時間	英文書名·中文書名·好讀出版冊次
1887	A Study in Scarlet 血字的研究（中篇故事） 好讀出版／收錄於福爾摩斯探案全集01《血字的研究&四簽名》
1890	The Sign of the Fou 四簽名（中篇故事） 好讀出版／收錄於福爾摩斯探案全集01《血字的研究&四簽名》
1891-1892	The Adventures of Sherlock Holmes 冒險史（十二篇短篇故事） 好讀出版／收錄於福爾摩斯探案全集02《冒險史》
1892-1893	The Memoirs of Sherlock Holmes 回憶錄（十一篇短篇故事） 好讀出版／收錄於福爾摩斯探案全集03《回憶錄》
1901-1902	The Hound of the Baskervilles 巴斯克維爾的獵犬（長篇故事） 好讀出版／收錄於福爾摩斯探案全集05《巴斯克維爾的獵犬》
1903-0904	The Return of Sherlock Holmes 歸來記（十三篇短篇故事） 好讀出版／收錄於福爾摩斯探案全集04《歸來記》
1908-1917	His Last Bow 最後致意（八篇短篇故事） 好讀出版／收錄於福爾摩斯探案全集07《最後致意》
1914-1915	The Valley of Fear 恐怖谷（長篇故事） 好讀出版／收錄於福爾摩斯探案全集06《恐怖谷》
1921-1927	The Case-Book of Sherlock Holmes 新探案（十二篇短篇故事） 好讀出版／收錄於福爾摩斯探案全集08《新探案》

年代	夏洛克·福爾摩斯大事記
一八五四	出生於英國，祖母是法國人。有一個哥哥比他年長七歲。
一八六七	福爾摩斯進入貴族學校就讀。
一八七二	進入英國牛津大學主攻化學。
一八七七	「福爾摩斯偵探社」開業，設於大英博物館附近的蒙塔格街。福爾摩斯一邊研究科學，一邊接辦同學介紹的案件。
一八七九	偵辦「馬斯格雷夫禮典」案，此案使福爾摩斯邁出成功的第一步。
一八八一	與華生醫生共同承租貝克街221號B座的公寓。
一八八二	接辦「血字的研究」案。福爾摩斯獨特的辦案法，在這一案之後，廣為人知。
一八八三	接辦「帶斑點的帶子」案。
一八八七	福爾摩斯因操勞過度而病倒，前往薩里郡的賴蓋特休養。因而接辦「賴蓋特的鄉紳」一案。
一八八八	於一月接辦「恐怖谷」案。福爾摩斯的宿敵莫里亞蒂教授首次露面。 七月時接辦「四簽名」案。透過華生的記述，福爾摩斯首次公開他辦案所採用的「演繹邏輯法」的精髓。 接辦「希臘譯員」一案。福爾摩斯首次透露他的身世背景，以及成為私家偵探的緣由。 十月，接辦「貴族單身漢」案。 福爾摩斯為刺激頭腦思考，開始染上服用古柯鹼的惡習。
一八八九	接辦「波希米亞醜聞」案。案中的艾琳·艾德勒，使一向看不起女人的福爾摩斯改變了想法。 接辦「聖科賴爾失蹤」案。 六月接辦「駝背人」案。 六月接辦「證券經紀人的書記員」案。

一八八九	六月接辦「波思克姆比溪谷」案。 七月接辦「海軍協定」案。 七月接辦「工程師大拇指」案。 九月接辦「致命的橘核」案。 華生的妻子回娘家，華生再度成為貝克街的常客。 十月接辦「巴斯克維爾的獵犬」案——發生在英國某個小區域沼澤地帶的傳奇故事，是福爾摩斯探案中少見、帶有靈異色彩的案件。
一八九〇	接辦「失蹤的新郎」案。 接辦「紅髮會」案。 十二月，接辦「鵝肚裡的寶石」案。
一八九一	福爾摩斯受法國政府之託，於一八九一年冬天開始追捕倫敦犯罪集團首腦莫里亞蒂教授。接辦「最後一案」時，與宿敵莫里亞蒂教授一同墜瑞士萊辛巴赫瀑布中，從此生死不明。
一八九四	福爾摩斯失蹤三年後，以老藏書家的偽裝面貌出現。他向華生交代了自己在墜入萊辛巴赫瀑布之後獲救的始末，以及其後在世界各地浪遊的經過。同時接辦「空屋」案。八月接辦「諾伍德的建築師」案。期間因華生的妻子過世，福爾摩斯請求華生搬回貝克街合住。並在華生協助下戒除服用古柯鹼的惡習。 十一月接辦「金邊夾鼻眼鏡」案。
一八九五	四月時福爾摩斯與華生在某大學城住了幾週，研究英國早期憲章並在當地接辦「三名大學生」一案。 四月同時亦接辦「孤單的騎車人」一案。 六月接辦「黑彼得」案 十一月接辦「布魯斯—帕汀敦圖紙」案。 同年福爾摩斯獲維多利亞女王接見，並獲授綠寶石領帶別針一枚。
一八九六	接辦「戴面紗的房客」案、「失蹤的中後尉」案。

一八九七	接辦「格蘭奇莊園」一案。 接辦「魔鬼之踵」一案。 由於日夜操勞，福爾摩斯健康轉壞。在辦案過程中，福爾摩斯坦承從未戀愛過。
一八九八	接辦「跳舞的小人」案、「退休的顏料商」案。
一九〇二	五月接辦「修道院公學」一案 此案結束後，福爾摩斯獲賞六千英鎊。 六月接辦「三個同姓人」一案。 九月接辦「不尋常的委託人」一案，但是在辦案的過程中，福爾摩斯因遇襲而受傷。 接辦「紅圈會」案，本案的空間幅度與所涉入人物的身分之複雜，空間橫跨歐洲、美洲，時間從第一次世界大戰中直到戰後。不單純只是謀殺案，同時還牽扯到國際犯罪，諜報活動，幫會、特務、政變。可說是福爾摩斯最具難度的一次演出。 同年，福爾摩斯獲爵士勛位封號，但他卻拒絕受封。
一九〇三	一月接辦「皮膚變白的士兵」案。 華生再婚離開貝克街，此案由福爾摩斯親自撰寫。 接辦「皇冠被盜」一案。 九月接辦「爬行人」一案，案子結束後，福爾摩斯即宣告退休。
一九〇七	福爾摩斯離開倫敦，到塞克斯研究養蜂、享受退休後的田園生活。但仍是有許多案件，等待福爾摩斯解決。 接辦「退休案」。 七月接辦一起發生在福爾摩斯隱居地附近的命案「獅鬃毛」一案，由福爾摩斯親自撰述。
一九一二	在首相力邀下，重出江湖接辦「最後致意」案，花了兩年之久，在美國、愛爾蘭各地展開調查，最後一舉殲滅德國間諜集團。此時福爾摩斯已五十三歲，這也成為他真正的「最後一案」。結案後，福爾摩斯到英國南部鄉間隱居，專心研究養蜂事業。
一九一四	福爾摩斯出版《養蜂實用手冊，兼論隔離蜂王的研究》。此後音訊全無，也未傳出死訊。

國家圖書館出版品預行編目資料

新探案【收錄原著插畫】／柯南・道爾著；楊濟冰譯．
—— 初版．——臺中市：好讀，2015.09
面：　公分，——（典藏經典；79）

譯自：The Case-Book of Sherlock Holmes

ISBN 978-986-178-366-6（平裝）

873.57　　　104015983

好讀出版

典藏經典 79
福爾摩斯探案全集 8

新探案【收錄原著插畫】

原　　著／柯南・道爾
翻　　譯／楊濟冰
總 編 輯／鄧茵茵
文字編輯／莊銘桓
行銷企劃／劉恩綺
發 行 所／好讀出版有限公司
台中市 407 西屯區工業 30 路 1 號
台中市 407 西屯區大有街 13 號（編輯部）
TEL:04-23157795 FAX:04-23144188 http://howdo.morningstar.com.tw
（如對本書編輯或內容有意見，請來電或上網告訴我們）
法律顧問　陳思成律師

填寫線上讀者回函
獲得更多好讀資訊

讀者服務專線／ TEL：02-23672044 / 04-23595819#230
讀者傳眞專線／ FAX：02-23635741 / 04-23595493
讀者專用信箱／ E-mail：service@morningstar.com.tw
網路書店／ http：//www.morningstar.com.tw
郵政劃撥／ 15060393（知己圖書股份有限公司）
印刷／上好印刷股份有限公司
如有破損或裝訂錯誤，請寄回知己圖書更換

初版／ 2015 年 9 月 15 日
初版五刷／ 2022 年 3 月 25 日
定價／ 169 元

Published by How-Do Publishing Co., Ltd.
2022 Printed in Taiwan

ISBN 978-986-178-366-6